新潮文庫

操縦不能

内田幹樹著

JN265827

操縦不能

1

　オーストリアのウィーン・シュヴェヒャト国際空港は、夕方から激しい雪に見舞われていた。現地時間一二月二一日二〇時、定刻通りに吹雪の中を離陸したニッポンインター二〇八便パリ発ウィーン経由成田行きは、高度を上げながらスロバキアからポーランド領空へと入っていった。冬のヨーロッパのどんよりした雪雲を抜けると、澄んだ星空が広がった。

　小さくチャイムの音がして、ベルト着用のサインが消えた。それを合図にチーフパーサーはファーストクラスの乗客に食前酒の好みを尋ね、メモを手に機内調理室《ギャレイ》に戻る。

　ビジネスクラスでは、クリスマス・ツリーの絵をあしらったメニューが乗客に配られ、エコノミークラスの客室乗務員《キャビン・アテンダント》たちは、チラーで弱冷凍された料理をオーブンに切り替えて温め、乗客への配布準備に入った。

離陸から二四分後、機は高度三万三〇〇〇フィートに到達した。一面の雲で街の灯りは見えなかったが、上空の星だけは冷たく輝いている。外気温度零下五四度、上空を吹き抜けるジェット気流に乗ると、それまでの軽い揺れも消えて対地速度《グランドスピード》九九〇キロでの巡航に入った。

ワルシャワ・コントロールからベラルーシのミンスク・コントロールへ、そしてモスクワ・コントロールにレーダー管制が引き継がれると、高度の単位もフィートからメートルへ切り替えられる。下がり続ける外気温度はマイナス五九度を指している。ファーストクラスではデザートと食後酒が出され、キャビンのミール・サービスもほぼ終わろうとしていた。

エコノミークラスのパーサー今川由香《いまがわゆか》は、食事の数が合わないという報告を受け、確認のためにエコのギャレイに向かった。

カーテンを開けて中へはいると、カートに屈《かが》み込んでいた太田《おおた》鈴江《すずえ》が顔を上げた。

鈴江はこの秋にラインに出たばかりで、やっと四ヶ月目をむかえたばかりだった。呼ばれ方も〝ペー〟から〝ドサブ〟へと少しは昇進していた。最近では、カウンターが下げられた皿やカップで山積みになることもなくなったので、安心して任せられると思っていた矢先だった。

下げられてくるトレイは、一枚分の厚さに仕切られた棚に空きがないように、一つ一つスライドさせて元通り納める。いい加減にしまうと最後のほうで入れる場所がなくなり、空いている棚を探して何台もの重いカートを引っぱり出す羽目になるからだ。

そのときの乗客の数にもよるが、エコノミークラスの場合、食事は通常、一五個ほど多めに搭載してある。二種類ぐらいの料理が積まれているので、乗客の好みが偏《かたよ》ってもそれにある程度対応できるようにとの処置である。ミール・サービスになるとそのすべてを温めて配布する。配布後、残ったものは集めて一つのカートに入れておき、その数も記録しておく。

由香は、念のためにもう一度残りの数を数え直した。出発時に一七六個搭載されていたので、一五個残っていなければならない。やはり一つ足りない。これでは一食分多く出たことになる。食事の数が一つや二つ合わなくても、今まで気にかけたこともなかったが、最近は、会社が搭載食数を減らすためにデータを集めているので、何らかの理由が必要だった。

「いいえ、二つ召し上がった方はいらっしゃいません」

エコノミークラス担当のキャビン《C》・アテンダント《A》たちは皆、口を揃《そろ》えた。

「へんねぇ、なんで一つ合わないのかしら。でも、いまそんなこと考えている時間はないから、適当に誰かが二つ食べたことにしておきましょうよ。どうせ日本に着いたら全部捨てちゃうんだから」

由香は後の処置を鈴江に指示した。

左側キャビンでチャイムが鳴ったのと、インターホンの呼び出しが鳴ったのが同時だった。それが合図のように、鈴江はキャビンへ出て行き、由香はインターホンを取った。

由香の耳に、ビジネスクラスのパーサー成田《なりた》志緒理《しおり》の声が飛び込んできた。

《ああ、由香ちゃん。免売始めてる？ 今日のビジは少ないから、よかったらそっちも始めていいわよ》

免税品販売は搭載されている商品に限りがあるので、規則にはないがファーストクラスから先に始めていく。ビジネスクラスの乗客が多い時などは、売れ具合のめどがついてからでないと、エコノミークラスの免売は始められない。特に行きの便での売れゆきがよいと、帰り便のエコノミークラスでは、人気商品は売り切れてしまう。

《香水が、フェラガモとイッセイが一つだけで、あとは数があるから》

「はい。了解」

《もしもし、由香ちゃん？　あ、いま話し中？》

チーフパーサーの寺本知美《てらもとともみ》がインターホンに割り込んだので、パーティーラインになった。

「はい。L2の成田です」

《あれ、志緒理ちゃんも？　ちょうどいいわ。ちょっと食事の残《ざん》、教えてよ》

《ビジは五六食搭載の四六人、残一〇です》

《エコは？》

「ええと、一七六搭載の一六一人。残が一四で一食分、足りないのよ」

《誰か二つ食べたの？》

「わからないので、一応、そういうことに、しておきました」

《わかったわ、それだけよ。ありがとう》

「失礼します」

2

ドアを開けて中にはいると、計器の灯りだけが点《とも》る操縦室《コクピット》の前方には、オーロラが現れ始めることを示す発光帯が、ぼんやりと白く浮かんでいた。副操縦士《コーパイ》の沢村和夫《さわむらかずお》が振り返って知美に笑顔を向けてきた。

目が無くなってしまいそうな、人なつこい笑顔だ。

「キャプテン、免売が終わり、まもなく映画が始まります。半数が休憩《レスト》に入りますので、リストお持ちしました」

身長一七〇センチの寺本知美は、天井までびっしり並ぶ機器類に頭をぶつけないように、体を少し前にかがめた。中央計器台《ペデスタル》の上にＣＡの配置リストを置くと、冬でも筋肉のかたまりのような腕を半袖《はんそで》から出している機長席の砧道男《きぬたみちお》に向き直った。

「キャプテン、私が先にレストに入ります。チーフパーサー代行は吉村紀美子《よしむらきみこ》です。いまのところキャビンは異常ありません」

「ああ」

気むずかし屋で、ＣＡたちから名字をもじって紅《くれない》のタヌキなどとあだ名をつけられている砧だが、返事をしたということは機嫌が良い。沢村が計器ディスプレイを切り替え、その内の一つを指しながら知美に説明してくれる。

「さっき軽く揺れたろう？　あのあとシベリア上空の寒気団に入ったんだよ。外気温度がマイナス六八度まで下がった。今日はかなり寒いよ」

そこまで言うと沢村は右手でイヤホンを押さえて口をつぐんだ。同じように交信を聞いていた砧が、照明を少し明るくしてから振り返ったからだ。

「今日の乗客は二一四人だな。合っているな」

「はい。合っています。何か？」

「合っていればいいんだ」

砧がうなずくと、沢村は管制《ATC》に返事を送ったようだった。

「こういうときに限って衛星通信装置《SATCOM》が故障で使えないときた。短波《HF》でウイーンに聞いてみますか？」

沢村が砧の表情を窺《うかが》う。

「必要ない。何かあれば向こうから聞いてくるはずだ」

砧は太い腕を組むと坊主《ぼうず》頭を前方に向け、動かなくなった。沢村が気まずい雰囲気をとりなすような表情を知美に向けた。

「さっきもモスクワから乗客数を聞いてきて、これで二回目なんだよ。他の便にも聞いていたし。向こうも理由を言わないから、何だかわからないんだけどね。ロシア国内の通信事情で、飛行計画が各管制機関にうまく伝わっていないらしいんだ」

　沢村が頭を振る。管制機関が乗客数を聞いてくることなど、機が緊急事態を宣言したとき以外には考えられないという。乗客数と聞いて、食事数が一食分合わなかったことが頭をよぎった。

「キャプテン。ちょっとよろしいですか？　いまから乗客数をカウントさせます」

　知美に向けた砧の両目がつり上がっていた。

「なんだ？　おまえら乗客の数も数えてないのか！　今、二一四で合っていると言ったのは、あれはいったいなんなんだ」

「はい。搭乗ゲートに自動改札ができてから」

「数えなくてよくなったというのか。入国時に乗客数が合わなかったら誰が責任を取るんだ。そんなことを決めた野郎が、責任を取ってくれるとでもいうのか。え？　乗客数を数えて合わなかったら出発が遅れるから、奴《やつ》らは責任逃れのつじつま合わせでそういうバカなことを決めるんだ。チーパーになってそんなこともわからんのか！」

　知美をにらむ目は怒りに燃え、坊主頭の茶色いこめかみには、青い血管が浮かんでいる。

「了解しました。すぐにかかります」

　砧の機嫌を損ねると、コーパイの沢村に負担がかかる。知美はあの狭いコクピットで、砧と何時間も過ごす沢村に悪いことをしたと思いながら、キャビンに戻った。

マイナス六八度の成層圏を、衝突防止灯と航行灯を光らせて飛ぶ二〇八便の、エコノミークラスでは映画が始まっていた。暗くなった通路を、目立たないようにゆっくりと歩くCAの手の中から、かちかちと小さな音が続く。

「知ちゃん。いま、いい？」

ファーストクラスのギャレイのカーテンが開いて、エコノミークラスのパーサー今川由香が小声で呼びかけてきた。いつもの笑顔が消えている。

「二回数えたのに、合わないのよ。エコに一六二名いるの。間違いなく一人多く乗っているわ。まさかハイジャック犯じゃないでしょうね」

由香は手を開いて、カウンターの数字を見せた。寺本知美もチーフパーサーとして、当然同じことを考えたが、現在のヨーロッパでハイジャックが起こるとしたら、中東問題に関連する可能性が高い。ロシア上空だからチェチェン絡《がら》みと考えても、日本国籍の飛行機では見当違いの気がするのだった。

「私も最初はハイジャックかと思ったんだけど、もしそうなら、とっくに始めていると思わない？」

不法入国の可能性もある。不法入国者を国外に連れ出す費用は、運んできた航空会社の負担となる。パスポートが偽物《にせもの》だったり、他人になりすましたり、観光ビザで仕事のために入国しようとするケースなどが最近何件か発生しており、ニッポンインターナショナル本社はかなり神経質になっていた。知美がバインダーから乗客名簿を取り出して由香に手渡した。

「PIL《PIL》上の空席に座っている人がいたら連絡ちょうだい。いま休憩《レスト》に入るのをちょっと待つようにCA全員に伝えるから」

名簿を片手に、由香はいっそう緊張した面持ちで出ていった。知美はインターホンを取り上げながら、まだ自分の中での結論が出せないでいた。

シベリアの凍土の上でハイジャック？　それともシベリア上空だから？

知美がオールコールを入れると、各ポジションのCAから返答があった。

「いま、機長からの指示があり、乗客数の確認をしています。レストはしばらく保留します。各自いつでも連絡が取れるようにしてください。なお念のためにギャレイにあるナイフやフォーク、アイスピックなど凶器となるものは、片づけてください。以上です。質問はありますか」

《L2、了解しました》
《L3、了解しました》
《L4、了解しました》
《L5、了解しました》
《R1、了解しました》
全員の返事を確認して、インターホンを切ると、今度はコクピットからの呼び出しが鳴った。副操縦士の沢村からだった。
《ああ、寺本さん。さっきの話、人数はどうでしたか？》
「はい。遅くなってすみません。カウントの結果一人多く乗っていると思われます。現在不審者の確認をしています。わかりましたらすぐにお伝えします。ハイジャックという可能性はありますでしょうか」
《え、一人多い？　……ハイジャックはどうかな。それよりコードシェアで便を間違えて乗っているんじゃないのかな。万一ハイジャックの場合は打ち合わせのとおりに頼む。こちらもいちおうの準備はしておくから》
通話の後ろで砧機長の怒鳴り声が聞こえたが、不審者がわかったらすぐに連絡をくれという沢村の短い言葉を残してインターホンは切れた。

「了解しました」

知美は誰も聞いていないインターホンをフックに掛けた。

ニッポン・インターナショナル・エア二〇八便、パリ発ウイーン経由成田行きは、総指揮をとるパイロット《P》・イン《I》・コマンド《C》（第一指揮順位の機長）に砧道男機長、セカンド《S》・イン《I》・コマンド《C》（第二指揮順位の機長）に東田力哉《ひがしだりきや》機長、副操縦士には沢村和夫と上原聡《うえはらさとし》という、計四名のダブルクルー編成で運航されていた。

チーフパーサー寺本知美以下一二名の客室乗務員《CA》がサービスに当たっている。乗客は二一四名、名簿によればエコノミークラスには八〇人と二〇人と一五人の三グループ、合わせて一一五人の団体客が乗っていた。八〇名はパリからで、ツアー・コンダクターが二名、あとの二団体にはそれぞれ一名がついており、ウイーンからの搭乗だった。

エコノミークラスのパーサー今川由香は、鍛冶《かじ》まり子と萩原《はぎわら》かおるの二人をEキャビンのツアー・コンダクターのところに行かせ、各団体の人数の確認を頼んだ。

個人客の四二名は六名をのぞいて皆ウイーンからで、団体客から離れてエコノミークラスの前方、Dキャビンにいる。由香は後方ギャレイのカーテンの陰から通路をのぞくようにして、チェックを始めた。乗客を見てPILと照合してゆく。名簿上も四二名で合っている。トイレ使用中の人の確認を終えると、後ろの団体席へ向かった。

Eキャビンでは、まだ人数のチェックが続いていた。鍛冶まり子が、由香を見つけると茶色の髪を揺らしながら近寄ってきて、耳元でささやいた。

「いま八〇名の団体の確認をしています。席を移ったりしていらっしゃるので、ちょっと手間取っていますが、あとの団体は確認を終わりました。OKです」

「ありがとう。個人旅客の中にはいないわ。ここの団体さんの数が合わないはずよ。紛れ込むとしたら団体がいちばん狙《ねら》いやすいから」

萩原かおるも、メモを片手に二人のいるL5ポジションに戻ってきた。足し算を確認して、顔を上げた。

「すみません、遅くなって。こちらの団体さんの人数は合っていました。八〇名です。ツアコンの方と一緒に確認しましたので間違いありません」

そんなはずはない。先ほど単純に乗客数を数えたときには確かに一人多かった。三人が二回数えて一人多かったのだ。なぜ？

「ハギ、そういえば、黒の背広にネクタイ姿の人がいたけど、私がチェックした団体じゃなかったわ。気がついた？　八〇人の団体の人なの？」

「あの人、カジの団体か個人旅客と思ってたわ。どう見たって農協じゃないもの」

「どこにいるの!」

暗いEキャビンを見渡した。半分以上の乗客は寝ているようだった。60A席は太田鈴江の受け持ち範囲内で、PIL上では空席になっている。

すぐにギャレイに戻って鈴江に聞いたが、彼女はその乗客になんの違和感も感じていなかった。旅慣れたビジネスマン風で、団体客ではないと最初から思っていたという。

その人物が団体客でないからといって、不審に思わなかったのも仕方のないことだと由香は思った。団体客のすぐ隣の席に個人客が割り当てられていることもあるし、PILは機内に二枚しかない。いまは自分がここに持っているが、通常は機長が一枚、もう一枚はチーフパーサーの手元にある。ビジネスクラスでもエコノミークラスでも、チーフパーサーのところに行かないとPILは見ることができない。しかも鈴江のような新米は、チーフパーサーのいるファーストクラスのキャビンに入る資格さえない。

気がつかなかったことを詫《わ》びる鈴江に、あなたが悪いんじゃないからと慰めながら、この先どうやってその乗客に接するかを考えていた。その男性は椅子《いす》の背当ての陰に隠れていて、様子は窺えなかった。インターホンを取り上げ、チーフパーサーの番号を押した。

「知ちゃん、わかったわ。その乗客は60Aにいます。どうしようか」

《見つかったの、ありがとう。凶器を隠せるような、鞄《かばん》とか紙包みとか、手荷物は持っているの？》

「ちょっと待ってね、……何も持っていなかったそうよ」

《そう。キャプテンと相談してまた連絡するから、まだ何もしないでね》

「了解」

左側60A席への通路前方には鍛冶まり子が、後方には萩原かおるが何気ない様子で立ち、ギャレイでは寺本知美がコクピットとインターホンをつないだ状態で待機するなか、今川由香はその乗客に前方から静かに近づいていった。彼女たちの顔にいつもの笑顔はない。

男は目をつぶって休んでいるようだった。由香は話しかける前に唾《つば》を飲み込んだ。かがみ込むと同時に男は目を開けた。目と目が合う。男が目をそらした。

「お客様、恐れ入ります。ちょっとお伺いしたいのですが、お客様の本来のお席はどちらでしょうか」

男は無言のまま内ポケットに手を入れた。由香は一瞬身構えるように体を引いたが、彼が取り出したのは折り畳んだ紙切れだった。

3

「亡命？」

沢村が驚いた声を上げた。

「やっかいな奴《やつ》が乗ってきたもんだ。このことは他に誰か知っているのか？」

寺本知美から渡された紙切れを一瞥《いちべつ》すると、砧は沢村にそのまま手渡した。

「いいえ、メモは私が今川由香から受け取って、すぐにここへ持ってきましたので、誰も見ていません」

沢村の座っている右席の背もたれに手を添え、立ったまま答える知美に、砧機長は後ろの補助席に座るように太い腕で指示した。

「真偽は別にして、このことは俺がなんとかするまで誰にも言うな。いいな」

「はい。何か起きたときに対処できるように、各クラスのパーサーだけには知らせておきたいんですが、だめですか？」

「キャビンの判断はチーフパーサーにまかせる」

「何か疑問を持つCAがいたら、コードシェア便なのでお客さんが間違えて乗ったことにしておきます」

「俺に会いたいということらしいが、どんな奴なんだ、そいつは」

砧が鋭い視線を知美に向ける。

「ギャレイから見ただけですが、髪に白髪が少し混じっているようなので年齢が四〇代後半、アジア系で黒い地味なスーツ姿です。背の高さはお座りになっているのでわかりませんが、スーの、……うちの班でいちばん若い娘《こ》なんですが、彼女によれば中背で体型はどちらかというとやせ形です。旅慣れたビジネスマンという感じで、特に異常は感じなかったようです。ただ最初に乗り込まれたときは、外が雪なのにコートも着ていらっしゃらなくて、それで印象に残ったと言っています。60A席にいらっしゃいます」

「そうか。よし、会うにしてもここじゃまずい。ファーストクラスの後ろで空いている席はないか。まわりに聞こえないようなところで」

「今日のファーストは七人だけですが、キャプテンすみません……。実は五海《ごかい》建設の会長さんがお乗りなんです。その方はJ社が搭乗をお断りしているほどの、トラブル・パッセンジャーです。いまになってファーストに席を取ると、大騒ぎになることも考えられます。ですから二階客室《アッパーキャビン》ではいかがでしょうか。アッパーのお客様は八人で、皆様前方にいらっしゃいます。ビジネスカウンター前の席ならどなたにも気づかれないと思います。そちらにお連れしていいでしょうか？」

沢村があわてて口を挟んだ。

「でもキャプテン、その男はハイジャックしようというんじゃないでしょうね。機長を人質に取られたんじゃどうしようもないですから。搭乗券なしで機内に入ってますから凶器を持っている可能性もありますよ。充分注意されたほうがいいと思いますよ」

知美は男が鞄も何も持たずに、手ぶらで搭乗してきたことは確認済みだと伝えた。砧が思い出したように沢村に聞く。

「おい、今日ウイーンを出るとき、自動改札機の具合が悪いからボーディングに時間がかかるかもしれないと、ブリーフィングで誰か言ってなかったか」

沢村は知らなかったようで、知美が代わって答えた。

「はい。具合が悪くても最初は普通に動いていて、故障して動かなくなったのは最後のほうだけだったと、グランド・スタッフから聞いています。もぎりで処理したそうです」

紛れ込める余地が明らかにあったことになる。砧は知美にその乗客をアッパーに案内したら知らせるように命じると、仮眠室《クルーバンク》で仮眠中のＳＩＣ《セカンド・イン・コマンド》機長、東田をインターホンで呼び出した。

知美が出ていくのと入れ代わりにクルーバンクのドアが開き、眠そうな顔をした東田機長と副操縦士の上原が入ってきた。

「何ですか、その亡命って」

「いや、まだわからん。アジア系の男らしい。俺はいまから会いに行くから代わってくれ。ハイジャックの可能性も考えたが、いざというときは俺がたたきのめす。まあ、準備だけは頼む」

砧が太い腕を誇示するように機長席から立ち上がり、東田と交代する。すぐにインターホンが鳴った。沢村は応《こた》えながら、目で砧に合図を送る。砧はドアの鏡で、短い首に巻いたネクタイをちょっと直すと、キャビンに出ていった。

その乗客は、額にうっすらと汗を浮かべていた。小声で挨拶《あいさつ》した砧は、通路側の席に浅く腰掛け、男に体を向けた。周囲に声が漏れにくい態勢と見て安心したのだろう、男は「亡命を希望する」と流暢《りゅうちょう》な英語で話し始めた。声が少し震えている。

「自分は朝鮮民主主義人民共和国の外交官で、スイス駐在の一等書記官、洪哲洙《ホン・チョルス》である。ウイーンでの国際会議までまだ一ヶ月半もあるのに、即刻出発せよという平壌《ピョンヤン》からの電報を受け取った……」

男が少し興奮気味になったのでCAに飲み物を持ってこさせ、砧はその先も聞き役にまわった。洪は少し落ち着きを取り戻したが、周囲に注意し続けているのか、鋭い目配りだけは変わらなかった。

身の回りのものだけを持って即刻出国を指令する電報は、行く先がどこであれ、過去の例から見て本国への強制送還か、何らかの異常事態を意味している。本国との通信記録を調べた結果、自分が反動的言動をしているという報告書が、大使館にいる国家安全保衛部員から党中央に送られていたことを突き止めた。心配だったのが国に残してきた母親のことであったが、すでに半年以上も前に病死していたこと、党は自分のウイーンでの仕事が終わるまで、母親の死を隠そうとしていたのも同時にわかった。

そうなると電報は、生命の危険をともなう罠《わな》に違いない。もはや亡命以外に生き残る術《すべ》はない。案の定、ウイーンでの仕事が一段落すると、スイスへは戻らず平壌に戻るよう二度目の指示を受けた。

今日が亡命の最後のチャンスだった。ウィーンの空港では、ともかくアジア人の中へ紛れ込むことだけを考えていた。ちょうどトイレに日本人団体客が入ってきたので、そこで監視人をまき、そのまま団体客と一緒にこの便に乗り込んだ。米国へ亡命を希望するので、日本の関係諸機関にそのように伝えてほしい……。

砧は洪の話を二〇分近く聞いていたが、彼の話しぶりはよどみなく、真実味が感じられた。しかし彼が外交官であるという証拠は、最初に渡された一枚の名刺だけだった。パスポートも書類もすべて、逃亡時に二人の同行者を信用させるために、空港のコーヒースタンドに残してきたという。

洪はまた、いまはロシア領空かと執拗《しつよう》に尋ね、自分がこの便に乗っていることがロシア当局にわかると、機の安全まで脅《おびや》かされる可能性があると訴えた。そんなことはありえないといくら砧が説明しても、彼は納得しなかった。どこかの空港に強制着陸させられるから、自分が乗っていることはロシア領空内では絶対に内緒にしてほしいと繰り返し訴えた。砧は日本領空に入るまで、事実を伏せることを約束した。

洪をこの席に移動させたままにしておいたほうが、まわりの迷惑にならずにすむだろうし監視がしやすい。そう考えた砧は知美を呼び、常に洪から目を離さないように指示してコクピットに戻った。

ドアが開く気配と同時に、機長席の東田と右席の沢村、前方ジャンプシートの上原の三人が振り返った。

「どうでした？」

後部ジャンプシートに腰掛けた砧は、ハンカチで額の汗を拭《ふ》きながら、乗客数二一四名と書かれた乗客名簿《ＰＩＬ》をもう一度手に取った。

「確かに亡命のようだ。北朝鮮の外交官だと」

言葉を切って顔を上げたが、三人の目は続きをうながしている。砧は洪の話をかいつまんで繰り返した。

前方を見つめていた沢村が振り返った。

「でも、一外交官が亡命したぐらいで、ロシアが手を打ってくるなんてことがありますかね。彼はそれほど重要人物なんですか？」

「わからん。自分は国家機密に関与していた人物だからの一点張りだ。さっきから地上《した》が乗客数をしつこく聞いてきたのは、その手はじめなのかもしれん」

砧は手元のＰＩＬを太い指でたたいた。

「俺はこのＰＩＬに載っている乗客全員の命に責任があるんだ。奴のおかげで、まったく！」

東田が書き直した勤務時間区分表を砧に示した。

「砧さん。ＰＩＣは成田に着いてからが大変だと思います。ここから先私たちで四時間ほどやっていきますから休んでください。何かあったらすぐに起こしますから。沢村君も休んでくれ」

「そうするか、すまんな。……頼む」

砧はまだ何か言いたげだったが、地図と飛行行程表《ナビゲーションログ》のコピーを手に取ると、クルーバンクに入っていった。沢村も続いてコクピットを離れた。

目で追っていた東田は、沢村と交代した上原に向き直った。

「大変なことになったな。たった一人のおかげでさ。全員が危険な目に遭う」

二階客室《アッパーキャビン》担当の野田佳菜代《のだかなよ》が、日焼けした顔を見せた。

「キャプテン、アッパーに来られたお客様は、便を間違えられたそうですね。コードシェアだと一つの便に他社便の便名もつくし、ターミナルも違ったりで、お客さんにはわかりにくいですよね。そろそろお飲み物でもお持ちしましょうか。何がよろしいですか？」

機長席の東田は操縦室の照明を少し明るくすると、振り返ってコーヒーを注文した。

佳菜代が上原にも顔を向ける。

「何にしようか、もうコーヒーも飽きたしな」

「日本茶はいかがですか。ファーストクラスでお出ししているものは、抹茶が入っていておいしいですよ」

上原は日本茶を頼んだあと、佳菜代の様子に気がついた。

「ずいぶん楽しそうだな。どうしたの？」

「わかります？　今日、彼の誕生日なんです。この機体、ビジネスカウンターがありますよね。で、メール送れないかなと思ってやってみたんです。大成功。うまくできました。けっこう簡単なんですね」

「そう、俺はまだ使ったこともないな」

「そうじゃないだろう。送る相手がいないんだろう？」

東田が口をはさむと、佳菜代は「お飲み物、すぐにお持ちします」と、頬にえくぼを作って出ていった。

「彼女は愛想がいいな。俺たちにもちゃんとにっこりしてくれるし、女は愛想が良くなきゃいかんよな」

最近会社で注意書が配られたばかりのセクハラ発言にあたるのだが、上原は触れなかった。

「そうですね。最近はみんな愛想が悪いですからね。疲れてるんですよ。キャプテンもレスト途中で交代になって疲れませんか」

「大丈夫だ。砧さんも沢村もバンクへ入ったけど、たぶん寝られやしないだろうな。ほんとうに亡命だとすると、ロシア上空では絶対にばれないようにしないとな。一人のためにすべての乗客が危険な目に遭うようなことにでもなったら、大ごとだ。東京に着いてからもいろいろ大変だろう。ともかくこの便が四人編成でよかったよな。何かあって解決が長引いたとしても、二交代で休むことができる。これが三人編成だったら、ほとんど休めないだろう。余裕があるというのはありがたいな」

「このあいだの二〇八便、一九時間五五分かかったってご存じですか？　パリでは除雪と悪天候で、ウイーンには二時間もホールドして、やっと降りられたらしいんですけれど、出発時にはまた除雪の順番待ちで遅れて、日本に着いたときにはクルー全員ふらふらだったようですよ」

「だからスケジュールは、組合が言うように、余裕を持って作る必要があるんだ。ウイーンから成田へ飛ぶ前に、パリ・ウイーン便をやるなんてうちの会社だけだぞ。他のエアラインはみんなウイーン・成田だけだ。昨日、沢村に言ったんだ。早期退職制度が適用されるんだったら、早くこんな会社辞めるべきだってな」

コーパイ仲間では有名な、東田の愚痴がまた始まったと上原は思った。パリで一緒に食事をしたときも、そんな話ばかりで少々うんざりしていたのだ。

「この路線はダブルクルーだからまだましだけどな、それでもパリから来てこの先、まだ一〇時間以上も飛ぶなんて話を、アメリカのエアラインの連中が聞いたら、ダンピングだって騒ぐぜ」

確かにアメリカのエアラインは八時間ルールで飛ばしているし、このルートを共同運航しているオーストリア航空でも、パリからウイーン経由成田を続けて飛ばすようなことはしていない。しかし今ここでそんなことをいくら言っても仕方がない。上原はおざなりに相づちをうった。

「そうですよ。それがグローバル・スタンダードですよね」

「サンフランシスコ線だってそうだ。一一時間もの間、休憩時間も食事時間もなしでぶっ続けに働くなんて、いまどきそんな職場がどこにある？ キャビン・クルーだってひでぇもんだ。一二時間飛んで日本に着いて、それから実質四時間は帰れないらしい。早く帰るとあとでいろいろ言われるんだそうだ。もうこんな会社はどこかに吸収合併されちまったほうが、俺たちの待遇はよくなると思わないか。そのほうがグローバル・スタンダードに近づくからな。これで労働基準法を満たしているとは、ジャパンはひでぇ国だよ」

「北朝鮮よりはいいじゃないですか。そんな長い時間飛び続けても……」

上原は、自分の言葉にぎくりとして黙り込んだ。

「赤字だ赤字だと大々的に宣伝して、俺たちの給料を安くしやがって、元はといえば、自分たちが役員をしている子会社への融資が、こげついているだけじゃねぇか。しかもご本人たちは、退職金を五億も六億も持ち逃げしやがって。こんな会社に未来はねぇよ」

上原の頭の中は東田の不平よりも、新たな不安で満たされ始めていた。

「どうした？」

「ちょっと、待ってくださいよ。あのぉ、僕らがいちばん長い時間飛んでいるとすると、同じ頃出発した他の便は、この便より前にすべて着陸するわけですよね」

東田も上原の言いたいことに気づいたのか、話を促した。

「キャプテン、この便に亡命者が乗っていることは、ロシア上空にいるときにばれてしまうんじゃないでしょうか」

北朝鮮の各機関が、亡命が発生した時間帯のウイーン出発便をすべて調べ、それぞれの便の到着地で工作員が目を光らせていれば、亡命者が乗っていたかどうかはすぐにわかる。おそらくこの成田行きの便が最も遠く、最後に着陸することになるのではないか。そしてこの便と特定できるのは、他のすべての便が着陸した時だ。上原はあわててチーフパーサーを呼びだした。

《L1の寺本です》

インターホンから明るい声が返ってくる。

「寺本さん、この便に他社のウィーン出発便がわかる時刻表、乗せてる?」

《はい。ございますが、何でしょうか》

「よかった。すぐにこの便の出発時間の前後三〇分間に、シュヴェヒャト空港のイースト・ピアから出た便を調べてくれないか」

《はい。でもイースト・ピアから出たかどうかは、時刻表ではわかりませんが》

「そうか。ともかく何便ぐらい出ているかだけでもいいから」

《了解しました》

五分ほどでインターホンが鳴った。

《R4、地場《ちば》です。チーフパーサーから、この便の出発時間の前後三〇分の出発便を調べて報告するように言われました。一九時三〇分のヘルシンキ行きから、モスクワ

やオーストリアのリンツ行きまで、一四便あります》
「長距離便はいくつあるの？」
《長距離便は……ありません。ほとんどがEU圏内です》
「いちばん遅い便は？」
《二〇時三〇分のリヨン行きです》
「何時にリヨンに着く？」
《二三時一〇分着ですので、もう到着していると思いますが》
「そう、ありがとう」
インターホンが切れて静かになると、暗いコクピットがいっそう冷え冷えと感じられるようになった。この機に亡命者が乗っているのが判明するのは時間の問題だ。それが何時になるのかはわからない。さいわいヨーロッパもロシアもこれから真夜中になるので、連絡を取り合うにも時間がかかるだろうことは想像できた。それがいつになるにせよ、はたして北朝鮮の要請を受けてロシアは行動を起こすだろうか。
窓の外では無数の光の針を縦に並べたようなオーロラが、北極を中心とした巨大な輪をゆらゆらと作りつつあった。
「キャプテン、速度をあげましょうか」

「八七《ハチナナ》（マッハ〇・八七）にあげても到着は何分も変わらん。せいぜい二〇分だろう」

　計器画面がちらっと動いて、主翼内にある燃料タンクの温度を示す数字が白から黄色に変わった。燃料が凍結警戒温度にまで下がったのだ。このまま凍結してしまうと、エンジンに充分な燃料が行き渡らなくなり、最悪の場合はエンジンが停止する。それも四つのエンジンが同時に止まる。外気温度を画面に出すとマイナス七二度を示していた。このようなときは速度を上げて、空気との摩擦熱で燃料の温度の低下を防ぐか、あるいは高度を下げるかしかない。

　申し送りがなかったと思いながら、温度分布予報表を確認すると、予報より一一度も低かった。加えて今日の気温は現在高度より下の三万フィート前後がいちばん冷たく、かえって上空が暖かだった。しかしこれ以上の高高度には、機体重量の関係でまだ上がれない。

「よし、速度を上げよう。入力端末《CDU》にポイント八七を入れてくれ」

「了解」

　いまからでは遅過ぎるかもしれない、一旦《いったん》下がってしまった温度を上げることは非常に難しいのだ。

　速度がマッハ〇・八七に達してハイスピードクルーズとなり、燃料温度の画面を注視している時だった。ロシア語訛《なまり》の英語が太い声で無線に入ってきた。

《ニッポンインター二〇八、こちらはシブカー・コントロール。現在の速度はいくつか？》

二人は思わず顔を見合わせた。

速度を上げてからほんの数分しか経《た》っていない。この周辺に航空路監視レーダーはないはずだ。こちらから何も言ってないのに、速度を上げたのがなぜわかったのだろうか。上原は恐る恐る無線のスイッチに手を伸ばした。

「ニッポンインター二〇八、ポイント八七」

《了解》

通信はそれで切れた。答えは明らかだ。軍の防空レーダーしか考えられない。この便はロシア空軍に監視されている。

燃料の温度がまた一度下がった。

4

仮眠開始時間が遅れた理由を知らないほとんどのCAは、不満を言い合いながらも短いレストに入った。キャビンでは映画が続いていた。ギャレイで、エコパーサーの今川由香は免売の売り上げを計算していた。カーテンが開いて鍛冶まり子が顔を覗《のぞ》かせた。

「どうしたの？」

「シートナンバー57列のＡＢＣと58列のＡＢＣのオーディオが聞こえなくなったそうです。試してみたんですけど確かにまったく聞こえません。どうしましょう」

「何人のお客さんが座っているの？」

「ええと、二人ずつ四人です」

「じゃあ、そばの空いている席にご案内して。前方に空席があったでしょう」

「そうおすすめしたんですが、窓際《まどぎわ》がいいとおっしゃって。ちょっと来ていただけます？」

母娘《おやこ》らしい二人連れには、今はシェードが下ろしてあるので外は見えないし、このあたりは外気温度がマイナス六〇度以下なので窓際は冷えやすいと説明して、やっと席を移ってもらえた。しかし新婚の二人は窓際を強く希望していたので、亡命者が座っていた60列ＡＢの窓際席に移動してもらった。

スピードはこれ以上出せなかった。先ほどマッハ〇・八九を試したが、かすかに揺れる程度の荷重Gでも、空気の剝離《はくり》を感じた。空気の薄い高空で高速度失速の前触れに接するのは、あまり気持ちのいいものではない。外気温度がマイナス七四度に下がり、燃料温度も公称凍結温度にあと三度と迫っていた。一度下がるのに約一五分かかっている。凍結温度までに約四五分弱。日の出を待つしかない。

上原は先ほどから明るくなってくる東の空を眺めながらも、燃料温度が気になって、そこばかり見やっていた。

また一度下がった。

日の出時間を見るためにナビゲーションログを取り出したのと、東田が訊《き》いてきたのはほぼ同時だった。

「何時になる?」

「あと二〇分、正確には二二分です」

ウイーン現地時間二一日夜八時に出発した二〇八便は、スケジュール上では東京到着が日本時間翌二二日の午後二時四五分である。地上の時間だけを考えると、所要時間は一八時間四五分もあるが、機上の時間では、実飛行時間の一〇時間四五分となる。つまり地上での一八時間四五分を、機上では一〇時間四五分で消化する。地上の一時間は機上では約三五分に過ぎない。そのため夜も短くなる。

二本目の映画が始まってすぐの頃、東の空に太陽が昇った。二〇八便は離陸後五時間一四分で日出会合《にっしゅつかいごう》（日の出）となった。サングラスとサンバイザーを通しても、二人の目に朝日が滲《し》みる。凍付《いてつ》くシベリアの大地には色もなく、凍った河が朝日を反射して、うねうねと輝いているだけだった。

機長席の東田は窓に顔を寄せ、そっと振り返った。外側エンジンと左主翼、いや主翼内の燃料タンクは、たっぷり朝日を浴びて銀色に輝いていた。

全行程の約半分を飛び終えた二〇八便は、イルクーツク北北東約八五〇キロのラドン上空で、高度を一万一一〇〇メートルに変更した。キリエンスク・コントロールのロシア人管制官は平静を装《よそお》っているのか、特に何も聞いてこなかった。二人は注意深くまわりを見渡したが他に機影はない。

上原は一時間ほど前を飛んでいるはずの、ニッポンインター二〇二便、ロンドン発成田行きを航空機間通信《インターパイロット》で呼び出してみた。しばらく試したが、なんの返答もなかった。いちばん北寄りの航空路R３３を飛んでいるのかもしれない。

無線にときどきロシア語の通信が入るだけの静まりかえったコクピットで、東田が紙コップの冷めたコーヒーを口に運んだ。

鍵《かぎ》の開く音がして、クルーバンクから砧機長と副操縦士の沢村が現れた。交代時間になっていた。

「どうだ、変わりないか？」

砧がまぶしそうに額に手をかざしながら、太り気味の体をかがめて計器類を覗き込んだ。

「キャプテン」

沢村がアルミホイルの包みからおしぼりを取り出し、砧に手渡した。東田は、砧が顔を拭《ふ》き終わるのを待って、申し送りをはじめた。

「高度を一万一一〇〇に上げました。あれから特に何もありません。気味が悪いほどです。もう地上《した》はこの便に亡命者が乗っているのを知っていると思います。あの時間帯に出て、まだ飛んでいるのはうちだけですから。亡命者に関してキャビンからは何も言ってきていません。エコノミークラスは、二本目の映画をやっています」

「そうか。お疲れさんだな。交代しよう。洪氏から何もないとは、結構なことだ」

砧機長はレストでも一睡もしていなかったようだった。両目が充血している。東田はシートベルトをはずし、機長席から立ち上がった。着陸まであと四時間、世界標準時間で〇一一八時、日本時間午前一〇時一八分だった。

「おい、眠いだろう。これ、食うといい」

砧機長名物の、おつまみ昆布だ。行きに比べて帰りの便は、時差の関係で眠い。いくらレストで休んでも、席に座って二時間もすると眠気が襲ってくる。眠気予防には飴《あめ》やガムで口を動かす工夫をしているが、一〇時間以上も座って食べ続けていると、どうしても太ってしまう。そんな悩みを国際線パイロットの誰もが抱えている。

「ガムは砂糖が入っているし食った後が汚い。これならカロリーは低いし、ミネラルが豊富だ。なんたって自然食品だしな。いろいろ食ったが、この〝とろべー〟がうまい」

「すみません。いただきます」

沢村はペデスタルの上に置かれた袋から一つ取り出して口に含んだ。ハイテク機器に場違いな磯《いそ》の香りが口の中に広がる。

「むかしの日本人は良《い》いものを作ってくれたな。最近聞いた話だと、俺たちの宇宙線の被ばく予防にも良いらしい。ヨウ素が含まれているからな。おい、機長の田淵《たぶち》を知っているか？　デブであだ名がタブーとか言うんだ。ふつうはここに座って寝ないで仕事をしてるもんだが、あいつは寝ないで食っているんだな。食ってばかりいるとあなる。よくあれで身体検査に通るな」

「あのキャプテンは身体検査の一ヶ月前になると、かなり痩《や》せられますよね」

砧は昆布の端を口からのぞかせながら、航路地図を沢村に示した。

「この先ジャンボを降ろせる飛行場はハバロフスクしかない。もし何かなんくせをつけてくるとしたら、そのへんだ。上空まであと一時間くらいか」

「そうです。まもなくキャビンの映画が終わる頃ですが……」

沢村はバインダーを取り上げてナビゲーションログを確認すると、航法画面上の航路図をボールペンの先で指しながら続けた。

「ジュリエット・キュベック・ビーコンを通過する前後で映画が終わり、ミルサ・ポイントあたりからスナックのサービスが始まると思います。ハバロフスク管制区に入るのは、これで見ると〇二五七ですから、あと二〇分くらいです」

鍵の開く金属音がして、まぶしそうに目を細めたチーフパーサーの寺本知美が顔を出した。レストが終わって化粧を直したのだろう、コクピットの雰囲気までがぱっと明るくなる。

「おはようございます。まもなくエコの映画が終わります。……なに食べていらっしやるんですか？」

相好《そうごう》をくずした砧に勧められて、「懐《なつ》かしいわ」とはしゃぎながら知美も昆布を口に入れた。

「お食事は、何がよろしいですか。肉はミートローフのようなもので、魚はトマト煮のイタリア風。ファーストクラス用のうどんもありますが」

「どうだ、洪の様子は？」

振り向きざまに砧が尋《き》いた。

そのことなんですが。砧の同意を求めるような口調に変わった。

「亡命は言い訳で、何か他に意図があるような……。いえ、これはあくまでも私の感じですけど」

洪はあれからほとんど口もきかず、いまはよく眠っている。祖国を捨てる人間があんなによく眠れるものなのか、そう考えると彼が本物であるか疑わしいと説明した。

沢村はハバロフスクと通信設定《コンタクト》し、交信を始めた。砧が知美に視線を戻した。

「俺は本物だと思う。奴《やつ》を、無事に日本まで連れていってやるつもりだ」

「スタンバイ」と沢村がＡＴＣに告げたのを聞くと、砧は知美に黙るように手で合図をした。知美は黙ってうなずき軽く砧に頭を下げて、コクピットを出ていった。

「何度も何度もうるさい。否定《ネガティブ》だ！　誰も乗っていないと言ってやれ」

砧の剣幕に驚いて、沢村はマイクのボタンを押す。

「ネガティブ。ナンバー・オブ・パッセンジャーズ二一四」

《我々は貴機にあと一人搭乗しているとの確かな情報を持っている。再度チェックをお願いする》

砧はいきなり自分のマイクを取り上げると、直接交信を始めた。

「すでに三回もチェックを行なっている。要求には応じられない」

《その場合、危険性が考えられるので、ハバロフスク空港へ着陸されたい》

「我々は貴国上空通過の許可を得ている」

《危険防止のための安全上の処置だ。すぐにハバロフスク空港へ着陸されたい》

砧は乱暴にマイクを置くと、沢村に向かって腕時計を指して指を二本立てた。沢村はあわてて交信を続けた。

「了解。もう一度チェックする、約二〇分かかる」

沢村はポケットからハンカチを出すと、額と首から噴き出した汗を拭いた。

「危険かどうか判断するのは俺だ。奴らじゃない。数えているふりをしているうちに、ハバロフスク管制区を駆け抜けるんだ。国際法上、強制着陸はさせられないはずだ。

あくまでも要請だからかまわん。あいつら日本人だと思って甘く見てやがる。心配するな」

雪と氷の原野の先に、曲がりくねったアムール川が見えてきた。二つに枝分かれしたところから先は中国だ。その付け根の川下にハバロフスクの街があり、工場の煙突からだろうか、白い筋が何本か上がっている。

キャビンでは朝食の準備が進められているはずだ。閉じられていた窓のシェードが開けられ、まぶしそうに目をしょぼつかせた乗客が、配られた熱いおしぼりで顔を拭いている頃だ。

砧は時計を見て、あと一二分でハバロフスク管制区を抜けることを確認した。しかしそのあとはウラジオストク管制区に入る。ロシアの管制空域であることに変わりはない。また無線が聞いてきた。

《乗客のチェックは終了したか。まもなくハバロフスク空港上空》

砧が首を横に振るのを横目で見て、沢村はマイクのボタンを押す。

「まだだ。現在チェック中」

《ハバロフスク空港へレーダー誘導を希望するか。高度を下ろすか》

「ネガティブだと言ってやれ！」

砧が吐き捨てるように言った。

「ネガティブ。現在、必要ない」

通信を終えた沢村は震える手でカップホルダーのコーヒーを取ろうとして、ズボンの上にこぼしてしまった。

あと五分でハバロフスクの管制区を抜けるというとき、航空機間通信《インターパイロット》で一時間ほど先を飛んでいる二〇二便が呼んできた。北のルートを飛んできてもハバロフスクから先は一緒のルートになる。そのために無線が通じたのだろう。

《衛星通信《SATCOM》が故障だそうですね。二〇八便宛《あて》の通信が入ってきましたので転送します。成田からです。朝鮮民主主義人民共和国の外交官、ホン・チョルス一等書記官が搭乗している可能性あり。当人の搭乗を確認し連絡されたし。当件は外交ルートを通じてウイーン支店に確認要請してきたもの。慎重に対処されたし。以上です。大変そうですねえ。返事が必要なら言ってください。こちらのSATCOMで転送します。どうぞ》

沢村は顔から血の気が引く思いがした。ロシア側に傍受されたことは間違いない。

砧も一瞬言葉に詰まった。

「キャプテン、ハバロに降りましょうか」

「いや、ほっとけ」

インターホンのチャイムが鳴った。沢村が素早くセレクターをインターホンに切り替える。

「はい。コクピットです」

野田佳菜代からだった。

《アッパーの朝食配布は終了しました。お食事はどうなさいますか？》

砧は黙ったまま首を横に振った。

「ありがとう。ちょっと忙しいのであとで連絡する」

《了解しました。お客様が日本海まであとどのくらいかと聞いています。何分ぐらいでしょうか》

「そうだな。一〇分くらいで見えてくる」

《ありがとうございました。コーヒーだけでもいかがですか？》

「ああ、あとでもらうから」

インターホンを切ると、沢村は小さいため息を漏らした。

5

60Aに移った新婚旅行帰りの坂口晶子《さかぐちあきこ》は、朝食を終えて、雪と氷がまぶしく光るロシアの大地に目をやった。夫の隆之《たかゆき》は、隣で軽い寝息を立てている。ぼんやりと白一色の景色を眺めながら成田に着いたあとのことを考えていた。やはりおみやげが二つ足りない。機内の免税品販売を見てみようと、機内誌を広げてみた。

その窓の後方左斜め上から、戦闘機の黒く尖《とが》った鼻先が、音もなく近づいていたことに、晶子は気づく由《よし》もなかった。

晶子はコーヒーの最後の一口を飲み終え、お代わりをもらおうとスチュワーデスの姿を捜していたが、誰もいない。

免税品販売のページに目を通しても、気に入ったものは見つからなかった。どうも値段と品物がつり合わない。

何かないかしら。

隆之を起こして相談しようとしたが、目も開けずに「そんなに買う必要はないよ」とつぶやくと、そっぽを向いてまた寝てしまった。晶子は顔を上げてふたたび窓の外に目を移した。

彼女はコールボタンを何回も押したが、あまりに慌《あわ》てたので、読書灯がついたり消えたりするだけだった。

やがてチャイムがあちこちで鳴り、機内が騒然となってきた。客室内に「ミグだ！」という声が広がった。

乗客は並んで飛行する戦闘機を見ようと、左側の窓に走り寄った。誰かの「右側にもいる」という声で、今度はいっせいに右の窓に集まった。もうアナウンスもＣＡの制止も役に立たなかった。

興奮して写真を撮ったりビデオを回していた乗客も、次の瞬間には急速に静かになっていた。十数年前に起きた大韓航空機撃墜事件を、思い出したのだ。窓のはるか下には、すべてを飲み込む日本海が青黒く光っているのも、あのときと同じだった。晶子は隆之に取りすがった。

「曳光弾《えいこうだん》を撃ってきたか」

「いえ、まだ何も行動には移っていません」

《貴機の安全を考えて、着陸可能な飛行場にガイドするために、航空機を送った》

砧の抗議に対しての管制からの返事だった。沢村はインターパイロットで二〇二便を呼び出し、「現在ロシアの戦闘機に囲まれている、すぐに東京に知らせるように」と頼んだ。コクピットからは見えない位置にいる戦闘機を、砧は航法画面の衝突防止装置《TCAS》を使って確かめようとしたが、うまくいかなかった。戦闘機は自動応答装置《トランスポンダー》を切っているようで、画面には映らないのだ。シートから身を乗り出して右の窓に頬をつけるように顔を寄せた沢村には、かろうじて斜め後ろにいる機体を捉《とら》えることができた。

「スホイ27です！」

両翼と胴体の下にミサイルを抱え、二枚の垂直尾翼と鎌首《かまくび》を持ち上げたような機首部分を持つスホイ27が、こちらの操縦席から見える位置に並んだ。ヘルメットにバイザーを下ろしたパイロットの姿もはっきりと見える。

「あいつらは遊撃行動はとっていない。強制着陸をさせるつもりなら、曳光弾を撃つか一機が前に出て国際信号を送ってくるはずだ……」

《ニッポンインター二〇八》

ウラジオストクが呼んできた。

《我々はあなたの要望に応《こた》えたいと思う。着陸するか》

マイクボタンに指をかけて不安げに返事を待っている沢村に、砧は太い首を振った。

「ネガティブだ！　彼らに強制着陸させる権利などはない。このまま東京に行くと言ってやれ」

震える声で沢村が答える。

「ネガティブ。東京へ向かう」

「日本の外側防空識別圏《アウターADIZ》まであと何分だ」

砧に聞かれても、沢村の目と指は地図の上をはい回るだけで、境界線をなかなか見つけられない。アウターADIZは、そこから内側に入ると日本の戦闘機が飛んで来るというだけで、公海上であればどこの国の航空機が飛ぼうと原則的に自由である。しかしこのような挑発的行為に、国家は対応せざるを得ない。

北海道奥尻島《おくしりとう》、当別《とうべつ》、稚内《わっかない》及び大湊《おおみなと》の自衛隊レーダーサイトは、沿海州サカロフカ空軍基地から発進したと思われる戦闘機二機が、ニッポンインター二〇八便に接近した様子を捉えていた。その異常な行動は、青森県三沢にある北部航空方面隊のディスプレイに、はっきりと映し出された。このままではアウターADIZ内に進入してくると判断した防空司令所は、国籍不明機《ボギー》に対する緊急発進指令《スクランブル》を基地指揮所に発した。

雪のちらつく千歳《ちとせ》基地から、F15J戦闘機二機がアフターバーナーのオレンジ色の炎を排気口から引きながら、急上昇で雲の中に消えていったのはそれから三分後だった。

「アウターADIZはまだか！」

「あと、いえ、もう入ってます。でもあいつら、まだ、います。まっすぐ札幌《さっぽろ》へ行きましょう」

「いかん！　航路をはずれてはいかん。撃墜後に、航路をはずれていたと口実にされるだけだ」

言い終わらないうちに、両戦闘機は機体下部を見せて反転し、一瞬にして二人の視界から消え去った。

「おい、どこへいったんだ」

「キャプテン、後ろです。ハイスピードで接近中です。どうしますか」

沢村が画面に映った二つの点を指して、うわずった声を上げた。画面上の二つの点は、TCASの四〇マイル・レンジを過ぎてぐんぐん迫ってくる。極度の緊張が二人を襲った。ハイスピードで近づく二つの点を、凍りついたように見つめる。点が一〇マイル・レンジにさしかかった。

「窓の外を見ろ。撃ってきたか」

「まだ、な、何も見えません」

ハイスピードで近づく二機は、高速を保ったまま一〇マイル・レンジを割って近づいてくる。

「赤外線誘導ミサイルを発射するとしたら、五マイル前後だ」

「距離あと八マイル」

「いま五マイル。まだミサイルを発射していません」

「機銃だ。機銃を撃つなら一〇〇フィートまで近づいてくるぞ」

「よし。スピードを落として行き過ごさせる。あいつらはこの高度では、低速で飛べないはずだ。失速ぎりぎりまで速度を落とす。ともかくすぐに国際緊急周波数《ガード》で呼びかけろ」

砧はスピードノブに指をかけ、沢村がマイクセレクターをナンバー・スリー無線機に急いで切り替え、呼びかけようとしたときに、相手から呼びかけてきた。

《ニッポンインター二〇八、こちらイーグル・ワン。聞こえますか？ ニッポンインター二〇八便、こちらは航空自衛隊、第二航空団第二〇一飛行隊。コールサイン〝イ

ーグル・ワン〟です。これより貴機の安全のために護衛いたします》

ロシアの戦闘機が引き返していったという機長のアナウンスが終わると、キャビンはふたたび騒然とした状態になった。機が航路を外れて飛んだのではないか、という苦情が多くの乗客から出され、機長をはじめとする乗務員はその対応に苦慮し続けた。しかしコクピットは極度の緊張から解放され、やっと安心のひと息をついたところだった。

二機の自衛隊機は、ニッポンインター二〇八便がウラジオストクの管制圏から札幌航空管制圏に入ったところで、「基地に引き返す。幸運を祈る」との短いメッセージとともに、翼を一回振って視界から消えた。

戦闘機に向かって敬礼を返した砧は「なかなかやりおる。むかし俺がいた部隊だからな」などとご機嫌だったが、放心状態で前方を見ていた沢村は、戦闘機に「サンキュー」とひとことお礼をつぶやくのが精一杯だった。二人は気に止めなかったが、そのときほぼ正面の青空に美しい飛行雲が見えていた。

日本海上空で運用試験中だったＥ７６７早期警戒管制機は、北朝鮮から戦闘機が二機発進した様子をキャッチしていた。それらが日本の外側防空識別圏《アウターＡＤＩＺ》を越え高速度で北上する様子は、佐渡島の第四六航空警戒隊のレーダーでも捉えた。

日本海をにらむ位置にある石川県小松基地第六航空団の緊急発進待機格納庫《アラートハンガー》でベルが鳴り響いた。四分後、尾翼に黄色いイヌワシのマークをつけた、三〇六飛行隊のF15J戦闘機二機編隊が、轟音《ごうおん》とともに雪雲に覆《おお》われた日本海の上空に昇っていった。

二機のミグ21戦闘機は相手機を三〇度方向に見る位置に入ると4G旋回に入った。それはこちらに向かって鋭い曲線を描く飛行雲として、沢村の目にとまった。

「飛行雲《コントレール》が二本ですから、B‐777《トリプル》ですかね」

砧も気がついていた。

「こっちに来るな……」

札幌コントロールが呼んできた。

《反対方向より航空機接近中、距離二五マイル、ほぼ正面から二時の方角、高度、機種ともに不明、高速移動中、視認できるか？》

「ああ、視認している」

《了解》

答え終わったときには右側面から三角形の主翼をした細身の戦闘機が二機、六〇度近いバンクで旋回しながらこちらに迫ってきた。翼面下に抱いたミサイルがはっきりと見える。

「おい！　二機いるぞ。気をつけろ」二人は思わず首をすくめた。

戦闘機は瞬間的に頭上を通過し、こちらと平行に飛ぶようにして機の左後方に下がった。

「後ろにつかれました」

沢村の言葉に、砧がガラスに顔をつけるようにして後ろを見たが、コクピットからは何も見えなかった。

「あの野郎どこの戦闘機だ」

「たぶん北朝鮮です。ロシアはあんな古い機種を使ってません」

二機の戦闘機はそのまま二〇八便の後ろに迫ったが、日本の迎撃戦闘機を認めると、飛行雲を引きながら南西に変針した。小松基地からスクランブルしたＦ15Ｊ戦闘機二機は、急反転して二機のミグをアウターＡＤＩＺまで追尾したが、写真だけを撮って基地に帰投した。

機内は、着陸まで静まることはなかった。人道上の見地から、亡命者がいることは最後まで伏せておかねばならず、そのため説明が充分とはいえない部分もあったのは事実である。客室では機上のスカイマップに示された航跡を説明して、当機は決して航路をはずれてはいないこと、戦闘機は何らかの確認のために来たと思われ、攻撃などの脅威はまったくなかったことなど、何回も説明を繰り返した。それでも一部の乗客は納得せず、到着後に開かれた説明会でも、地上係員ともめることとなった。

成田で乗客全員が降機したあと、ボーディング・ブリッジ横の入り口からニッポンインター旅客課の西村課長を先頭に、数人の男が冷たい風と一緒に入ってきた。機内に入った西村は、機長と言葉を交わしたあと、つき添われている洪哲洙に言葉をかけた。

「洪さん、私はニッポンインターの西村と言います。事情を、説明させていただきます。ひとまず出入国管理令違反ということで、出入国管理官が来ています。それから警察庁の外事課と、外務省アジア大洋州局の方です。安全のために機外に車が用意してあります。こちらへいらしてください」

洪は、皆に囲まれて機外に向かう途中振り返ると、砧に頭を下げた。

PICの砧、SICの東田、副操縦士の沢村と上原の四人は、それぞれ別室で事情聴取を受けた。亡命者は出入国管理令違反ということで取り調べを受けるが、その際には機長をはじめとするクルーからも事情聴取を行い、検察庁に起訴するときの参考にされる。

一〇時間四〇分のフライトに続き、四時間近くにわたる空港警察署での事情聴取は、四人の疲れを倍加させた。

彼らがようやく解放された頃、空港警察の裏門からパトカーを伴った黒塗りの車が走り出た。二台は東関道をフルスピードで東京に向かった。そして大井から首都高速一号線に入り、芝浦で一般道に出ると、港南大橋を渡って東京水上警察署の建物に滑り込んだ。

この建物は警備のしやすさから、身柄を保護するには絶好の場所とされ、以前にも亡命者の保護に使われたことがある。

6

翌二三日、外務省アジア大洋州局北東アジア課長山崎孝司《たかし》は、成田空港ターミナルビル内に設けられた仮設事務所に着くと、洪哲洙の事情聴取を担当した杉野筆頭補佐官の調書と、報道課員のコメントに目を通し始めていた。

朝の会議前に、この件で村瀬《むらせ》賢三《けんぞう》と打ち合わせをすることになっている。窓から見上げた空は九時になってもどんよりと暗く、ときおり白い花びらのような雪が舞っていた。テーブルの上で小さく湯気を上げているコーヒーカップに手を伸ばしたとき、ドアが開いて内閣安全保障室危機管理官の村瀬が入ってきた。山崎は眼鏡をテーブルに置くと立ち上がった。

「昨日の不審船事件でお疲れのところを、ご足労頂き、ありがとうございます」

巨漢の村瀬とは以前から顔見知りだった。山崎はソファーをすすめた。村瀬は腕にかけていたコートを横に置くとハンカチで顔をぬぐい、革張りのソファーに体をめり込ませた。

「亡命した外交官の名前は洪哲洙《ホン・チョルス》でよろしいんでしたね」

鼻が詰まって口から息をするようなしゃべり方をする村瀬は、ブリーフケースを開いてファイルの書類を山崎に手渡すと、部屋の中をひととおり見回した。盗聴装置を気にしているような様子を見ながら山崎は、村瀬の頭には、まだ白髪が一本もないことに気がついた。自分が銀髪になったのは、五年前に胃の手術をしてからだった。

「いやぁ、面倒なことになりましたな。不審船の件は現在まだ調査中で、はっきりしたことはわからないのですが、どうも中国が関わっているようでして、一連のできごとはこの亡命も含めて、関連があると考えるのが妥当なところでしょう。不審船に関して北もまもなくコメントを出す頃だと思います。外交官の亡命に対しては予想通りの展開です。まだ公表には至っていませんが、北は日本と米国が共謀して誘拐したと抗議してきました。こちらとしては、本人の意思を尊重して対処すると言うしか、今のところ手はないんですがね。政府としては……」

ドアがノックされると村瀬は言葉を切った。静かにドアが開いて、盆を手にした女性が顔を出した。

「私服ですが警察官です」

彼女がコーヒーを置いて退室するのを待って、村瀬は続けた。

「政府としては、まあ、人権尊重と、日本には政治亡命者を引き受ける法律がないことを理由に、早々に米国に引き渡したい意向のようです。しかし今回の北の反応は異例でして、非公式ながら洪を厳罰に処すと、つまりは〝消す〟と今から言明しているのです。改めて、洪の亡命には特別の意味があるんじゃないかと、勘ぐりたい気持ちにさせられました。外務省に入っている各国の動きはいかがですか？」

村瀬がソファーにめり込んだ体を引き起こして、テーブルのコーヒーに手を伸ばした。まるまるとした指でつままれたカップは小さく見え、一口で半分が吸いこまれた。村瀬の手元を目で追いながら山崎は口を開いた。

「今日の午前中に米国と韓国の大使館から書記官が来訪して、それぞれ一時間ほど面会する予定になっています。たぶん情報部の連中でしょう。米国に関する限り、引き受けの法的決定や軍用機の手配など、まぁこれらはＣＩＡがやるでしょうから、一両日中に受け入れ準備は終わると思いますよ。新聞は不審船一色で、亡命のことは何も出ていないようですが……」

横にある朝刊をちらっと見た村瀬は、コーヒーカップをテーブルに戻すとこちらへ顔を向けた。

「マスコミは当然亡命に感づいていますから、発表を遅らせているのは公安からの要請です。さいわい今日は日曜なので全国紙には夕刊がありません。ですが明日の朝刊には出ます。それでなくとも彼を日本に置いておくのは危険です。いつ消されても不思議じゃありません。これは韓国からの非公式情報ですが、北は洪を消した工作員には報奨金を出すとのことです。なんとしてでも、この水上警察署を使った囮《おとり》作戦がうまくいかないと困るのです」

村瀬はまた部屋の中を見回し、失礼と立ち上がると、部屋の隅にあった灰皿をとってきた。煙草《たばこ》を一服して、やっと落ち着いたようだ。

「いつ頃引き渡しになりますか？」

「検察とも話したんですが、法律的に実害がないということで、午後にも不起訴処分を決定するだろうと思います。したがって国外退去の法務大臣令は夕刻か、遅くとも今夜中には出るでしょう。明日にも引き渡しが可能です」

日本政府は北朝鮮との関係を悪くしたくない。米国としては三ヶ月後の二〇〇二年二月に、大統領の東アジア訪問を控えている。日本が不審船事件とこの亡命を、政治的に利用することを望んでいない。できるだけ早い穏便な解決を希望している。明日の朝刊に亡命の件が出るとなれば、かなり活発な取材合戦が始まるだろう。村瀬は洪の安全対策で頭を痛めていると続けた。

「北は本気で奴《やつ》を消すつもりです。報道関係者になりすました工作員が接近する可能性が、非常に高いとのことです。ソースは韓国国家情報院ですが、公安も同意見です。日本は報道関係にはチェックが甘いですからね。報道陣は五〇人といっても、機材の運搬や積み下ろしに関わる人数を入れたら、ゆうにその倍は超えるでしょう。その中に二、三人混じっていても、見分けることができませんよ。テレビ、ラジオ、新聞、雑誌、それに外国の報道機関も含めるとなると見当もつかん数になります」

村瀬は青い煙を天井に向けて大きく吐いた。煙草を吸わない山崎はその臭《にお》いが気になった。

「武器を所持した者がいないか、事前に検査できませんか」

「彼らは殺すのに銃や刃物は使わないそうです。だから困るんです。ほとんどが素手です。たとえ使うとしても針か、せいぜい木の棒とか注射器とか、あとはミャンマーでやったような爆破でしょう」

「洪を報道陣と触れさせたくないですな」

「米軍機に乗り込むときが心配なんですが、それはあちらさんがうまくやるでしょう。なんたってこの種のことには慣れていますから」

「今回に限って、なぜそんなに殺し屋が狙《ねら》っているんでしょうかね。彼の立場で知り得る国家機密など、それほど重要なものとは思えませんがね。外交官ではありますが」

「そこも疑問の一つなんです。国家情報院もその原因を探っていると言ってます」

渡された書類の中に、日本を舞台にした亡命は過去一四件発生しているとあった。そのうちの何件かは山崎も知っていたが、しかし今回のように殺害が取りざたされた記憶はなかった。異例といえば異例である。

不審船事件で警察庁との打ち合わせを控えていた村瀬が出ていったあと、山崎は洪が署名して提出した《亡命の意思を示す要望書》にもう一度目を通した。そこには、アメリカ合衆国へ政治亡命を希望する理由と、亡命のいきさつが英語で書かれている。次に杉野筆頭補佐官が作成した調書に戻った。調書には事情聴取時の質問と同時に洪の態度、表情なども記されている。余白には杉野自身が疑問に思ったのだろう、走り書きがあり疑問符がたくさん付けられていた。

駐スイス大使館員がなぜウイーンから？　アメリカへ行くのならスイスからもウイーンからも直行便が出ている。なぜ地球を反対に回ってアメリカへ？　なぜ北朝鮮の工作員が多くいる東京を経由して？

「失礼します」

先ほどの婦警が、村瀬からことづかったという白い封筒を差し出した。山崎は彼女が出ていくのを見届けてから封を開いた。

《官邸から連絡があり、引き渡しは明日以降で時間と場所は未定。米国側は日本の事情聴取が済み次第、身柄の引き渡しを受ける予定であったが、軍用輸送機の到着が明日の午後になるので、それ以降に行いたいとのこと。ムラセ》

山崎はメモをシュレッダーにかけるとオーバーとマフラーを手に取り、空港警察署に向かうために部屋を出た。

7

羽田空港から車で一〇分ほどの南糀谷《こうじや》に、ニッポン・インターナショナル・エアの訓練センターがある。ここではパイロットとCAの訓練が行われている。パイロットの場合、基礎訓練はアメリカで行われるので、ラインに出ているパイロットの六ヶ月ごとの審査と定期訓練、機種が変わった場合の限定変更訓練が主な内容である。一万八〇〇〇坪の構内には八階建ての管理棟ビルと、十数台のシミュレーターを納める四階建てのシミュレーター棟、脱出の訓練を行うための室内プールやキャビンの実物大模型《モックアップ》のある訓練棟などが立ち並ぶ。

「おはようございます。東にお願いします」

コートの襟を立てたガードマンの白い息が、冷たいビル風にちぎれるように消えた。ゲートで駐車札を受け取った岡本望美《のぞみ》は、窓を閉めながら四駆のエスクードを構内に乗り入れた。未舗装の東駐車場に入ると、タイヤが砂利を踏む音が聞こえる。日曜日なので普段より空《す》いている。車をバックさせて駐車位置に止め、エンジンを切った。車内の航空無線機《エアバンド》からは、札幌行き五三便と管制塔のやり取りが流れている。いつもの時間だった。

教官会議まであと二時間ある。ＯＨＰとＶＴＲはすぐ使えるようになっていたはずだが、もう一度点検しておこう。

書類鞄《かばん》の中身をもう一度調べ、五三便との交信が続くエアバンドに、手を伸ばした。

《ナイスフライト》

《サンキュー》

管制とパイロットのそんな会話が、スイッチを切る直前に流れた。

車から降りて二、三歩歩き出すと、コートの襟元や裾《すそ》から冷気が容赦なく入り込んでくる。遠くにジェットエンジンの音が聞こえた。見上げると曇天をジャンボ機が駆け昇っていく。

この寒さだと今日は雪になるかもしれない。私の天気予報はまず外れない。スノータイヤに履き替えておいてよかった。

望美は歩きながら片手で襟元を合わせた。

ボーイング７４７－４００訓練課は、秋の人事異動で教官の数が急に少なくなったため、全員が訓練に張りつきの状態になってしまい、結果として教官会議もろくに開けないという異常事態が起こっていた。先週やっと二ヶ月ぶりに開かれたのだが、訓練の合間になんとか突っ込んだので時間も短く、来年度の定期訓練に関する滝内教官の発表は、今朝に持ち越されていた。

毎年の定期訓練では、その時々の新しい技術の習得や緊急事態のレビューを行う。747-400課を除く各訓練課、ボーイング747、767、777、エアバス課などは、すでに来年度のテーマや訓練内容が決まっていて、航空局に提出できる状態になっていた。訓練技術課で-400を担当している望美にしてみれば、気が気ではなかった。毛利課長にもプランの提出を催促されていた。何とか今日中にまとめないと、-400だけが間に合わなくなる。

望美は昨年まで、安全推進室で航空事故分析をしていた。事故分析をするには事故調査報告書に加えて、関係情報の収集と解析を重ねなければならない。報告書の中には航空業務にたずさわる人間の失敗がどこかにあり、怒りと悲鳴が聞こえる。それらを翻訳し、読みやすいかたちに文章化するには、ミステリー小説に通じる推理と、検証が必要となる。

悲劇を二度と繰り返してはならない。犠牲者の無念さや、残された遺族の悲しみを航空の現場に伝えるには、欠かせない仕事だと思っていた。一流大学出の事務職が、一年か二年で他の部署に移っていくというのに、望美は一〇年とどまっていた。一〇年があっという間と感じられるほど、没頭することができた職場だった。

昨年の異動で訓練センター勤務となったが、毎日が苦痛だった。事務折衝と日常業務に追われるだけならまだいい。毎週のようにどこかでチェックがあり、当然、通らない受訓者も出てくる。パイロットになるという夢をあきらめなければならない若い訓練生の、苦悩と挫折《ざせつ》を目《ま》のあたりにすることになる。

もう一回だけ、チェックを受けさせてください！

あと二時間、訓練を受けさせてください……。

忘れようとしてきた苦い過去が、若い頃の自分自身が、現実として目の前に存在するのだ。第二第三の自分を、業務として処理してゆく日々。

彼らの失望の眼差《まなざ》しは、事故の悲劇を二度と繰り返さないために生じてしまう副次的な成果だ。これは安全のために必要な仕事である、と割り切るしかない。最近になって四駆で林道を駆け巡る日が増えたのも、そのストレスのせいかもしれない。

良いこともあった。他の部署と違い、空港や本社と距離的にも離れており、「業績」や「定刻」に神経質にならなくても良い職場だった。そのため、訓練一家とでもいうような、誰もが気軽に話し合えるアットホームな雰囲気に満ちていた。加えて自分にはもう一生縁がないと思っていたシミュレーターに触る機会に、ふたたび恵まれたのだ。望美は三週間で747-400のシミュレーター操作をマスターして、まわりの教官連中を驚かせた。

訓練棟のビルに一歩足を踏み入れると、ほのかに暖房が効いていた。玄関ロビーに飾られたクリスマス・ツリーの電飾が、年の瀬を感じさせる。望美はガラスに映った乱れた髪を無意識になでつけた。

エレベーターに乗り込んで五階の訓練技術課へと向かう。日曜日ということもあって、まだ誰も来ていなかった。

課のメールボックスには、同期の上原聡《うえはらさとし》が昨日電話で知らせてくれたとおり、資料が届けられていた。望美は自分の席に着くと、パソコンのスイッチを入れた。

B4の封筒を開けると、上原がロンドンで見つけた新聞記事が入っていた。一ヶ月ほど前にアフリカで起きたエア・アフロ五八五便の事故関連記事の収集を頼んでおいたのだ。この事故に望美が関心を持ったのは、事故直後に発表された推定事故原因が〝錯覚〟という非常に稀《まれ》なものだったからだ。

タンザニアのダル・エス・サラーム発マダガスカル行きの臨時便が、離陸後、インド洋で消息を絶った。その便には、ルワンダ愛国戦線のヴンディバー評議会議長が、側近二人とともに乗っていたということで、テロの可能性が指摘された。しかしその後、パイロットの錯覚が原因らしいという報道がされた。錯覚とは何か。望美はどうしてもその詳しい事故内容が知りたくて、社内でいち早く事故情報が入ってくる安全推進室に、事故直後から何回か問い合わせをした。そのたびに、「まだなんの報告書もあがってこない」という事務的な返事が返ってくるだけだった。

今回の事故は機体が旧ソビエト製であったため、米国製の場合のようにメーカー発の近事故《インシデント》・事故《アクシデント》情報が会社に送られて来るわけでもなければ、米国の国家運輸安全委員会《NTSB》が事故調査することもない。断片的に入ってくる現地からの報道を、辛抱強く待つより他はなかった。安全推進室のコンピューターに触れることができれば、もっと詳しく調べられるのだが。望美は残念で仕方がなかった。

上原が送ってくれた大衆紙『デイリー・タイムズ』の記事は貴重だった。非公式な推測原因ではあったが「パイロットが空間識失調《バーティゴ》に陥った疑いが濃い」とはっきり記されていた。また現地の警察関係者の意見として、インド洋に消えた機体はまだ発見されていないが、テロのような人為的な工作の可能性は低いとつけ加えられていた。

望美は記事に添えられた交信記録に目を通した。

二〇時三四分〇七秒五五　航空機　いま雷が……。こちらの高度を教えてくれ！
二〇時三四分一二秒〇〇　管制官　アフロ五八五、レーダー範囲ぎりぎりにいるので正確に読めない。
二〇時三四分二五秒一七　航空機　速度はどうだ！
二〇時三四分二五秒五〇　管制官　了解、アフロ五八五。現在二〇〇ノットと出ている、いや、いま一八〇に変わった。旋回中か？
二〇時三四分二九秒三五　航空機　何を見てるんだ！　水平飛行だ。ちょっと待て、よくわからない。なんで！（雑音）
二〇時三四分四五秒一〇　管制官　いま高度表示が出た。一万六三〇〇？　指示高度は一万八〇〇〇フィートのはずだ。
二〇時三五分〇三秒〇〇　航空機　一万……（意味不明）。上昇しない。
二〇時三五分四六秒四一　管制官　一二〇ノットになった。九〇ノット、加速しろ、失速するぞ！
二〇時三五分五八秒四九　管制官　アフロ五八五、聞こえるか！　感明度いかが。アフロ五八五、応答願います。

この交信を最後にレーダーから機影が消えたと書かれている。ボイスレコーダーではないので、細かい状況はわからない。しかしこの交信は明らかに異常だ。計器の故障も考えられるが、確かにパイロットのバーティゴと考えられなくもない。

バーティゴとは、計器飛行中のパイロットが、飛行機の姿勢や運動状況を、把握できなくなる状態をいう。雲や暗闇《くらやみ》の中など、視覚では上下左右がわからないときに、内耳が誤って働き、旋回の重力を上昇の重力などと勘違いするような現象だ。それに気づかずにいると、脳は次の動きもまったく現実と異なるものとして判断してしまう。その連続に陥るとあとはもう墜落しかない。

地面に置いたボールが坂を登ったり、水が上に流れるように見えるといった、水平感覚の錯覚にたとえる人もいるし、めまいが起きているような、と表現する人もいる。

望美にとってバーティゴという言葉は禁句だった。彼女自身が、訓練中にたびたび悩まされたからだ。

雲の中を飛んでいると、いつの間にか計器がおかしな指示をしていることに気がつく。水平飛行で直進しているはずなのに、指示は旋回している。あるいは機首が上がっているのに、急降下を示していたりする。ひっくり返りそうになって、シートベルトにぶら下がっているのに、計器は水平飛行を示している。計器の表示がおかしいことに気がついてあわてて機を水平に戻す。

雲から出て初めて自分の感覚を疑うのだ。飛行機は五〇度以上傾き、地上に向かって横滑りしているではないか。いままで狂っているとしか思えなかった計器もそのことを示している。それこそがバーティゴであることを教官から指摘される。

訓練初期には誰でもそんな体験をする。自分の感覚からいくら疑問を感じても、「計器の指示に従う」ことを徹底的にたたき込まれる。そのうち計器を見ただけで、感覚が指示に従うようになる。

プロとして何年も飛んでいるパイロットが、本当にバーティゴになってしまうことがあるのだろうか。

これまで幾度もアメリカと日本の事故データを探してみたが、バーティゴでの事故はファイルになかった。チャイナ・エアの事故やその他の外国の例で、バーティゴが原因とおぼしい事故も二、三件はあった。それも他の原因と複合されている場合が多く、バーティゴとしての分類には入れられない。検索範囲を定期便旅客機からチャーター便に広げても見つからなかった。固定翼機全般に広げてみると、数年前に日本で一件あった。事故報告書によれば異常降下旋回《スパイラルダイブ》に入り、荷重をオーバーして両翼が分離し空中分解したとある。しかし小型機のものだから参考にはなりにくかった。

上原は昨日、亡命事件があったと言っていた。望美は二〇八便の運航状況も調べてみたが、それについての情報は載っていなかった。

ボーイング747‐400訓練課の教官会議は一〇時半に始まった。楕円《だえん》形に机が並べられた会議室には、八名の教官と訓練技術課から望美と毛利課長、機器課からは事務職の仲江《なかえ》が席に着いていた。まだ訓練中でシミュレーターから上がってこない二人の教官のために、空席にも会議の書類がそれぞれ一セット置かれていた。ブラインドが下ろされ、ダウンライトの灯りが各自の書類を照らしている。

来期の訓練案を発表する滝内和孝《かずたか》は、沖縄の下地《しもじ》島実機訓練所の首席教官も兼任していて、シミュレーター訓練を受け持っているときか教官会議以外は、あまり訓練センターに顔を出さない。今日の会議も、滝内のスケジュールに合わせてセットされたために、日曜日になってしまった。

「これから、実際に起きた事故をもとに作成したビデオをご覧いただきます」

滝内は、来年度の訓練プランについてひととおりの説明を終えると、ビデオをスタートさせた。いきなりタイトルも何もなしに、赤外線カメラで撮影されたコクピットの様子が、白黒の画像で映し出された。滝内は室内のライトを暗くし、ボリュームを調節してから、体をかがめて席に戻った。小声の雑談も収まり、皆の注意が画面に向けられた。画面右上で刻々と変化する数字は、記録された時間を示している。

午後九時、機外は真っ暗だった。機長の落ち着いた声が会議室に流れる。

「成田、こちらニッポンインター七九便。地上走行の許可を求む」

雲がどんよりと低く垂れ込めるなか、七九便は誘導路の照明だけを頼りに滑走路に近づいていった。副操縦士が操縦業務《PF》を、機長は通信その他の非飛行業務《PNF》を行うかたちをとっている。

エンジンの回転が上がり、機は離陸滑走を開始した。二三〇トンの機体が空中に浮き上がり、一八個の車輪を引き込んだ直後、まだ機体が不安定なときにそれは始まった。

「キャプテン！」

その声が終わらないうちに人工音声が、急激な風の変化を示す《ウインドシア・ワーニング》警報を発した。

《ウインドシア！　ウインドシア！》

コクピットに緊張が走る。

「迎え角そのままだ。速度を追うな！　パワー」

速度計と風速が大きく変化した。ほんとうなら機体がひっくり返るほどの揺れがきてもおかしくないのに、なぜか揺れがない。計器の指示と現象が一致しないのだ。一瞬、空白が生まれた。

「高度計が引っかかりました。高度計です」

副操縦士のうわずった声が忠実に録音されている。

「スタンバイに切り替えろ」

「だめです。……三つともすべてだめです！」

「上がっていない？　下がっているのか」

機はすでに雲の中に入っていた。クルーの体が反射的に機体を上に向けようとする。しかしそれでは当然速度が低下してしまう。

「速度を守れ！　速度だ」

離陸直後に大きく頭を上げた七九便は、速度をとり返すためにすぐに機首が下げられた。

《セブン・ナイン、コンタクト・デパーチャー・コントロール１２４２》

管制の呼びかけにクルーは返事もしない。それどころではないのだろう。

機首を下げたのに速度はそのまま減り続けている。

「ピッチ一〇度に上げて！　降下しているぞ」

「いえ、上昇しています。スピードが」

「なんでだ！　こんなことは初めてだ」

エンジンは離陸時のフルパワーを出している。原因は何もないのに計器上のスピードが減っていく。ここでも現象と計器の指示が一致しなかった。また管制が呼んできた。

《セブン・ナイン、コンタクト１２４２》

その間にも速度計の数字はどんどん小さくなり、ついに失速速度を切った。本来なら鳴るべき失速警報《ストール・ワーニング》が鳴らないことに、混乱したクルーは気がついていない。

「失速するぞ！」

機長の手が出力レバーを押し出そうとするが、それ以上は動かなかった。

「速度がゼロだ。どの速度計もダメだ。なんで飛んでるんだ！」

エンジンは、悲鳴のような高音をあげている。

副操縦士が頭上のスイッチに手をかけた。

「動圧管《ピトー》の凍結かもしれません。ピトーヒーター、オン！」

「いや、違う。ちゃんと入っている」

早口のやりとりが続く。

「エアデータ・コンピューターのソースを切り替えてみよう。そっち側を補助側《オルタネート》にしてみてくれ」

「はい」

データを計器に取り込むソースは三系統あるが、どの系統に切り替えても計器の指示は同じだった。

「緊急事態発生。メイデイ！　ニッポンインター・セブン・ナイン、基本計器がすべて使えない。高度計アウト。速度計アウト」

管制に緊急事態を伝えた七九便の声は、比較的落ち着いている。

《了解。現在高度を知らせよ》

「だめだ。わからない。コンピューターが狂った。約一〇〇〇フィートか」

《こちら成田管制塔。緊急事態了解した。レーダーにコンタクトして指示を受けてくれ》

「よし代わろう。アイ・ハブ・コントロール」

操縦を代わった機長が自動操縦装置《オート・パイロット》を入れようと何回か試みたが、いずれも不成功に終わっている。

以前なら航空機関士が原因究明をするところだが、現在の航空機は航空機関士を省いた二人乗務となっているため、何か起きた場合、まずオート・パイロットで飛行し、パイロットが原因究明を行うという手順をとる。そのためオート・パイロットは三台もついているが、すべて使用不能となると、パイロットが原因究明に専念できなくなり、安全に関わる基本的な設計思想そのものが、機能しなくなったことを意味する。

クルーは陸上を飛んでいた機体を、右旋回させて海に向けた。この時点で地上の障害物に激突する危険は、一応なくなったといえる。

「こちらセブン・ナイン、レーダーに映っているか？」

《レーダーで捉《とら》えている。スタンバイ、空港の南東二〇マイルの太平洋上だ。南西に向かっている》

外は真っ暗で、しかも雲の中なので何も見えない。クルーはレーダーと交信したことで、機が海上にいることを確認できた。高度計がようやく指示を始めるようになった。

「レーダー、こちらセブン・ナイン。高度計が戻ってきた。現在五八〇〇フィート。

レーダー画面での高度を教えてくれ」

《こちらで見ると上昇中で、現在六〇〇フィート、そちらの指示はどうだ？》

「了解。こちらも六〇〇フィート通過。南西に向かっている」

「速度計も動き出したぞ。よーし」

速度計も正常と思われる数字を示し始めた。

《セブン・ナイン、こちら成田レーダー、そちらの現在地は成田から南西四〇マイル、それより南下すると羽田の管制エリアに近づく。レーダーによれば高度一万二〇〇〇フィート、対地速度《グランドスピード》三一〇ノット。どうぞ》

初めて速度の情報が飛行機に伝えられた。機長が満足げにうなずく。

「速度もOKだ。一万二〇〇〇フィートでいこう。管制《ATC》に一万二〇〇〇でいくと言ってくれ」

副操縦士が親指を立てて了解の意思を示し、すぐにレーダーへ伝えた。その横顔は汗で光ってはいたが、先ほどのうわずった様子は消えていた。ここでも状況を見ながらオート・パイロットを入れようとしたが、不成功に終わっている。

《セブン・ナイン、この先の意向を知りたいが》

「了解。このまますぐに成田に引き返したい。レーダー誘導を頼む」

七九便はレーダーの誘導にしたがって右へ旋回し、成田方向へ針路を変えた。

「おい、何かおかしくないか？」

機長がアイドルまで絞られたパワーレバーを、さらに絞るように引いている。半袖《はんそで》の制服から出た腕の筋肉が浮き上がっている。

「風が変わったんですかね」

「いや、このパワーとピッチで、スピードが減らないのが変だ」

右手で計器を指しながら副操縦士に説明する。

「いえ、高度計はちゃんと降下しています。一時的に風が変わったんだと思います」

みぞれ混じりの雨が窓をたたく音で、会話が聞き取りにくくなってきた。それにかなり揺れている。

《セブン・ナイン、こちら成田アプローチ。コスモ・ポイントに誘導する。四〇〇〇フィートに降下せよ》

「了解、四〇〇〇フィート」

「おい、スピードが死なないぞ」

機長の手がスピードブレーキにのびて、レバーをゆっくりと引き上げている。様子を見てあまり効きがよくないと思ったのだろう、フルアップのポジションまで引き上げた。振動で映像が細かくふるえる。

いきなり速度超過警報《オーバースピード・ワーニング》が鳴り響いた。

「だめだ。スピードが死なない。レーダーに聞いてくれ！　スピードが……」

警報が鳴り続ける中、副操縦士がレーダーにスピードを問い合わせた。

《レーダー上のスピードは二七〇ノットとなっているが》

「現在こちらでは三七〇ノットだ。間違いないか？」

《こちらの表示は二七〇で間違いない。高度は七六〇〇フィートを指示している》

「了解。こちらの高度も七六〇〇だ」

《セブン・ナイン、こちら成田レーダー、左三五〇度に針路を取れ》

オーバースピード・ワーニングの、けたたましいツートーン音が鳴り続ける。

「もう一度言ってくれ。聞こえない」

《左三五〇度に針路を取れ。ポジションは成田の南南東三〇マイル》

「了解。針路三五〇」

答えていながら、針路を変えた形跡はない。機長の額に汗粒が光る。そのとき失速警報が作動し始めた。

「ストール！　オーバースピードが鳴っているのに、なんで」

失速警報装置の偏心モーターが操縦桿《かん》をガラガラと震わせ、機長の顔も振動で震えている。

「キャプテン、落ちます!」

「落ちるはずがない。このスピードでなんで失速なんだ。そんなバカな」

《セブン・ナインの現在ポジション、成田の南南西四八マイル。高度七六〇〇フィート》

高速のオーバースピードと低速の失速、両方の警報が同時に鳴るはずはない。いったい何が起きているんだ。

機長のつぶやきと同時に、副操縦士がマイクをつかむ。

「速度を聞きます」

「ああ、頼む」

「成田レーダー、速度を……速度を教えてくれ」

《速度は、二〇〇ノットを切って一四五と出ているが》

「一四五? 間違いないか」

《一四五と出ている》

「キャプテン。このままじゃ失速します」

急遽《きゅうきょ》パワーが入れられたが、スピードブレーキが立っているので警報が鳴った。機長があわててレバーを下げブレーキをたたむ。画像を細かく揺らしていた振動は止まったが、失速とオーバースピードの警報に加えて対地接近警報《ＧＰＷＳ》が続いた。

《プルアップ！　プルアップ！　プルアップ！》

人工音声が警報に負けない大声で危機を告げる。機長が反射的に機を引き起こした。ＧＰＷＳが鳴りやんだ。

「レーダーにポジションを確認してくれ。いま俺たちは海上にいるはずだ」

オーバースピードは鳴り続けているが、ストール・ワーニングは鳴りやんだ。

「レーダー、現在位置を頼む」

《成田の南南西五六マイルの洋上。高度七六〇〇フィート》

「了解。いまＧＰＷＳが鳴った。洋上で間違いないな」

《間違いない。他に飛んでいる機はない》

オーバースピードの鋭い音が鳴り続けている。

「何もかもが狂っている。ああ、うるさいなぁこの音！　外は見えないか」

「だめです。夜で、海の上ですから」

機長がパワーを絞る。オーバースピードに加えて、ストール・ワーニングがけたたましく鳴りだした。

《プルアップ！　プルアップ！　プルアップ！》

ＧＰＷＳまで、叫び始めた。

「警報システムが狂った。これ、止められないか。高度は七六〇〇フィートある。うるさくて考えられない」

副操縦士が「はい」と答えた瞬間だった。

どーんというショックが襲い、二人の体が前につんのめった。

「ひっくり返るぞ。海面だ。海面だ！」

「なぜ……」

機体は上空へ撥《は》ね上げられ、裏返しになりながら海面に突っ込んだ。

衝撃音を最後に画面は白くなり、ざーっという音を出してちらついている。

緊迫した声が消えた会議室で、楕円《だえん》形に並べられた机から教官たちは滝内を注視している。滝内は立ち上がると、黒板の脇《わき》に置かれたビデオデッキからテープを取り出した。窓側に座っていた教官の一人が立ち上がってブラインドを開ける。寒そうな曇り空ではあったが、外光は部屋の雰囲気を変えた。

「ご覧いただいたＶＴＲの事故は、飛行機にとって最も基本となるデータの、外部の気圧を計る静圧《スタティック》が得られなくなったとき、あるいはスタティックに異常が生じたことから発生したものです。機のコンピューターはスタティックと動圧《ピトー》のデータを基礎に計算していますので、それらがおかしいとあらゆるものが狂ってしまいます。パイロットがコンピューターの故障と考えて処理すると、ただいまのＶＴＲのような結果になります。彼らは何が原因でトラブルが起きたのか、最後までわからずにいました。ここで問題にしたいのが、状況把握の大切さです。状況把握が正確にできるかどうかで、すべてが決まります。乗員には事故に関する情報が」

滝内は言葉を切ると、用意してあった小冊子を手に取った。

「このようなパンフレットや社内報などで流されております。情報を多く流せば流すほど、刺激に慣れてしまって、自分の問題として考えなくなります。この訓練のもう一つのねらいは、実際の事故を体験することで、過去に起きた事故から学ぶことの重要性に、気づいてもらおうというものです。来年度の訓練の中心に状況把握の重要性というテーマを持ってきたらどうか。それを実際の訓練と視聴覚訓練の両方に取り入れることを提案したいのですが、みなさまのご意見をうかがいたいと思います。議長、お願いします」

滝内は議長を務める747－400訓練課の川島リーダーへ顔を向けた。

「いまのVTRは、事故報告書から作られたものですか？」

手をあげた上園《かみぞの》教官の質問に、滝内はパンフレットのページを開いて指をさした。

「一九九六年一〇月に南米のチリで発生した、エアロ・ペルー機の事故を基にしました。事故原因は一枚のマスキングテープのはがし忘れです。機体を洗うときに、スタティック孔に水が入らないようにと貼《は》ったテープのはがし忘れです。そのためにスタティックのデータが欠落し、その結果引き起こされた事故だと考えられております」

滝内は鞄《かばん》からペーパーホルダーを取り出し、ボイスレコーダーの記録を手に取った。

「この記録はドイツの大学のホームページからとりました。デジタル・フライトレコーダーの解析でもそれは明らかでしたが、海底から引き上げられた機体のスタティック孔に、やはりテープが残っていたのです」

滝内はOHPを使って、海中から引き上げられた機体の、スタティック孔に貼られたテープの写真をスクリーンに映した。

静圧は高度計、速度計のどちらにも影響を与える。高度は気圧から計算されるので、そこがふさがれていた場合は、ふさがれた時点の気圧高度を示してしまうことになる。

「この事故の場合は離陸した後も高度計が高度ゼロを示していました。パイロットは当然、計器の故障と判断します。しかし機体が上昇すると外気圧は下がります。そうなれば当然のことながら、スタティック管内の気圧は外気圧より相対的に高くなり、そのためテープは内圧によって少し浮き上がり、一時的ではありますが、少し剝《は》がれて正しい高度が示されました。ここでパイロットは完全に混乱してしまいます。テープは高度を下げたことで、また元の場所に貼りついてしまい、高度計は七六〇〇フィートを指示したまま、動かなくなったと推測されています」

ビデオの途中から入ってきた島津教官が滝内に向かって手をあげた。

「離陸と同時にかなりの警報が鳴ったと思われます。パイロットの処置でエアデータ・コンピューターは、スタティック孔がふさがれていないほうに、つまりデータの正しいほうに切り替えると思うんですが、それはしなかったんですか？」

「このビデオのときは切り替えられました。しかし結果は同じです。三系統あるスタティック孔のすべてがふさがれていたのです」

「それでスピード関連の警報が鳴ったんですね」

「ええ。速度についてちょっと簡単に説明させていただきます。教官の皆様には何をいまさらと思われるかもしれませんが、本日は事務職の方も出席されていらっしゃいますのでご勘弁ください」

滝内は後ろを向くと黒板に対空速度の数式を書き、こちらに向き直った後も白墨を持った指で、それを指さしながら説明を始めた。

「対空速度はこの数式のように、そのときの静圧と動圧から算出されます。VTRのケースの場合も離陸後の上昇で、動圧と静圧のバランスが崩れ指示速度が限りなくゼロに近くなったのです」

「離陸後にウインドシアの警報が鳴ったのは、関係ないんですか？」

上園教官が説明をさえぎるように、言葉の切れ目に口をはさんだ。

「はい。あれは計器が狂ったことで派生したものですが、離陸後すぐに鳴ったのでパイロットの注意がそれに引きつけられ、その後の判断に影響を与えています。ワーニングのほとんどは、計器の指示値からデータを取っています。指示が狂うと狂った指示をもとにワーニングが発生します」

入り口のそばの席についていた機器課事務職の仲江が、遠慮がちに手をあげる。

「初歩的なことを聞きますが、管制レーダーに高度と速度を聞いていながら、なぜ墜落したんでしょうか？」

「管制の高度情報は、航空機が発信する高度シグナルを、レーダー画面に表示するだけです。航空機の高度計が狂っていたら、まったくあてになりません。こんなことはパイロットも管制官も、当然わかっていることです。暗闇《くらやみ》の中で計器が信用できなくなったときに、はたしてどれほど冷静でいられるでしょうか。地上からの速度情報は、レーダー画面に映っている映像の移動速度から算出しているので、信用できるはずです。しかし速度超過警報と失速警報の両方が鳴り続ける中で、素直に受けとることができるでしょうか。自転車に乗っていて、いきなり目をふさがれたような状態を考えてください。それでまわりの人に、周囲の状況を聞きながら全速で走るのと同じようなものです」

滝内の説明を最後にしばらく質問も途絶え、書記を兼ねた山崎教官のたたくキーボードの音だけが響いた。

窓際《まどぎわ》の席に座っていた田畑教官が、三《み》つ揃《ぞろ》いの上着を脱ぐと椅子《いす》の背もたれに掛けた。そのまま滝内のほうに向き直り、軽く手をあげると川島リーダーへ顔を向けた。

「本日のこの例と、先週、基準部が持ってきたアドバンスド・マニューバーの両方を取り入れられるほど訓練時間は長くありませんよね。どちらかに絞らなければならないと思うんですが、各教官の意見を聞いたらいかがでしょうか。私は、基準部から持ち込まれたアドバンスド・マニューバーをとるべきだと思います。航空局が推薦しているることでもあるし、アメリカのUA社もAA社も取り入れていると聞いています。

日本でもJ社がすでに取り入れを検討していると聞いています。それにひきかえ、本日の例はまだ事故報告書も出ていないんじゃないですか？」

いきなり矛先を向けられた滝内は、遠慮がちに立ち上がった。

「ええ。政府の事故報告書はまだです」

会議室がざわめいた。田畑教官の質問が続く。

「この事故は非常に稀《まれ》な、というかほとんど例外的な事故でしょう。それに比べてアドバンスド・マニューバーは飛行機が異常な姿勢になったときの回復技術で、こちらの方がはるかに重要です。先日の教官会議でも説明しましたが、この種の混乱状態による事故は増加傾向にあり、過去一〇年間の死亡事故発生件数の二七パーセントを占めています。名古屋でのエアバスの事故がいい例なんです。航空機が頭を上げた姿勢になったときに、いままでのように水平のまま頭を下げるのではなく、方向舵《ラダー》で滑らせて機体を傾け、頭を横に落としていれば失速からの回復ができた可能性がある。そんな研究から生まれた技術です。何しろ異常姿勢《アップセット》は死亡事故の四分の一以上で、それによる死亡者数は全体の約三割です。スタティック孔をテープでふさがれた事故についてデータを出していらっしゃいませんが、死亡事故のどのくらいを占めているんですか？　訓練といっても、コクピットから機外のテープを剝がすことは技術的にできませんからね」

小さな笑い声と視線が、苦笑する滝内に集まった。田畑教官がそれを抑えるように質問を続けた。

「だいいちそれは南米で起きたことで、うちのパイロットなら管制レーダーで見ている高度が、機上の高度計からのものであることぐらい誰でも知っているよ。外国のパイロットは訓練時間が少なすぎる。うちと一緒にしてもらっちゃ困るな。世界と比較しても、ニッポンインターはレベルが高い。うちで訓練を受けた外人パイロットが、他社へ行って訓練を受けた際に、これがニッポンインター流だといって離陸し、そのまま上昇を続けた。その間にエンジンが一つ切られていたことに誰も気づかなかったという話、聞いたことあるだろう」

「そりゃ、そいつがうまいんじゃなくて、それに気づかなかった教官や一緒に乗っているやつが問題だよ」

笑い声に混じって、いままで黙っていた玉川教官の、とりなすような低い声が重なった。

「先週のアドバンスド・マニューバーは、基準部が出してきたわけで、彼らメンツがあるから今さら引っ込めないよ。滝内さん、考えるだけ無駄だって」

「今日だって、会議で決まりましたってかたちにするための教官会議なんだから、もうやめなさいよ」

何人かが小声で同意した。ざわめきが終わるのを待って議長の川島リーダーが「一つだけ」と手を上げた。

「今のVTRは実に良くできていたと思うのですが、チリ政府の事故報告書が出ていない現在、VTRのシナリオを作るにあたって、どうやってコクピット内の細かい状態を調べたのですか？」

「いまのビデオにシナリオは作っていません」

下を向いてボイスレコーダーの写しを、ぱらぱらとめくっていた田畑教官が怪訝《けげん》そうに顔を上げた。

「シナリオを作っていないって？　どういうことです？」

「はい。先ほどのVTRは、東京乗員部の方に、訓練の一環として成田・大阪の七九便をシミュレーターで飛んでいただいた時の記録です。クルーの方には何もお知らせせず、スタティック孔がふさがれた条件をシミュレーターに設定しました。トラブルの対処法や会話は、スペイン語と日本語の違いはありましたが、事故機のボイスレコーダーとほとんど同じでした。エアロ・ペルー機は離陸後三〇分で墜落しましたが、うちの場合は三五分で海に突っ込んでいます。事務職の方にわかって頂きたいのですが、パイロットはシミュレーター訓練だから危険はないといって、途中で諦《あきら》めて墜落させたり、手を抜いたりは決してしません。自分の能力を教官に見られているわけですから、常にベストを尽くします。シミュレーター訓練は毎回ビデオ撮影をしますが、フィードバックが終わると受訓者との信頼関係を維持するために、彼らの目の前で消去するのはご存じと思います。今回は教材ということで、二人に許可をもらってきたものです」

滝内は言葉を切った。誰からも発言はなかった。

重苦しい雰囲気を破ったのは、訓練技術課の毛利課長だった。彼は眼鏡をかけ直すと、いままで読んでいたパンフレットを机の上に戻した。

「確かに滝内教官のご意見はよくわかりますし、訓練として決して悪い題材ではありません。しかし先ほどもどなたかからご指摘がありましたが、ケースが非常にレアです。この定期訓練が乗員の技量向上を目指したものである以上、田畑教官もおっしゃっておられましたが、技量的なスキルを第一と考えたアドバンスド・マニューバーを推したいと思うのです。時間的な理由もあります。アドバンスなら一五分もあれば訓練ができます。それに比べてこれは墜落まで三五分必要とするわけです。定期訓練のスタンダード科目をこなした上に、さらに三五分訓練する余裕はありません。それに基準部は上部組織ですし、局もこちらを推薦しているとなれば、それを覆《くつがえ》すにはよほどのものが必要でしょう」

田畑教官があくびを噛《か》み殺しながら、議長へ顔を向けた。

「議長、意見は出尽くしたと思うのですが、この辺でそろそろ、終わりませんか」

教官会議は予定より一時間早く終了した。

滝内は外国人パイロットの受託訓練を担当している飛行教官から、外国人も日本人も、国籍を問わず同じような質問をしてくるのだと聞かされたことがあった。それだけならまだいい。間違えるところまでも同じと聞いて、不思議ではすまされなくなったのだ。

近年はコンピューターによる教育が主体となっており、言語だけを変えた同一教材を全世界が使っている。航空会社にとっては教育の均一化が図れるし、教官の数が減らせるぶん経済的だが、代償としてパイロットの思考回路や処理過程が似てくるという現象をもたらしてはいないだろうか。新型機に同じような事故が多いのはそのためではないか。習っていないからできない、書いてないからわからない、でいいのだろうか。

来年度の訓練について考えているうちに、思いつくままにペルー機の事故と同じ条件を作り、自社のパイロットを飛ばせてみた。結果はその事故の状況と酷似した場面を目《ま》の当たりにすることとなった。状況把握の過程での失敗は、いくら腕が良くても防ぐことができない。技量よりも、その時々に最適な方法を見つけられる柔らかい発想を鍛える必要性を強く感じたのだった。思考や知的経験がそれを可能にする。シミュレーターに乗ったパイロットも、この訓練の意義を実感したと感想を寄せていたが、航空機が複雑化したいまこそ新しいかたちの訓練が必要とされているのだ。

滝内の心配をよそに、来年度の定期訓練には、パイロットの腕を上げるためのアドバンスド・マニューバー訓練を採用することとなった。


「滝内教官！」

会議室を出たところで声をかけてきたのは、昨年の異動で訓練技術課に来た事務職の女性で、顔は知っているがあまり話をした記憶もなく、名前も思い出せなかった。

「教官、お久しぶりです」

首から提げているＩＤをちょっと持ち上げて自己紹介した。久しぶり、ということは、以前、どこかで会っているのかもしれない。長身で縦縞《たてじま》のブラウスにグレーのカーディガンをはおり、脇《わき》にノートパソコンを抱えている。肩までの髪はきちんとカールされ、品はよいが前屈《まえかが》み気味に歩くので、少し陰気な印象を受ける。

「今日のVTR、とてもよかったです。課長があんな意見だから、会議中は言えなかったですけど、最高の教材でした」

課長の横で黙ってメモを取っていたときには気づかなかったが、彼女の目が輝いている。

「ありがとう。でもみんなが言うように、基準部の言うことには逆らえないよな」

滝内は望美と肩を並べてエレベーターに向かって歩き始めた。

「でもあのビデオで、問題点を指摘できたじゃないですか」

「まぁな、教官会議だからあのくらいが限界かな。俺が思うには、機体が異常姿勢《アップセット》になるには、それ以前の状況把握に間違いがあったはずなんだ。そこさえうまくできれば、危険な状態にはならない。名古屋の事故でも、パイロットがオート・パイロットはまだ切れていないと判断していれば、低空で失速するような頭上げの姿勢になることはなかったと思う」

彼女がエレベーターのボタンを押してくれた。

「私も教官と同じことを感じていたんです。通常な飛行状態でアップセットに入ることは考えられませんよね。その前に必ず何かあって、その結果がアップセットになるのではないでしょうか。でも私の立場ですと、そんなことは言えませんから」

同じ疑問を感じていたのが自分だけでないことを知って嬉《うれ》しいのか、まわりの人が降りるとまた話し始めた。

「このままでは解決には向かわないと思えるんです。どうなさるんですか、今後?」

そう聞かれても、特に考えが浮かぶわけではなかった。返事ができないでいると望美はそのまま続けた。

「なんか残念です」

「何が?」

「いえ、もしいま私が安全推進室にいたらと思いまして」

望美は遠慮がちに続けた。

「私は一〇年間安全推進室に在籍していまして、事故分析をやっていました。でもこんなふうにシミュレーターで事故を分析することができるなんて、思ってもみませんでした。あの頃こういうことが可能だと知っていれば、解析もやり易《やす》かったと思うんです」

望美は長いまつげの目をちょっと伏せたが、すぐに顔を上げた。

「いかがでしょうか、直接来年の訓練とは関係ないですが、興味深いビデオなのでお貸しいただけないでしょうか。ダビングしてすぐにお返しします」

「このビデオでいいの？」

「はい。言ってみれば趣味の範疇《はんちゅう》なんですが、私が安全推進室にいた当時から、事故分析のデータを個人的にデータベース化しています。今日のビデオをそれに加えたいと思ったものですから」

「ああ、それならもう必要ないから使ってくれ。ダビングするまでもないよ。ただ取り扱いにだけは気をつけてくれよな」

「はい。承知しています」

目が嬉しそうに輝いた。エレベーターが止まって扉が開くとき、望美はまた口をつぐんだが、誰も乗ってこないとわかると口を開いた。

「教官、お力をお借りできないでしょうか。午後の乗員部とのミーティングまでのお時間でけっこうです。実は事故の分析データを見ているうちに、どうしても気になることが出てきて、教官にご相談したいと思っていたのです。今日、偶然にも教官がチリの事故を取り上げられたので、ぜひ見ていただきたいのです」

遠慮がちだが、熱心な口調に興味をひかれ、滝内は昼食後にATC教室で彼女と会う約束をして別れた。

8

現在ではほとんど誰も使うことのない教室のドアを開けると、机の前で岡本望美がノートパソコンを操作していた。ATC教室は航空無線通信の訓練をする教室で、個人用ブースと訓練用の無線設備が整っている。以前は初期訓練に使われていたがいまはほとんど使われず、忘れられた教室の一つだ。滝内の姿を認めると望美は立ち上がった。

「教官、お忙しいところをすみません」

滝内に椅子《いす》を勧め、望美は鞄《かばん》から何冊かのファイルを抜き出して机に載せ、一つを神経質そうに広げた。

「早速ですが、これがさきほど教官の使われたチリの事故のものです。それで」

滝内も前に同じものを調べたので、すぐにわかった。望美がファイルのページを何ページか戻すと、別の事故報告書があった。

「こちらの事故はその少し前、同年の二月に中米ドミニカ共和国で起きたものなんです。ご存じかもしれませんが、ご覧になってください」

望美は事故報告書のファイルを滝内の前に置いた。

「この事故報告書には、航空機の技術開発にパイロットの訓練が追いついていない点が指摘されています。何も南米の航空会社に限ったことではないので、うちにも当てはまるのではないか、と研究しているんですが、お時間を割いて頂いたのは、これらに関する話なんです」

滝内もドミニカで起きた事故は知っていた。今日のVTRで使ったチリの事故と原因がよく似ていたからだ。墜落までの過程もそっくりで、こちらは動圧孔《ピトー》がふさがって起きた事故だった。チリの事故原因は静圧孔《スタティック》に貼《は》ったテープのはがし忘れであるとはっきりしているが、ドミニカのものは、ピトー孔がふさがった理由が推定原因でしかない。どちらを訓練教材にしようか迷った滝内は、原因がはっきりしているチリを選んだのだった。

「航空機事故は一回起きると連続する、と一般に言われていますが、この時期にもう一件起きています。場所はコロンビアで、ドミニカ事故の二ヶ月前です。これがそのファイルです」

ルビーの指輪をした細い指が素早くファイルをめくる。滝内はその指輪をどこかで見たような気がした。望美は時間を気にしているのか、ちらっと腕時計を見ると早口で続けた。

「アメリカン航空のコロンビアでの事故は、麻薬カルテルで有名なカリで起きたため、麻薬取引に関係があるのではと当初疑われましたが、結局は関係なかったようです。南米は比較的航空事故の多いエリアです。ですから事故が続いたからといって、特に引っかかることもないかと思うんですが」

「何が言いたいんだい？」

「スタティックやピトーがふさがれて起きる事故なんて、めったに起きませんよね。それが一年間に二回も南米で起きたのです。そんな事故はほかには起きていません。ミステリーの読み過ぎでしょうか」

色白の端整な顔が半分笑ったように崩れた。滝内にはそのちょっと陰のある表情に、見覚えがある様な気がした。

「君の言っている意味がよくわからないが、原因がわかっているチリの事故に報告書が出なくて、推定原因でしかないドミニカの事故に、報告書が出ているということが気になるのかい」

「いえ、そんなことじゃないんです。公式の事故報告書が出ない例は他にもたくさんあります。チリのケースでは、アメリカ製の航空機をペルーの航空会社が運航していました。乗客の国籍にいたっては一一ヶ国に及びます。ドミニカの事故の場合は、ドミニカの航空会社がチャーターしたトルコの航空会社が、アメリカ製の航空機で実際の運航を担当していますし、トルコ人のパイロットは、アメリカで訓練を受けています。事故調査はドミニカの依頼でアメリカがあたり、そしてその結論にトルコ政府が異議を唱えています。そんなわけで、結論の納得できないような事故は少なくないです」

「だから？」

「二つの事故には関連があるのではないでしょうか。教官がこの事故を取り上げられたので、思い切ってお話ししたんです」

望美はパソコンの画面を教室のスクリーンに映した。二つの事故の類似点が画面で示される。同じボーイング社製の機体であること、異常を示す症状もほとんど同じであったこと、パイロットのとった判断、行動も似たものであったことなど、望美は説明を加えた。ひととおり見終わったところで画面は動圧を感知するピトー管の写真に変わった。

「ご存じのように、ピトー管は上空の冷たい空気の中でも凍らないように常に加熱されています。零下七〇度の気温の中でも凍りません。そのくらい強力なヒーターがついているわけで、地上で雨粒が当たると蒸気が上がる音が出るほどです。ピトー管の中に虫が入り込んでも、ほとんどその熱で焼けこげて灰になると思われていました。ドミニカの事故では虫が焼けずに中でくっついて、ピトーがふさがれたというのが、推定原因とされているわけですが」

滝内も事故報告書を読んでいたが、彼女のように疑問を抱くことはなかった。

望美はキーボードを操作して、スクリーンの映像を二〇人ほどのパイロットが並んでいる写真に変えた。

「一九九六年、日本にエア・マーク社が発足した当初、うちに外人パイロットの地上訓練が委託されました」

担当する機種が違うので直接関係はなかったが、彼らが訓練センターに来ていたのは話に聞いていた。

「世界中を渡り歩いているフリーのパイロットですから、国籍も人種もいろいろです。私も事故例の紹介などの授業を受け持ったことがあるのですが、教室の中で何ヶ国語も飛び交ったりしていて、最初は面白かったんです。しかし文化的背景とか宗教、習慣などまるで違うわけで、じきに大変さに気が付きました」

滝内も当時を思い出した。日本人パイロットが余っているのに、なぜ外国人が大手を振って働けるのかと、現場では不満の声が上がっていた。ある新聞などは規制緩和により、安い外国人パイロットがいれば、日本人パイロットはいらないとまで書いた。このまま続けば技術の空洞化が起こると、乗員組合は問題視した。いまでは日本人より給料が高くついて大変らしい。しかし事故とどう結びつくのか滝内には疑問だった。

「韓国アジア航空が業績不振で、外人パイロットを四〇人ほどクビにしたという噂《うわさ》だったよな。彼らはそこから来たんだろう？　その前はうちの子会社だったワールド・チャーター・エアにいた連中じゃないのか？」

望美も話しながら当時を思い出しているようだった。

「全部じゃないですけど、そうです。彼らはアジア慣れしているというか、昼食に天《てん》丼《どん》を出したら、手にした割り箸《ばし》を歯で割って、コップの水でゆすいでから、丼《どんぶり》片手にわしわし食べるんですよ。驚きました。各人の経歴はさまざまで、それを知らないと講義ができませんから、全員のプロフィールをざっと見ました。そのうちあるパイロットの経歴に行き当たりました。彼は先ほどのドミニカ事故の時に、そのドミニカの会社で飛んでいたんです」

望美はノートを広げると、暗い光の下でそれを読みながら説明を続けた。

「そして事故の三ヶ月後に辞めています。彼がペルーの航空会社に移り、訓練を受けていたとき、そこでも事故がありました。例のエアロ・ペルー機のチリでの事故です。偶然の一致かもしれませんが。カーシム・ジョーセフ・ラムゼイ機長、これが彼の写真です」

スクリーンに、細面で鼻の下に豊かな口ひげを蓄え、機長の制服を着たアラブ系の男の写真が映った。望美もその写真を見ているのだろう、説明がしばらく止まった。

滝内は苦笑した。

「ちょっと待てよ、彼が事故に関係あるということかい？　その会社に勤めていただけでは証拠にもならないし、アラブ系だからといって、疑うのは失礼じゃないか？」

「私も最初はそう思ったんです。事故以前の彼の経歴を調べてみました。国籍はカナダになっています。九〇年にカナダ空軍を除隊したあと、マイアミのアエロ・サン・ドミンゴ社のパイロットになりました。カリブ海や中南米を舞台に、貨物便《カーゴ》や観光チャーター便を運航していた会社です。九一年のはじめにUAの子会社へ派遣されて、ボーイング機の訓練を受けています。偶然かもしれませんがその年の三月に、UA社の便がコロラドスプリングスで事故を起こしています。翌年彼はドミンゴ社を辞め、ローカル専門のエアラインに入ったのですが、その年に会社がUSエア社に買収され、彼はUSエア社の登録パイロットになりました。雇用順番待ちのパイロットです。九四年から副操縦士としての訓練を受けていましたが、成績が悪くラインを飛んでいません。その年の九月にペンシルバニアでUSエアが事故を起こしました。彼は一〇月にそこを辞めています。履歴書にある会社はUA社とUSエア社を除いて、すべてつぶれているか名前が変わっていて、アエロ・サン・ドミンゴ社もいまはありません。九四年から南米のコロンビアのアビアンカ・カリブ社に籍をおいています。九五年に問題のドミニカの航空会社に入りました。翌九六年の二月に先ほどの事故が起こりました。そのあとすぐにその会社を辞めて、ペルーの航空会社に入ったのです。そこでは一〇月にチリの事故です。それから彼は極東に来ました。韓国アジア航空に入るためです」

望美は暗い明りの中でノートのページをめくった。

「九一年のユナイテッドの事故と、九四年のUSエアの事故は、両方とも原因がそっくりで、着陸間《ま》際《ぎわ》にいきなり墜落しています。方向舵《ラダー》に問題があったというところまでは推定されているんですが、アメリカの国家運輸安全委員会《NTSB》がいままで扱った事故調査で、原因究明に手こずった四件のうちの二件です。ペンシルバニアのUSエアの場合は、裁判の証人が乗っていて、その事故で亡《な》くなっています」

「それでも彼がクロだとまでは言えないんじゃないか。韓国アジア航空は不審な事故は起こしてないしな」

「ラムゼイが韓国に来た九七年の二月には、北朝鮮から大物の政治家が亡命しています」

「彼の訓練時の成績はどうなんだ？」

「特に悪くはありません。でもどこか他のパイロットと違った雰囲気があったのか、記憶に残っているんです」

「彼がエア・マーク社に応募してきても、別に不思議でもなんでもないと思うけどね」

「はい。でも彼がただ仕事を求めて日本にやってきたとは、ちょっと考えにくいと思うんです。彼は韓国アジア航空をクビになってはいません。その少し前に辞めているんです。これだけ状況証拠がそろっていると、どうしても疑いたくなります。日本に来たのはなぜだろうって」

「考え過ぎだよ。偶然が重なっただけさ。彼はまだエア・マーク社にいるのか？」

「いいえ、いません。一年以上前に辞めて帰りました」

「だったら問題ないじゃないか。なぜそんなにこだわるんだ？」

「現在、日本に来ているようなんです。実は今日、同期生で集まることになっていたんですが、成田の機装にいる同期の佐々木君から欠席の電話があったんです。昨日モスクワのシェレメチェボからビジネスジェットが来て、その整備が入ってしまったということでした。

ＶＩＰを迎えに来たとかで、うちに機体の整備を頼んできたというんです。日本には約一週間の滞在予定らしいんですが、あの種の飛行機はいつでも飛び立てるように、機の点検整備を今日中にすまさなければならないと言ってました。機体そのものはアメリカ籍《Nナンバー》です。ただ、日本では珍しいカナダ製のボンバルディアなんで、彼が興味を持ったんです。偶然わかったんですが、機長の名がラムゼイなんです」

「社用機パイロットになったということだけだ。なぜそんなに気にするんだ」

「彼がパイロットとして来日したということは、その気になればどこでも立ち入り自由だということです。身分証明書がありますから空港内のどこへでも行かれますし、他社の整備場や建物に入っても、外人だから不案内で済んでしまうでしょう」

滝内はそこまで聞くと、頭を整理するために、しばらく黙り込んだ。以前訓練を受け持ったパイロットで、サウジアラビアのリヤドでサウジ航空の事故が起きたときに、その会社で働いていたという者もいた。イースタン航空がマイアミで事故を起こしたときに、そこで飛んでいたパイロットもいた。だからといって彼らが疑わしいとは言えない。確かに確率論から考えると事故の頻度が少々高いかもしれないが。

「教官は、うちの便で亡命騒ぎがあったのをご存じですか？」

「いや、知らない。新聞にも出ていなかったと思うが……」

「そうですか。昨日、-400の副操縦士の上原君から電話がありまして。彼の便で起きたんです」

「ああ、上原なら知っている」

「彼も今日の集まりに出席できないと電話してきたんです。それで、結局集まりは中止になったんですが」

彼女の男っぽい話し方には聞き覚えがある。何年か前の緊急訓練で事故について話を聞いた……いや違う。

「彼が言うには、昨日のウイーンからの便で亡命者が出たそうです。今日はそのことで警察に呼ばれたと言っていました。なんでも北朝鮮の外交官だそうです。さっきも申しましたが、ラムゼイ機長が九七年二月に韓国に来たときも亡命者が出ています。教官は偶然の一致だと思われますか？」

「心配しすぎだよ。パイロットが次々と事故を引き起こすなんて、ありえないだろう」

「そうですか、そうですよね。教官からその言葉を伺ってほっとしました。ありがとうございました」

望美はブラインドを端の窓から順に開けはじめた。外は灰色の雲と細かい雪が冬景色を作っている。

まぶしそうに目を細め、望美がふり返った。

「ところで夜の宴会、おいでになられるんですか？」

教官会議の日はほとんどの教官が訓練センターに集まる。そのため夜は懇親会となることが多い。いつもは南糀谷の蕎麦《そば》屋の二階か、海老取川《えびとりがわ》横の炉端《ろばた》焼きのどちらかなのに、今夜は忘年会も兼ねて豪勢に、蒲田《かまた》の中華屋で餃子《ギョーザ》だという。

「いや、空港でのミーティングの後、下地島まで飛行機を運ぶんだ。今週はテスト飛行と、限定変更の実機訓練がまだ残っているんでね」

「下地島の訓練所は閉鎖になるって聞いてますけど、大変ですね」

「まだ完全に閉鎖するわけじゃないけどな、いまその整理で大忙しだよ。今回のが下地島で－400を飛ばす最後の訓練になるんじゃないかな」

ブラインドを開け終わった望美は灰色の空を見上げた。

「雪がひどくなりそうですね」

「このくらいは問題ないよ。そろそろ空港へ行くとするか」

「お忙しいところを申し訳ありませんでした。今日はありがとうございました」

滝内はラムゼイ機長の経歴のコピーを鞄《かばん》にしまうと、望美に見送られながらATC教室を出ていった。

9

洪に対する警察関係の取り調べが長引き、外務省の午前中の持ち時間は一時間だけとなってしまった。昨日に引き続き筆頭補佐官の杉野が当たっている。山崎は警察との打ち合わせのあと、空港警察に保管してある洪の持ち物を見せてもらった。財布やハンカチなど身につけるものだけで、彼が身一つで亡命したことは確かだった。

ターミナルビルの仮設事務所に戻った山崎は、ふと違和感を感じた。気のせいかもしれないが、ほんの少し、ものの配置がずれたような……。だが違和感の原因がはっきりと分らず机に戻りかけたときに、ノックがして私服の婦警が顔を出した。

「お留守の間に本省からたくさんＦＡＸが来ました」

彼女は脇《わき》に挟んだＦＡＸの束と、昼食用に頼んでおいた出前のかき玉蕎麦を置いて出ていった。最初に山崎の目についたのは、ジュネーブの日本領事館からのものだった。洪の身元確認と北朝鮮大使館の状況などが含まれていた。

洪の住まいは大使館から目と鼻の先にあるアパートで、この二日間、大使館員が慌《あわ》ただしく出入りしている姿が目撃されている。個人的情報として、彼はスイスに着任して以来、フランス語を習っていたという。初めは語学学校に通っていたが、多忙なため最近では個人教師を頼んでいる。大使館側はこれを快く思わなかったようである。その女性を捜しているが、学校を休んでおり、所在が不明であるとあった。

「女か？」

山崎はＦＡＸを横にどけ、蕎麦を手元に引き寄せた。

その所在不明の女はこの件に関係あるのだろうか。もし関係があるなら今回の亡命は突発的なものではなく、計画的である可能性が高い。洪に問い質《ただ》すとしても彼女の姓名ぐらいは調べておくべきだろう。詳しい情報をスイスに求める必要がある。

丼にかぶせてあるラップを取ると、かき玉のにおいが湯気とともに立ちのぼった。山崎は割り箸で熱い蕎麦をかき混ぜた。

北朝鮮の外交官は外国人とは一対一で会えないのではなかったか。会うときは常に三人以上で行動しなければならないというのが、彼らの決まりのはず。山崎は蕎麦を口にしながらしばらく考え込んだ。ウイーンの日本大使館からは、洪について現在調査中とだけ書いてあった。

韓国政府関係者の談話として、彼のスイスでの仕事内容に触れているものがあった。それによれば洪はフランス語が堪能《たんのう》だったため、主に銀行との契約関係を担当しており、経理、財務部がするような事務手続きをすべて行っていた。

昨日の事情聴取でも彼はそのことを認めている。しかし手元にあるCIAの資料によれば、北朝鮮の海外公館の年間予算は平均約五万米ドルとある。あまりにも少ない額にもかかわらず、洪のように契約専門の特別係官がいるのが納得できなかった。北朝鮮の大使館は外貨を稼ぎ出して本国に送金しているなど、いろいろな噂《うわさ》が流れている。しかしそれくらいの額ならば経理で処理できる。洪が行っていた銀行関係の仕事とは何なのか。山崎の中に新たな疑問が生まれた。

蕎麦を食べ終え、午後からの会議に備えていままでわかっていることや疑問点などを整理していると、事情聴取を終えた杉野が「なんとか終わりましたがねぇ」と戻ってきた。髪を七三に分け、ほっそりした体つきに三《み》つ揃《ぞろ》いの上着はいかにも昔風の外務省職員だが、鋭い目つきだけはいつ見ても印象的だ。以前在籍していた第三国際情報官室の名残だろうか。

「しっくりいきません。課長、やはり奴《やつ》には何かありますね。肝心なところになるとぼかすんですよ」

「フランス語を習っていた女のことは、何か言っていたか？」

杉野は使い込んだ黒革の鞄から調書を取り出して、山崎の前に置いた。

「あまり詳しくは話しません。名前はイヴォンヌ・ブルーク。フランス語の教師で語学学校で知り合った。コリアンとスイス人のハーフで、仕事上の個人教授を頼んでいたのだそうです。洪がウイーンへ発《た》つ三日ほど前からスキーに出かけていると言ってます」

杉野が聴取に使ったノートを、骨張った指で忙《せわ》しなくめくりながら説明を続ける。

洪がスイスに来てから五年になるが、それ以前にスイスで取り交わされた契約について、再チェックするのが主な仕事となっていた。洪は、契約の中で複雑な条件が絡《から》み合っているような場合、使う単語のニュアンスや言い回しに、解釈の違いが生じていないかをバイリンガルのイヴォンヌに調べさせた。その場合も書類は契約内容の本文だけで、相手の名前や金額など知られて困るものはすべて削除されたコピーが使われた。契約書に関わるトラブルは半減したという。

「ここにあるＣＩＡの資料は、かなり正確だということだな」

山崎の言葉に杉野が顔を上げた。

「はい」

ドアがノックされ、先ほどの婦警が顔を出した。丼《どんぶり》を載せた盆を持っている。

「いやぁ、どうも。そこのデスクに置いていただけませんか」

杉野の言葉に軽く会釈《えしゃく》しながら丼を置くと、山崎に至急のＦＡＸを手渡した。婦警は山崎の食べ終わった器を盆に載せ、部屋から出ていった。

本省からだった。先ほど北京《ペキン》の日本大使館に、中国政府を経由して北朝鮮からの書状が届けられたという。日本と米国が共謀して、共和国政府の公金二〇万ドルを輸送中の、在スイス大使館員洪哲洙を誘拐したという見解が述べてあり、日本政府に身柄引き渡しと、金銭の速やかな返還を要請していた。

さらに本省のＦＡＸには、洪が輸送中だったとされる二〇万ドルの事実関係についてはっきりさせるようにと、山崎に念を押してきた。

山崎は立ち上がるとＦＡＸを杉野に手渡した。窓の外はいままで気がつかなかったが、かなり雪が積もっていた。

「なるほどね、二〇万ドルですか。謎《なぞ》の女が出てきて、大金が出てきましたか。これは何か裏があるとみるのが自然のようですね」

山崎は杉野が返してよこしたFAXを「もういいな」と高性能のシュレッダーに入れた。

「覚えていないか？　一九九一年のコンゴ。北の一等書記官が亡命したときも、北の政府見解は何万ドルかの金を持ち逃げしたとかいうものだったろう。結局はデマだったが。天丼《てんどん》、冷めるぞ、遠慮しないで早く食べろよ」

杉野はデスクに置かれた丼に手を伸ばした。

「コンゴですか。よく覚えています。今回もそれと同じケースですかね。午前中、金《かね》のことには触れませんでした。課長が会われる前に一時間だけ時間をいただけませんか」

山崎は思案していた。はたして彼は二〇万ドルもの大金を着服していたのか、北が主張するように二〇万ドルがほんとうならば、窃盗犯の海外逃亡である。政治亡命と言っても通用しない。もしこのまま窃盗犯とも知らずに米国に引き渡したら、日本は大恥をかくことになりかねない。

山崎は午後から洪と面会することになっている。目的は政治亡命の意思確認であるが、逃亡か政治亡命かを見極めるにはまだ情報不足だった。欧州局と在スイス、オーストリア両大使館に問い合わせて、さらなる情報入手をすることが必要である。しかしヨーロッパはクリスマス前の日曜日の早朝だ。欧州関係者も情報収集は容易ではない。

山崎は二時間の持ち時間のうち一時間を杉野に託し、洪に関する新たな情報を得ようと受話器に手を伸ばした。そのとき電話が鳴った。あと一〇分で会議が始まるという連絡だ。

山崎は警備官が二人立っている〝洪の部屋〟の前を通って、二つ先のVIPルームに向かった。ドアを開けて中に入ると、空港警察署長をはじめ、米国、韓国の大使館職員、警察庁警備局外事課課長の篠山《しのやま》、新東京国際空港公団環境対策室室長の富永、国土交通省航空局飛行場部管理課の落合などが集まっていて、円く並べられた机にそれぞれが書類を広げている。村瀬もいま来たのだろう、コートを脱いでいるところだった。

すべての出席者が着席するとすぐに会議が始まった。村瀬はいままでの経緯について説明し、山崎は亡命者の取り扱いに関して、わが国には亡命者受け入れの法律がないので、事務手続きがすみしだい人道上最も適切と思われる処置をとるのが慣例である、と過去の例を示した。

ふたたび村瀬が口を開いた。

「不審船問題でお忙しい中を、皆様にお集まりいただいたのは、今回の、作戦と言っては大げさですが、オペレーションを進めていくうえで新たな問題が起きたからです」

彼はハンカチで額の汗を拭《ふ》き取ると、太った体を折り曲げてブリーフケースから書類を取り出し、出席者に配った。

「では、警察庁の篠山警視、よろしくお願いいたします」

全員が篠山に注目し、篠山は着席のまま軽く会釈した。

「亡命が発覚した昨日から今朝にかけての動きを簡単にご説明申し上げます。北から発信されたと思われる通信が活発になっておりましたが、昨日早朝、私どもの外事課通信班より通信を傍受したとの報告がありました。Ａ３Ｅという種類のものらしいのですが、手元の記録によりますと分析の結果は『新たな工作員が送り込まれた可能性が充分に考えられる』というものでした。外事係より、各都道府県の公安委員会及び警察署と、海上保安庁にも連絡を入れております。

ほとんど同時に、今度は防衛庁から『奄美大島《あまみおおしま》から約二三〇キロの九州南西海域で一隻《せき》の不審な船舶が航行中』なる報告が海上保安庁に入りました。これも昨日の未明、午前一時一〇分です。海上保安庁は直ちに航空機及び巡視艇に発動を指示いたしました。その後の動向はすでにニュース等でご存じと思いますが、ここにその経過報告がありますので簡単に申し上げます。同日一二時四八分巡視船いなさが現場到着、停船命令を発するも同不審船はこれに応ぜず逃走を継続、一四時二二分射撃警告を行いました。不審船は二二時九分巡視船に向け銃撃、並びにロケット弾のようなものを発射し、海上保安官三名が負傷いたしました。それに対しいなさ及びあまみは正当防衛射撃を行い、同船は二二時一三分沈没いたしました。当初この不審船が今回の亡命事件に関与しているのではと考えたのです。しかし時間的に、今回の事件とこの不審船は特に関係ないと見られています」

篠山はここまでしゃべると、一同を見回すように書類から顔を上げた。グラスの水を一口飲み、また書類に目を落とした。

「昨日の一四時五五分、第九管区海上保安本部から『工作船と見られる不審船が能登《のと》半島沖の公海上で発見された』との新たな連絡が入りました。ちょうど亡命者が成田に着いた頃です。その後の連絡で『天候が悪くてヘリが出せず、巡視船での追跡となったが見失った』とあります。今回の亡命にからめて考えますと、むしろ問題はこの工作船なのです。これが今回の亡命に関係あるかどうかは、いまのところまだ不明です。しかし我々が傍受した無線内容からみましても、また、いなさをはじめとする二〇隻もの巡視艦艇や航空機が九州南西海域へ向かったあと、手薄になったときを狙《ねら》って現れた、という点から考えましても、能登半島で発見されたこの工作船こそが本命ではないかと思われるのです。九州南西海域の不審船は、工作船と考えるには速度が遅過ぎます。これを囮《おとり》と考えるとつじつまが合うのです。これに関して現在までのところ、海上保安庁以外に報告は入っておりませんが、官邸には連絡済みです」

篠山は説明のあと、質問を待つように一同を見回した。村瀬が太い指をちょっと上げてから口を開いた。

「能登半島に現れた工作船から、もし工作員が送り込まれているとしたら、すでに東京に潜入していると見ていいでしょうか？」

「はい。残念ながらそう思われます」

「やはりそうですか。ありがとうございました」

篠山が軽く会釈して書類をしまうと、村瀬が米国大使館員に顔を向けた。

「米国への引き渡しは安全上のことを考えても、可及的速やかに行いたいというのがこちらの希望です。米国側の準備状況はいかがでしょうか」

米国大使館のJ・P・ジェンセン三等書記官がその質問に答えた。米国側は洪を軍の輸送機でメリーランド州のアンドルーズ空軍基地へ移送する予定である。いまのところ使用機材の到着は明日の午後三時となっていて、これ以上早くは都合がつかないとの説明があった。ふたたび村瀬が言葉を続けた。

「米軍機ということで、それに関わる問題があるわけでして、解決策を早急に見つけなければなりません」

山崎は知らなかったが、引き渡しに関して国土交通省と新東京国際空港公団が、米軍機の成田乗り入れに強く反対していたのである。亡命者搬出のためとはいえ、現時点での米軍機の乗り入れは、空港を取り巻く情勢から見て好ましくない。新滑走路の延長工事計画にも、大幅なマイナスが生まれることが予想されるとして、両者はあくまでも民間機での出国を望んでいた。

これに対して警察庁の篠山や空港警察署は安全上の理由から、米軍機での出国を主張していた。自衛隊あるいは米軍のヘリで横田基地へ搬送するという妥協案も出たが、ヘリであれ何であれ軍用機の成田離発着は、何としてでも避けたいというのが、空港側の主張である。

羽田は使えないのかという意見も当然出た。しかし米軍機で羽田から亡命させるのは刺激が大き過ぎるという政治的理由に加えて、警備の点でも問題が残る。警視庁のヘリで横田基地に搬送する案も検討されたが、横田基地は官民共同使用を巡って微妙な立場にあり、警察のヘリが米軍基地内に着陸することになると、新たな問題の発生につながるおそれがある。

「安全を考えるなら、亡命者を移動させないことが第一です。それをわざわざ羽田や横田に動かして、居場所を教えてやることはないと思われます」

山崎には警察庁の篠山が、出国まで洪をマスコミから遠ざけておくことに、特に気を遣っているように見えた。米韓両国とも今回の亡命事件が、来年二月の米大統領の東アジア訪問に影響を与えることがあってはならないとの意向が強く、引き渡しを急がされた。一刻も早く亡命者を米国に引き渡すという日本政府の方針にも変わりはなく、移送手段による時間の遅れを出さないように村瀬が釘《くぎ》をさした。

約二時間の議論を経て、日本出発は明日、成田から民間機のユナイテッド航空八二二便でワシントンD・Cのダレス国際空港へ直行することが決められた。当然のことながら便名は極秘扱いとされた。

山崎が仮設事務所に戻ると部屋はきれいに片づいていて、杉野が待っていた。

「二〇万ドルの話はどうなった？」

「さっぱり要領を得ないのです。洪は横領などは考えたこともないと、一笑に付しましたが、一等書記官である自分が、そのような疑いの目で見られていることに、憤《いきどお》ってもいました。スイスでは、確かに銀行と契約の仕事もしていたと言っていますが、二〇万ドルについては、何を聞いても知らないの一点張りです」

「そうか……」

「ただ、そのことに触れると、彼は落ち着かない様子に見えますし、答え方から見ても限りなく黒に近い灰色です。彼は逃亡を決意して、何かを実行したと考えられます。これ以上は私の手には負えません。警察に任せるべきだと思います」

「証拠はあるのか？」

「いや、ありません。イヴォンヌに触れても答えは曖昧《あいまい》でした。ただ、彼は盛んに汗を拭いていました」

「何かあるな」

二人で話していると、一人では気づかなかった疑問が湧《わ》いてくることがある。洪のオーストリアでの亡命行動は、奇妙だ。現実問題として、二人の監視人をまくことなどできるものだろうか？

「たとえばです」杉野が首を傾《かし》げながら声を落とした。「洪が二人に二〇万ドルを渡して、自分が持って逃げたことにしたらどうでしょう？」

「その代わりに亡命を見逃す」

「そうです」

「それには二人がどんな人間かを調べないとな」

二〇万ドルといえば日本円で二千万円以上になるが、一人一〇万ドルとなればバッグにも鞄《かばん》にも入る大きさだろう。洪とオーストリアで行動をともにしていた二人とは何者なのか。

洪の正体もそうだ。北は誘拐だと騒いでいるが、彼はそもそも、ほんとうに大使館員なのか。身分を示すものはポケットに入っていた一枚の名刺だけだ。財布はあったが中には小銭が入っていただけで、パスポートも運転免許証もクレジットカードもない。あまりにもきれいだ。

イヴォンヌ・ブルークという女性のその後の行動はどうなっている？　この女と二〇万ドルは関係があるのか。すべてが現地からの情報待ちであることに、変わりはなかった。ジュネーブもウイーンも、こちらの依頼を受けて動いているはずだ。

次の連絡が待ち遠しいが、日曜日であることを考えると、現地時間の朝九時、日本時間午後六時まで、まず連絡は来ないだろう。

あと二時間、山崎は洪の亡命についての疑問点を、ともかく今日中に解決しなければならない。

「明日のユナイテッド航空八二二便は何時発だった？」

杉野がノートを取り出して、挟んであったユナイテッド航空の時刻表をめくる。

「ええと、午後二時二〇分です。……航空会社の時刻表というのは、どうしてこう見にくいんでしょうかね」

杉野は時刻表をしまいながら窓の外を見上げた。風に舞う雪と木々の揺れ具合を見ながら、「かなり積もりそうですね」とつぶやいていた。

静かな部屋に電子音が響いた。

「はい。山崎です」

山崎はム・ラ・セと大きく口を開けて、相手が内閣安全保障室の村瀬だと杉野に知らせた。

「そうなりますと、引き渡しはあくまでも公海上に出てからでないと。ええ、ユナイテッドの便ならば米国籍ですので、……あれは機内に入ってからです。それなら出国手続きが終わっていますし、ですが日本国籍の飛行機だと機内では日本の法律が。そうです。ええ。そのために国際線の飛行機には国旗が描いてあります。国旗の下に入るということは、ある意味ではその国の法律の下に入ることになります。……はい。え？　それは決定事項ですか？」

山崎は、わかりましたと答えながら電話を切った。

「引き渡し時間が変わった」

「いつですか？」

「今日だそうだ。それもいますぐにだ」

「え！　すぐに洪に支度をさせないと」杉野が腕時計を指す。「でも今日のユナイテッドの八二二一便はもう出たんじゃないですか」

「飛行機は雪でまだ出発していない。四時間遅れに変更されているが、未定だ。表向きの理由は、クリスマスに引っかからないようにするとか、先方さんの都合とか言っていたが……」

「亡命に、日曜日もクリスマスも関係ないでしょう。アメリカさんの言うなりですね」

「いや、こちら側の事情もあるらしい」

意識しなかったが、自分でも声が小さくなったのがわかった。

「公安からの情報だと明日の洪が乗る便が北にばれた。水上警察署の近くで交通違反をした男が偽造免許証を持っていた。『中央スポーツ』の記者だと名乗っていたらしいんだが、洪の出発便に関するメモが見つかった。しかもハングルでだ。いまは完全黙秘中だが、奴《やつ》は、洪が水上警察署にいると考えているだろう。敵さんは囮作戦に引っかかったというわけだ。それで出発を急遽《きゅうきょ》変更したんだと。村瀬によればそのユナイテッドの八二一便というのは」

山崎は眼鏡をかけ直すと、メモを取り上げてもう一度確認した。

「……ニッポンインターの〇〇二便、ワシントン行きだ。コードシェアで、二つの便名を持っている。ま、どっちにしてもこの〇〇二便以外に、今夜中にワシントンに行く便がない。米国の航空会社はすべてキャンセルで、明日の午後まで飛ばない」

「ニッポンインターの便となると、ワシントンに着くまでこちらに責任があるわけですか」

「米国大使館の書記官がつき添うそうだ。今日の会議に来ていた男だ。ジェンセンとかいっていたが、どうせ偽名のCIAだろう。その男に引き渡した時点で、もう我が国に責任はない。そういう取り決めらしい」

「それにしても急な話ですね、米国がそんなに急いでいるということは、洪の持つ情報価値が高いということでしょう。いまそれが日本の手の中にあるんですよ。拉致《らち》問題の解決に少しでも役立てるとか、そういう発想には結びつかないんですかね」

「わかっているだろう、日本の外交は何でも穏便に、だ。俺が思うに、国民の目が不審船問題に向いている間に、さっさと片づけてしまおうと考えているんじゃないかな」

「情けないと思いませんか」

今は杉野と日本の外交姿勢を議論している場合ではない。

「この雪だ。飛行機が何時に出られるかわからないので、洪の出国準備をすぐにしてほしいと言っていた」

出国となると、ニッポン・インターナショナル・エア社のセキュリティー・オフィサーと打ち合わせもあるはずだ。杉野が洪の出国準備のために出て行った。

FAXの束と一緒に届けられた新聞の中から、軽めの記事が多いスポーツ紙を何気なく開いた山崎は、思わず声を上げそうになった。

「北朝鮮の外交官、日本経由で米国に亡命か」

不審船の記事とともに亡命のことが、小さくだが二段抜きのベタ記事で三面に出ていた。数人の男に囲まれて車に乗る男の写真まで載っている。

昨日、駐スイス北朝鮮大使館の一等書記官Hは、ウイーン発成田行きのニッポンインター二〇八便の機内で、機長に米国への亡命を申し出た。……

そんなバカな。まだどこにも公表していないはずだ。

山崎は驚きを隠せないまま、すぐに杉野の携帯に連絡を入れた。呼び出し音を聞きながら片方の手で次々と新聞を広げたが、他の新聞はまだ亡命に関しての報道をしていなかった。

午後五時、外務省会見室で行われた報道官会見で、不審船問題に関する質問に答えるかたちで、日本政府は初めて公式に亡命があったことを認めた。

午後六時の定例記者会見で福山官房長官は、亡命の事実だけは認めるが人道上の配慮のため、名前や国籍などの詳しいことは発表できないとした。

北朝鮮政府は亡命の事実はなく、たとえそのようなことがあったとしても、日本と米国による陰謀であるとの姿勢を変えていない。

洪がフランス語を習っていた女性について、ジュネーブの領事館から新しいＦＡＸが届いた。

イヴォンヌ・ブルーク三九歳。スイス国籍。イヴォンヌの母親は北朝鮮平壌出身のコリアンで、朝鮮戦争のときに両親とともに米国に亡命。その後ヨーロッパに渡りフランス系スイス人と結婚。イヴォンヌが生まれる。イヴォンヌはローザンヌ高校を卒業後すぐに結婚。四年前に公務員の夫と死別する。ジュネーブの語学学校でアルバイトとして働くかたわら、北朝鮮大使館でフランス語とドイツ語の翻訳の仕事をしている。その関係で洪にフランス語を教えている。

この情報には、今回の事件で在スイス米国領事館関係者との話し合いの席上、米国側から提出されたもの、との但《ただ》し書きがつけられていた。

10

「よう江波、どこ？」

振り向くと同期の伊藤だった。彼もこの雪で出発が遅れているのだろう。

「〇〇二便のワシントン。おまえは？」

「俺は三時間遅れでニューヨーク。ワシントンに行く奴がまだ残っているのかよ。おまえ昇格前のプログラムに入っているんじゃなかったっけ。昇格前だと国内だけだろう？」

機長になるための昇格前訓練に入ると、離着陸の経験をなるべく多く積むために、通常は国内線だけを飛ぶ。江波順一は先週からその訓練プログラムに入っていた。

「そうなんだけど、この雪で乱れてて副操縦士《コーパイ》が足りないらしい。スケジュール・チェンジで急遽《きゅうきょ》決まったんだ。おまえの昇格前訓練、いつから始まるんだ？」

「来週だ。この便でコーパイも最後さ。いま来たのか？」

「いや、あんまり待たされるから、ちょっとターミナルまで本を買いに」

「それにしてもすげえ雪だな。いつ頃出られるかな」

伊藤が窓からのぞくようにして暗くなった空を見上げる。空港ビルの屋上に光る照明のまわりに、雪がまとわりつくように舞っている。

台湾坊主《ぼうず》と呼ばれる通常は春先に発生する低気圧の接近で、最近では珍しい大雪となっていた。午後から関東地方一円に大雪警報が出されている。雪を避けて他の空港に行ってしまった到着機が何機もあり、次にその機体を使用する便は、出発の目処《めど》さえ立っていないほどだった。

江波のいるNIAオペレーション・ビル四階のスタンバイ・ルームにも、出発予定が立たないクルーが他に四組待たされていた。客室乗務員は三階の客室部に引き上げていたが、運航乗務員は、他に行くところもなく三時間以上もそこで待っている。伊藤は個人用の荷物タグを、機長の分も含めて三枚引き出しから抜き取ると、向かいのソファーに腰を下ろした。

「今日はふつうの日曜日だろ。連休でもないしな、クリスマス前のこんな日に乗る客がいるのかよ。がら空きじゃないのか？」

「いや、成田が雪で降りられないから、千歳《ちとせ》や関空に行った便が多くて、外国の航空会社はパイロットの手配がつかないらしい。キャンセル便がかなりあるんだそうだ。その客がこっちに流れてきている。北米線はがら空きだったのがだんだん増えてさ、いまはほぼ満席なんだと。ワシントン便はうちの一便だけなんだって」

伊藤は聞きながら、クルーの手荷物用タグに名前と便名を書き込んでいる。「だからキャンセルしないで頑張っているんだな」

「ああ、JALもキャンセルしてないそうだ。ところでその後どうだい？　何か聞いてるか」

聞かれて伊藤は顔を上げた。

「どうって？　JALとJASの合併のことか？」

「いや、俺たちのストライキのことだよ」

「俺もネットの情報しかわからないけど、今朝の様子では、やりそうだな。噂《うわさ》では組合は闘争資金を五五億円用意したって聞いたけど、あてにはできねぇな」

「こんなときにストライキはないだろう。もしJALとJASが一緒になったら、国内と国際線の両方を押さえられるからなあ。ニッポンインターは生き残れないと思うよ」

「お上が天下りのポストを作るために、持ち株会社を作って合併させるんだろう？　俺たちには関係ねえよ。飛行機の色は変わってもパイロットは必要だからな。かわいそうなのは事務屋さんだ。リストラされてさ。そっちのPICは誰？」

「PICは指導機長の藤重《ふじしげ》さん、SICは上村《うえむら》さんだよ」

ニッポンインターは、ワシントンやニューヨークのような東海岸への長距離便は、第一指揮順位の機長《PIC》と第二機長《SIC》、副操縦士の三人編成が採られている。交代で仮眠を取れるようにするためだ。

「お疲れさんだな。シゲさんは冬だと除氷液のことを必ず聞くから、おまえ、有効時間とか種類とか見といたほうがいいぞ」

「ああ、わかってるよ。このあいだも一緒だったんだ。それより組合のホームページの入り方、教えろよ」

「おまえ、まだそんなこと言ってるのかよ。航空関係リンク集から入ってもいいし、それがわかんなきゃ、ただ乗員組合と入れたって出てくるよ」

彼は書き損じた手荷物タグの裏に、パスワードとIDを書いて江波に手渡してくれた。

「ありがとう。パソコンを始めたばかりで、まだよくわからないんだ。この天気で出られるかどうか、もう一度様子を聞くとするか」

江波は新聞を脇《わき》に置いて立ち上がり、伊藤と一緒にフライト・ステーション・ルームに向かった。部屋に入ると伊藤が小声で「誰だ、あれは?」と江波をつついた。

他社のCAらしい制服を着た若い女性二人と、藤重、上村両機長が部屋の向こう側のソファーで楽しそうに話をしている。二人とも日本語を話しているが、黒い髪の一人はそれほどうまくないようだ。

「どっから見つけてきたんだ、あんな美人。ハーフかな」

伊藤の目がくぎづけになっている。

「彼女たちは二時間くらい前にここに来てたよ。ビジネスジェットのキャビン・クルーで、うちが成田での一切の世話を引き受けているんだって。雪で出られないから、キャプテンたちと食事を一緒したんじゃないかな。シゲさん、ああいうの好きだからな」

「いいねえ、あんなセクシーなのが乗ってたら、俺だったらビジネスどころじゃねぇな。その幸福なパイロットはどこにいるんだ？」

「そういえばパイロットは見なかったな。運航管理者の話だと、たしか昨日か一昨日《おととい》モスクワから飛んできたと言ってた」

「ロシア人とのハーフか？」

「いや、南米かどっかの出身で日系だと言っていたな」

「ともかく、いいねえ」

「じろじろ見るなって」

小声で伊藤を注意する。

「はい、はい。俺もビジネスに行くか。じゃ、またな」

伊藤は笑いながら、二つ隣のニューヨーク便のカウンターに歩いていった。よどんだフライト・ステーション・ルームの空気は相変わらずだった。

「いまニューヨークからの〇〇九便が到着しました。その機体《シップ》をワシントン便に使うとのことらしいです。ニューヨーク便ですが」

ニューヨーク便のカウンター奥で、五〇がらみの担当者は機長に顔を向けようともしない。コンピューター画面から、ごま塩頭を上げるのも面倒くさいという態度だ。

「中央運航統制室《FOC》がですね、千歳に降りたフランクフルト便がまもなく成田に入るから、それをニューヨーク便に回すと……。あ、いまＦＯＣ《フォックス》のお偉いさんたちが決定したようですよ。ニューヨーク便は〇〇九便のシップを使うそうです。とりあえずシップに行って、ＦＯＣからの指示を待てということらしいんです。六五番スポットにお願いします」

担当者は、ワシントン便のカウンターにいる江波の視線を感じたのだろう、「すぐ行きますから」とぶっきらぼうに言い放った。

天気現況を見ていたニューヨーク便のＰＩＣ機長が、画面を指しながら彼に声をかけた。

「この天気だから離陸前に待たされるかもしれん。あと二〇〇〇ポンドほど燃料を積んでくれないか」

「ここではその決定はできませんよ」

相変わらず画面から目を上げようともしない。

「羽田のFOCにいるエリートさんたちが決めていますので」

「なに？　あんたが運航管理者《ディスパッチ》だろう。なんで奴《やつ》らが燃料を決めるんだ」

長時間待たされた機長は機嫌が悪いし、文句を言われる担当者も疲労でうんざりしている。彼は初めてコンピューターの画面から目を離し、顔を上げた。

「キャプテン、困りますよ。私たちはもうディスパッチじゃないし、ここはフライト・ステーションなんです。組織変更で全《すべ》てが変わったんです。現場の私たちには、もうなんの権限もないんですよ。資格手当もとっくに取り上げられたんですから」

彼はあごでカウンターにある電話機をさした。

「どうしても燃料が必要だとおっしゃるなら、ご自身で直接FOCのお偉いさんとお話しされたらどうですか」

電話は話中でつながらず、気分を害した機長はぶつぶつ言いながら乱暴にサインをすると、無言で歩いていってしまった。伊藤は書類を手早く運航鞄《かばん》にしまうと、江波に手でちょっと挨拶《あいさつ》をしてから、二人の機長に続いてカウンターを離れた。

ワシントン便の藤重機長と上村機長がカウンターに現れ、不機嫌なブリーフィングが始まったのは、それから五分ほどたって美女たちが帰ってからだった。

11

確認整備士の竹村《たけむら》俊司《しゅんじ》は、七一番スポットに入っている機体の下に、到着したばかりだった。エアコン与圧装置《PACK》の回転音とそこから吹き出す排気で、脳が振動するほどの騒音であふれていた。

現場の若い整備士が、それに負けない大声で説明を始めていたが、竹村はまだ湯気を上げている主車輪の横で呆然《ぼうぜん》としていた。無線で連絡を受けたときはこれほどひどいとは考えもしなかったのだ。ボーイング７４７－４００の、一六本あるメインタイヤのうち、八本が着陸時にハイドロ・プレーニングを起こしたのだろう、表面がどろどろに溶けていて使いものにならなかった。いますぐ交換しなければならない。残り八本のうち四本は白っぽく溶けた痕《あと》はあるものの、まだどうにか使える状態を保っている。

急いで車輪交換車《WB》をつけ、二組の作業班で取り組んでも一時間はかかるだろう。いや、一時間半はみてもらわないと苦しい。

竹村は機体の下から出ると、歩きながら無線機を取り出し、メインテナンス・センターを呼び出した。大粒の雪が激しく顔にあたる。

「もしもし。こちら竹村です。いま現場に来ました。ひどいもんです。一時間半はかかります。すぐにWB車とタイヤ交換のための人手を二組こちらによこしてください。日曜だけど、まだ誰かいるでしょう？」

機内食搭載用の車が、大音響のブザーを鳴らしながらバックして機体後方のドアに近づいている。

《……すか？》

まわりの騒音がひどいのと、まだ耳にはエアコンPACKからの音が残っていて、聞き取れない。顔にかかる雪を手袋で払いながら反対側の耳をふさぐ。

「すみませんが、もう少し大きな声でお願いします！」

《WB車ですか？》

「そうです。あ、ちょっと。いま燃料屋が来たのでもう一度連絡します」

《タイヤは何本用意すればよろしいんでしょうか？　どうぞ》

「最低八本です」

《八本？　ちょっと……ください よ。調べますが……したので》

「聞こえないんです。もう少し大きな声でお願いしたいんですが。どうぞ」

《すみません。在庫が……です。昨日一本交換したので、現在三本だと思いましたが、すぐに調べます》

「え？　タイヤは一〇本ワンセットで置いてあるんでしょう？」

《いえ、〝プログラム21〟で最近五本に変わったんです》

タイヤがない。竹村は愕然《がくぜん》とした。

「了解。すぐにかけ直します」

竹村は無線機をポケットにしまいながら、地下のパイプにポンプ車をつなごうとしている燃料車に向かって雪の中を走り出した。すぐ横をコンテナ四台を引いたタグ車が、アクセルをふかして通り抜けていった。

竹村から連絡を受けた田中は、メインテナンス・センターでコンピューターをたたいていた。在庫は三本で、補給は残り二本になるまで行われないことがわかった。彼は隣の部屋に駆け込み、夜勤当直の相馬主任に事情を説明した。相馬が羽田のメインテナンス・センターに電話をいれてくれた。じりじりしながら返事を待っている田中を横目に、主任は短くなった煙草《たばこ》をアルミの灰皿でもみ消した。

「おい、田中。羽田には現在四本の在庫があるらしい。すぐに部品要請書をＦＡＸするように言ってくれ。タイヤ三本だ」

「主任、タイヤは五本足りないんです。それにこの雪だといまから羽田を出ても、着くのは夜中になりませんか？」

「そんなことは言われなくてもわかっている。羽田も在庫ゼロというわけにはいかないと言ってるんだ。それまではJALから借りる。補給の課長にJALに頼むように言うんだ」

「補給の島野課長はいまシアトルに出張中です」

「そうだった。ええと、補給の、そうだな大山がいい。あいつなら部品に詳しいから。奴にJALに電話するように言ってくれ」

大山なら、とっくに帰っている。田中はわざと言葉を投げつけた。

「あのぉ、彼、もう帰りました。派遣社員なので五時までです。みんな大雪警報を聞いて帰りました。日勤と夜勤の整備は、全員除雪で現場に出ていますので、羽田のFAXは私がやります。JALは主任、お願いします」

田中は主任の不機嫌な視線を背中に感じながらドアを閉めた。

竹村は七一番スポットの脇に停めてある車に戻った。ドアを閉めると、耳が聞こえなくなったのではと感じるほど静かになった。分厚い手袋を脱ぎ、黄色い合羽のポケットから、ビニール袋に包まれた無線機を取り出す。

「竹村です。タイヤの件どうなりましたか？」

《不足分をＪＡＬから借りられないか連絡を取っているところです。もう少しで結論が出ます》

「とりあえず在庫全部こちらへ出してください。旅客課に、案内までにはまだ時間がかかると伝えてください。投光器もお願いします」

《了解。一五分ぐらいで用意できると思います。ああ、ちょっとスタンバイ。コールバックします》

フロントガラスの雪をワイパーで落とすと、湿気で曇ったガラスを通して巨大な胴体が目の前一杯に現われた。ＷＢ車は一五分後に格納庫《ハンガー》の横の部品庫を出て、ここに着くまでに少なくとも三〇分はかかる。竹村は腕時計を見ようと袖《そで》に手をやったが、合羽の雪が車のシートをびしょ濡《ぬ》れにしたのに気づいた。

時刻は一七時一五分過ぎだ。

車の中から機体を見ていた竹村は、どこかおかしいのに気づいた。貨物搭載機の積込み機《ローダー》の動きが逆なのだ。積み込んでいたコンテナを下ろす作業をしている。

時間がないというのにいったいどうしたんだ。思わずドアを開けて雪のなかに飛び出した。向こうから先ほどの若い整備士が、白い息を吐きながら走ってくる。

「どうした」

まわりの騒音に負けない声で怒鳴った。

「はい。このシップは使わないんだそうです」

「他に予備機はないだろう。キャンセルか？」

「わかりません。ＦＯＣがそう決めたとしか」

「ちょっと待て、聞いてみる。うるさいから中に入ろう」

車内に入ると無線機の呼び出しが鳴った。成田の滑走路閉鎖で千歳に降りたフランクフルトからの便が、空港の再開によってあと二時間で成田に着く。その機体を使用する予定だという説明があった。

「それから機内の清掃をして、燃料と貨物を積んで、乗客案内を始めるとなると、いったい出発は何時予定になるんですか？」

《わかりません。ＦＯＣの決定だそうです》

「どちらにしても、このシップを直さなけりゃ次の便にも使えないでしょう。タイヤの手配はどうなってますか。どうぞ」
《タイヤは明日、送られてきます。それまで交換しないようにとのことでした。JALからは借りないとのことです》
タイヤを交換してはいけない？　そんなバカな話は聞いたことがない。少なくとも在庫の三本だけでも交換しておかないと、日勤の整備はまもなく帰ってしまい、夜勤だけとなる。夜勤も全員が機体の除雪に出ないと間に合わないだろう。飛行間点検は〝プログラム21〟によって一人体制にされている。応援が望めないと、最悪の場合はすべて一人でやらなければならない。竹村はこの制度に以前から納得できなかった。
《そのシップは格納庫《ハンガー》に牽引《けんいん》するそうです》
整備もしないで機体を一晩遊ばせたとなると、自分にも責任が生じる。そんなことは許せなかった。
「ちょっと待ってくれ。ここから動かす前に、少なくともタイヤ二本は交換しないとだめだ。それだけでも交換したいが。どうぞ」
《了解。FOCに問い合わせます》
七分後に連絡が入った。
《在庫分の交換はOKとのことです。すぐにWB車を回します。どうぞ》

「ありがとう。ハンガーに定期整備で入っている-400の車輪をこちらにつけ替えたらどうか。千歳からの便を待つよりは早いだろう。その間に荷物も積めるし。どうぞ」

《了解、了解。スタンバイ願います。FOCの電話が混んでまして、あのう、時間がかかると思いますが、コールバックします》

　無線機をしまうと車から出て、若い整備士と一緒に雪と騒音の中を翼の下へ向かった。雪はますますひどくなり、長さ六〇メートルの翼からは小さなつららが下がりはじめていた。

　タイヤの小さなWB車は、雪が積もったエプロンを走ることができず、二〇分以上もコンテナ用の小型牽引車に引かれて七一番スポットに着いた。竹村が見たところ、左胴体の六番と右側一四番タイヤの傷《いた》みがひどかった。

「よし、六番から始めよう」

　途切れることのない騒音に包まれながら竹村は大声を出した。降りかかる雪と投光器の立てる湯気の中で、胴体下に入り込んだWB車の油圧ジャッキが、ジャンボ機の車輪を持ち上げた。鋭い金属音とともに、高圧空気がマグネシウム・ホイールのナットをゆるめる。雪で冷えた手には器械の振動が痛い。二人が重い車輪をはずそうと手に力を込めたとき、ポケットの無線機の呼び出し音が鳴った。

「はい。七一番スポット、竹村です。どうぞ」

《こちら主任の相馬だ。支店長室から、投光器を使わないでほしいとの要請があった。作業しているところがお客さんから見えるとのことだ。WB車のライトだけでやるんだ。わかったな》

「暗くて、時間がかかります」

《かまわん！　二階のレストランでお茶を飲んでいたら、窓際《まどぎわ》の席から見えたんだそうだ。すぐに消すんだ。いいな》

竹村は冷たい翼の下から、レストランの灯りをにらみつけた。

「わかりました。おい、投光器を消せ」

竹村はわざと相馬に聞こえるように怒鳴ってから、無線を切った。

〇〇二便ワシントン行きのクルーが七一番ゲートに着くと、CAが一ヶ所にかたまって話をしている。ボーディング・ブリッジに通じるドアが開いていないので、機体に行かれないそうだ。旅客担当の係員もまだ到着していなかった。

「そこの電話使えないの？」

「いま電話したところです。まだ準備中なので、ここで待つようにとのことでした。大がかりな要整備箇所をかかえているとかで」

チーフパーサーの武中直子《たけなかなおこ》が背後の窓を指し、小さくシュラッグした。

「えっ、そんなこと全然聞いていないな」

窓際に行って機体を見たが、かなりの雪が積もっているだけで機内に明りもなく整備作業はまだ何も行われていないようだった。早くしないと機長が来る。

「江波君。どうしたんだ？」

背後で低く小さな声がした。先ほどまで機嫌の良かった藤重機長だ。江波はあわてて受話器を手にした。

「はい。何かメンテをかかえているようで、ここでしばらく待つようにとのことらしいです。フライト・ステーションに聞いてみます」

〇〇二便のクルーがフライト・ステーションを出たあとに連絡が入り、格納庫《ハンガー》にある機体を使うことになったので、出発がさらに遅れて、二〇時過ぎになるという。江波は時計をちらっと見て聞き返した。

「二時間も？」

それを聞いた機長は、江波から受話器を受け取ると、もう一度ディスパッチに説明を求めた。

「戻ってもいいだと？　俺たちはもう出国しているんだ。ここから見る限りまだ何もしてないじゃないか。FOCの許可だ？　壊れたシップを直すのに許可がいるのか。その野郎をここに連れてこい！」

いつも穏やかな藤重機長が、たたきつけるように電話を切った。機長の額には青筋が何本も浮いていた。

12

仮設事務所の山崎のもとに、本省から洪の米国引き渡しに関する連絡が入った。参考に米国からの電文もFAXされてきた。それによると米政府はクリスマス前の移送を強く希望している。今年中に今回の亡命事件を片づけてしまいたいようだ。山崎は確認のために再度電話機を取り上げた。

「さらに二時間ですか？　理由は雪ですか」

ニッポンインターの旅客課の〇〇二便担当者がいろいろと説明をしてくれる。

「使用機材到着遅れというのは」

使用予定の飛行機が成田に到着していないので、そのために出発が遅れるという意味だという。雪のために空港が閉鎖中なので、新しい機体を用意していると答えが返ってきた。

壁の時計を見上げながら電話を切る。あと二時間、夜八時前後になる。本省には電話でそのことを伝え、杉野にも出発時間の変更を知らせた。

ノックの音がしていつもの婦警が顔を出した。

「至急のＦＡＸが来ました。もうすぐこの部屋にもＦＡＸがつくそうです」

いまごろついてももう遅いのだが、山崎は礼を言いながら差し出されたＦＡＸ用紙を受け取った。

オーストリア大使館からのＦＡＸには、洪のウィーンでの足取りはつかめなかったが、空港で洪と一緒にいた二人の男の名前が判明した、とあった。趙成大《チョ・ソンデ》と李大葉《イ・テヨプ》で、身分は商社社員となっている。また、洪の亡命後にスイス銀行、ヴィエナ中央銀行、ゴッタード銀行の幹部が、北朝鮮大使館を訪れたことが書かれていた。これに関して、調査に当たった書記官の私見が書き添えられている。

《大使館員が一人亡命しただけで、週末にもかかわらず主だった銀行の幹部が大使館に呼ばれるのは、きわめて異例と言えるでしょう。そのようにこちらの銀行筋が動いたのは、私の記憶では一九九八年、インドネシアのスハルト大統領が失脚した時の状況に似ています。失脚の一年ほど前から不正蓄財疑惑がささやかれ、インドネシア関連の商社や銀行の動きが急であったと記憶しています。上記二名の商社員と亡命外交官は、こちらの銀行と関連のある取引に、深く関わっていた疑いがあります。ウイーンは中心街も小さく、動きがあればすぐにわかります。また動きがありましたらご連絡いたします》

状況がスハルト失脚時の動きと似ている？　北朝鮮関連の商社員の名前が判《わか》った。

山崎は電話を取り上げると、杉野にリポートの内容を伝え、すぐにその二人の身分について調べるように指示を出した。受話器を置くと同時にノックがしてまた婦警が顔を出した。

「またＦＡＸです。早くこの部屋にもつくといいですね」

新しいＦＡＸを山崎に手渡し、「お茶でも入れましょう」と部屋の隅にあるポットを取り上げた。

「ありがとう」

お茶をすすりながら目はＦＡＸの文面を追った。ジュネーブの総領事館からは、洪にフランス語を教えていたイヴォンヌは相変わらず行方不明とあった。

《当地の北朝鮮大使館は、亡命についてひとことも発表していないが、人の出入りがいつになく激しくなっている》

次の部分に進んだとき、山崎はFAXをスタンドの光の下に引き寄せた。

《スイスで情報公開法が成立して以来、当地の銀行からオーストリアの銀行へと預金の流出が起きている。高額預金の移動は、米国財務省が関知するところとなり、不正蓄財の疑いありとして、現在も内偵が続いている。今回は北朝鮮の商社名が含まれていることもあり、金正日《キム・ジョンイル》の不正蓄財の可能性があるというのが大方の見方である(在スイス米領事館関係者)。亡命外交官は昨今の緊迫した動きから見て、当該工作を行った中心人物との疑いも否定できない。なお本国より政府高官が本日ジュネーブ入りしたが、今回の亡命事件との関わりは不明。すべてが未確認情報のため、取り急ぎ平文にてFAXいたしました》

山崎はノックの音に思わずFAX用紙を伏せた。

「遅くなりました、引き渡しは終わりました」

杉野が上気した顔で部屋に入ってきた。

「お疲れさん。で、どうだった?」

山崎はFAXを脇《わき》に置き、椅子《いす》から立ち上がった。

「課の事務官をつき添わせてあります。あとは警察の仕事となりますけど、飛行機が飛び立てば一件落着です。それまで敵さんが、水上警察署の囮《おとり》作戦に引っかかっていてくれるといいんですがね」

杉野はオーバーとマフラーを入り口のコート掛けに掛け、少し残った雪を払った。

山崎は、デスクの前の椅子を杉野に勧めた。

「商社員とやらは何か裏がありそうか？　洪の言う契約関係の仕事ってのは、この大金の移動のことか？」

山崎が差し出したFAXを読み終わると、杉野が椅子を引き寄せた。

「先ほどお電話をいただいたとき、洪と出国の手続きをしながら話をしていたので、聞いてみました。二名の商社員というのは、洪が亡命したとき一緒に空港にいた男たちだそうです。彼は二人の男をまいて飛行機に乗り込んだと、まあ、調書と同じことを繰り返してます」

杉野はポケットから手帳を出した。

「氏名は趙成大と李大葉。ウイーンではその二人と一緒に行動していたそうです。空港ではトイレに立つときも単独行動は許されないので、趙成大が荷物を見るためにカフェテリアに残り、李大葉とトイレに行ったんだそうです。ちょうど団体が入ってきて、その雑踏の中で彼をまいたと述べています」

「商社員だという、その二人は、どこに所属してることになってるんだ？」

「趙成大は妙香《ミョヒャン》商社の人間で李大葉はヌンナ貿易会社の社員だそうです。ご指示のように本省へも行ってきました。韓国国家情報院の資料では、両社ともに金正日の息がかかった企業なんですが」

「そうなるとその二人は親族か、よほど金《キム》一族に信頼されている人間だな。そんな人間が一緒だったとすると、ウィーンとジュネーブからの情報はすべて正しいということになるな」

「でも……あまりにもすべてがきれいに運び過ぎていると思いませんか？」

杉野の言葉が、山崎に同意を求める口調に変わった。

「亡命を個人で成功させるのは、至難の技です。たとえば脱北者の場合を考えてください。背後にそれなりの組織や団体がいて、便宜を図ったり手配をしているものです。趙と李は、まあ商社員といっても、たぶん秘密警察か諜報《ちょうほう》関係者と考えるのがふつうだと思います。それをきれいにまいて、脱出する。そんなことが彼一人の力でできるでしょうか。ニッポンインターからの報告書には、搭乗の際に自動改札機が故障したと書かれていますし、いつもは使わないゲートから出発したようです」

山崎は早口でしゃべり続ける杉野を見つめたまま、お茶に手を伸ばした。すでに冷たくなっていた。

「いままでは亡命のことばかり気にしていたんですが、やたら金の話が出てくるんで、何か裏がありそうだと思ったんです。本省に行ったついでにと、調べてみました。過去の独裁者の不正蓄財についてです」

杉野がめくった手帳のページには、彼の性格を表すような細かい字がびっしりと書かれていた。

「不正蓄財はいろいろありまして、古いところでは一九七四年に失脚したエチオピアのハイレ・セラシエ皇帝の二億ドルとか、一九八六年に失脚したフィリピンのマルコス大統領の一〇億ドルなどがあるんですが、不正蓄財が発覚して失脚につながったと思われるものが一つありました。ザイールの、いまのコンゴ民主共和国ですが、モブツ大統領がスイスの病院に前立腺《ぜんりつせん》ガンで入院中だった当時ですね、スイスに五〇億ドルもの隠し財産があると裁判所に報告され、それが理由のすべてではないにしても、きっかけとなって一九九七年に失脚しました。これを可能にしたのが情報公開法の成立だったのです。それ以降アングラマネーがスイス離れを起こし、大量の金がオーストリアへ動いたと言われています」

最近の例では、インドネシアのスハルト・ファミリーの一五〇億ドルがオーストリアへ動いたらしい。彼は手帳の次のページをめくった。

「モブツの例ですが、不正蓄財をスイスの裁判所に誰が報告したか、はっきりした記録がないらしいのです。そこで気になるのが、午前中に話題に出たコンゴで亡命した北の外交官の件です。モブツの失脚よりも前なんですが、ベルギー経由でアメリカに亡命してます。当時アメリカが、三〇年近くも独裁政治を続けたモブツ大統領の退陣を要求していたのは事実です。もしもですよ、もしもその亡命外交官が武器輸出のリベートなどで、大統領失脚のきっかけとなった不正蓄財に関係していて、詳細を知っていたとしたらどうでしょう」

「米国はそのすべてを知り、その資料を使ってモブツの失脚工作をした。そう言いたいのか？」

杉野が黙っているので山崎はじれったくなった。

「それが今回の亡命とどんな関係があるんだ？」山崎はＦＡＸを指しながら続けた。

「アングラマネーに関わっていると？」

「洪はただチャンスがあったので亡命しただけだと主張してますが、金のことはまったく知らないの一点張りです。彼はスイスからオーストリアへ行き、ウイーンで亡命の行動を起こしました。何らかの怪しい金に関わっていたと見るのが当然です。北関連の資金だとすると、米領事館関係者の話として書いてある、金正日の不正蓄財につながると考えられませんか？」

杉野はＦＡＸを手元に引き寄せると、見えやすいように山崎に向けた。

「確かに……。そして日本経由で米国へ亡命か」

「それだけならまだいいんですが、海外に不正蓄財が存在して、それに関与していた外交官が亡命したとなると、コンゴの場合と状況が非常によく似ています。この亡命によってアメリカは、金正日の不正蓄財の全貌《ぜんぼう》を知ることになります」

「ということは……」しばらく間が空いた。「それを利用して米国は総書記失脚を細工するのか？」

「そこが引っかかるんです。きれい過ぎます。たとえば洪にフランス語を教えた女性にしても、生い立ちからその母親の経歴に至るまで、翌日にはわかっています。これ、できすぎだと思いませんか？」

「この亡命には、やはり裏があるというのか？」

山崎は窓の外の雪を見つめた。

「そうです。それにヨーロッパで起きた事件なのに、情報の出所はアメリカ関連が多いんです。私にはCIAの臭《にお》いがすごくするんです」

「そうか、米国は、不正蓄財の存在をほのめかせることで、米朝会談だけでなく外交面で北の主導権を握れる。そのためには、中心人物を手に入れる必要がある。そこで亡命というかたちを使った。フランス語を教えて彼に近づいた女性が行方不明なのは、その女はCIAの工作員か何かで、任務が終わったから消えたのか。おい、そうなると俺たちは、いや、日本はそのシナリオに乗せられているというわけか？」

「これはただ私の想像ですから」

「不正蓄財というのは、いったいいくらなんだ？」

「二〇億ドルと言われています。日本円で約二四〇〇億円です。だから洪は命を狙《ねら》われているんじゃないでしょうか」

「もしそうなら、相手はなりふりかまわず阻止してくるぞ。いまの警戒体制じゃ危ない、すぐになんとかしないと。その便は何時に出るんだ」

杉野が電話を取り上げた。しばらく話をしていたが時計を見ながら電話を切った。

「先方もダイヤが乱れていて、いま確認中です」

13

大雪に見舞われている成田空港の南端、滑走路34の東側には広い駐機場があり、航空各社の格納庫《ハンガー》がある。ニッポンインターのハンガーはジャンボが二機入る大きさで、幅は一五〇メートル以上あり、五階建てビルほどの高さだった。雪の降っている扉の外とは対照的に、高い天井に並ぶ水銀灯に照らされた屋内は、真昼のように明るかった。あちこちから作業音が聞こえ、話し声などに混じって広い空間にこだましている。

足場に囲まれたボーイング747－400のまわりでは、何人もの整備士が動き回っている。巨大な胴体と照明に輝く銀色の翼は、ハンガーの半分を占めていた。片隅に置かれたビジネスジェットが、まるで自動車のように小さく見える。

機装課の佐々木《ささき》慎二《しんじ》は朝礼のあと職長に呼ばれ、－400の修理が一段落したら、モスクワから飛んできたビジネスジェットの、修理と点検をするように指示されていた。

ビジネスジェットの狭いドアから体をかがめて中に入ると、かすかに革のにおいがした。電源を入れて機内を明るくする。

豪勢な内装と分厚い絨毯《じゅうたん》が敷き詰められたキャビンが間接照明に浮かび上がった。ソファーに使われているのは手揉《ても》みの高級な革で、最初に感じたにおいはこれだったのだ。操縦席の椅子の上に、修理項目が書かれているバインダーが置いてあった。

飛行間点検整備は終わっていて、キャビン・ドアからのエア漏れと、リクライニングの調子が悪いシートが一つあるだけだった。それらの不具合箇所は意外に簡単に直った。バインダーに修理済みのサインをすませ、機外に出ようとしたところで、岡本望美に電話で頼まれたことを思い出した。佐々木は頭をかがめながら狭いコクピットに戻った。副操縦士席のまわりを探したが飛行日誌が見つからない。機長席にもない。狭いコクピットにはもう探すところもなかった。あきらめてキャビンに戻ろうとしたとき、通路の壁にある棚に挟み込んである、飛行日誌を見つけた。

いちばん新しいページを開いてみる。成田へはモスクワから来ている。モスクワへは、前のページを開く。ジュネーブからだった。その前はロンドン。二、三ページをめくってみる。もう少し前を探す。

――あった！　キンシャサ、アフリカの地名だ。その前のページにも聞き慣れない地名が出ていた。

佐々木は持っていたメインテナンス・シートに、地名と日時を書き込んだ。その時きしむ音がして機体が揺れた。誰かが乗ってきた。佐々木がコクピットから出るのと、がっちりした体格の男が、キャビンに入ってくるのが同時だった。脇に紙袋を抱えている。

「ハーイ」

男のほうから声をかけてきた。聞くと彼はこの機のパイロットだそうで、重そうな紙袋を下に置き、ぶっきらぼうな英語で聞いてきた。

「こいつの修理はいつ終わる？」

鼻の下の口ひげやウェーブのかかった黒い髪がアラブ系を示している。修理はいま終わったばかりだと伝えた。男の目は隣にある巨大な７４７‐４００を仰ぎ見ている。

「でかいな」

それだけ言うと‐４００へ向かう佐々木と並んで歩き出した。二、三歩歩くと彼は、ビジネスジェットを肩越しに親指で指しながら「明日出発することになった」と佐々木に顔を向けた。しかし目はすぐにまた‐４００の巨大な胴体へと戻った。たぶんこんな近くで見るのは初めてなのだろう。

「中を見せてもらえないか？」

自分は許可を出せる立場にはない。

「そうだな。いまは整備中で忙しいから、もう少し後になったら、あの黒い帽子をかぶっている男に聞いたらいい。彼が現場の責任者だから」

彼は黒い帽子の職長を眺めながら、黙ってうなずいた。

「OK。あとで聞いてみよう。この整備はいつ終わるのか？」

その黒い瞳《ひとみ》は相変わらず−400から離れない。

「今日中に終わるはずだ。悪いが俺は仕事があるから、もう失礼するよ」

ハンガーの奥にある事務所に向かおうとする佐々木を、引き留めるように彼は手を伸ばした。

「今日中には見せてもらえるだろうな。明日は成田にいないから」

「ああ、予定が急に変わって、今日これから使うと言ってたから、もうまもなく終わると思うよ」

「そうか、いや、いろいろありがとう」

佐々木から離れた男は、職長のほうへ歩いていった。

シャワーを浴びて疲れを洗い流した佐々木は、ハンガー裏手の整備場ビルを出ようとして、あまりの雪に玄関ロビーで立ち止まった。

この雪だと自分の車で帰るのは危ないかもしれない。時計を見るとまだ七時だった。空港まで連絡バスに乗り、電車で帰ろう。

遠くで救急車のサイレンが聞こえている。バスの時刻表に向かって歩きながら、望美に電話をすることを思い出した。佐々木は先ほど機内で書き写したメモを取り出すと、受付横の公衆電話に向かった。彼のPHSはこの場所からは通じないのだ。

「アフリカの地名だ。ええと、キンシャサとナイロビ、ダル・エス・サラームだ。ナイロビとダル・エス・サラームの間は日帰りで飛んでる、一一月一〇日だ。……ああそうだ、こんなんでいいのか？　今日はゴメンな、同期会に行かれなくて。久しぶりに望美とゆっくり話せると思って、楽しみにしていたんだ」

サイレンが次第に大きくなり、近くで止まったと思ったら救急隊員が二人、ドアを開けて飛び込んできた。

「ちょっと待った。何かあったらしい。また電話するよ」

激しく降る雪に赤く回転するライトが反射している。

「けが人はどこですか？」

大きな声で尋ねながら、白いヘルメットに白衣の救急隊員が一人、そのまま受付に向かった。佐々木も受付を見たが、いつもそこにいるガードマンの姿がなかった。

「けが人は、どこですか」

もう一度聞かれたが、なんのことかわからないと答えるしかなかった。

「格納庫だとしたら、突き当たりを左へ行って、右側のドアだ」

佐々木も一緒に駆け出した。－４００に取りつけられていた足場のほとんどははずされていたが、前方の残った足場の下に数人がかたまってかがみ込んでいる。一人がこちらに気がついて、手を振って合図してきた。

「足場から転落したんだ」

足場の高さは三階建てほどある。その下で若い男が耳と鼻から血を流してコンクリートの床に倒れていた。意識はないようだ。佐々木の知らない顔だが、着ているつなぎから系列派遣会社ＮＩＳの、たぶんアルバイトだろう。ニッポンインターは軽整備や荷物の積み下ろし、機内外の清掃業務をＮＩＳ社に委託している。脳と背骨にダメージを受けているのかもしれない。救急隊員は手を借りて慎重にその男を担架に乗せた。

「まだ誰かが作業していたなんて、誰も知らなかったんです」

同僚の社員一人がつき添って救急車に乗り込んだ。

「初めて見る顔で、名前も知らないんですが、身分証明書を持っているはずです。機体前方の足場から落ちたんです。なぜヘルメットをかぶっていないんだろう」

救急車が、雪の中をサイレンを鳴らしながら走り去るのを見送ると、皆無言のまま玄関ロビーに戻っていった。佐々木も壁の時刻表を見たが、次の連絡バスまで時間があった。

あたりに人気《ひとけ》がなくなってしばらく経《た》った頃だった。玄関脇《わき》の暗い駐車場に、雪をかぶって停まっていた四輪駆動車のワイパーが動いた。すぐにエンジンがかけられ、車は無灯火のまま音もなく動き出した。ダッシュボードの上に置かれたレシーバーからは、ニッポンインターの整備関係の交信が流れている。

『こちら指示連絡待ち、どうぞ』

『〇〇二便と七九便、及び一〇便の使用機材は先ほどの連絡通り。FOCが最終決定しました。〇〇二便はスポット変更、七三番となります。繰り返します〇〇二便、スポット七三番』

『整備五、了解』

『タグ二三了解、これから〇〇二便の機材を、ハンガーから七三番へ牽引《けんいん》します』

助手席の黒髪に口ひげの男は、運転席のNIS社のつなぎを着たアジア系の男に向かって、ほっとしたように笑った。

「よし。これで出発を待つばかりだな……」

「奴《やつ》の身元は警察わかりません。日本人とちがいますから」

巻き舌の英語に答えたアジア系の男の英語は、中国語訛《なまり》だった。車は道路に出るとヘッドライトを点《つ》けてスピードを上げた。

14

ニッポンインターのハンガーで断続的なブザー音が鳴り響き、一枚一〇メートルもある大きな扉が八枚、左右にゆっくりと動き出した。シャワーのように吹き込む雪が屋内照明に細かく光っている。すべての扉が開きハンガーの灯りが雪の闇《やみ》に広がると、整備作業が終わったジャンボ機が牽引車に引かれて横殴りの雪の中にその姿を現した。

大雪警報が出たので、日曜出勤の職員も五時前には帰った。南糀谷《こうじゃ》の訓練センターで灯りがともっているのは、年中無休のシミュレーター棟と、訓練棟五階の訓練技術課だけだ。

同期会が流れたので、岡本望美は、滝内教官から借りたビデオを二度繰り返し見た。交信のたびにビデオを止め、交信内容を記録するという根気のいる作業を、やっと終えたところだった。これでシミュレーター七九便の、完全な交信記録ができあがった。今日のように誰もいないときでないと、こういう細かい仕事はなかなかできないのだ。

望美の机の上にはチリで起きたエアロ・ペルー機のものと、シミュレーター七九便のもの、不完全ではあるがエア・アフロ五八五便のものと、三つの交信記録がそろった。

望美は鞄《かばん》から事故報告書のファイルを取り出した。日本で起きた空間識失調《バーティゴ》での事故と、その要素も認められるが疑問が残ると言われているチャイナ・エアのケースだった。望美の机は全部を広げるには狭過ぎるので、それらを右腋《わき》に挟むと会議室に持ち込んだ。

もし自分があのままパイロットになっていたら、エア・アフロ五八五便のようなバーティゴによる事故を起こしてしまったのだろうか。

望美の関心はそこから始まったのだが、交信記録を集めたのは、エア・アフロ五八五便の事故原因を、空間識失調とすることに疑問を抱いたからだった。このようなときには、過去に似たような状況で起きた事故と比べるのがわかりやすい。エア・アフロの交信記録を他のものと比べることから、その事故原因が推測できるかもしれない。そのための作業だった。望美は作業を開始する前に、自動販売機で買ったブラックコーヒーを一口含んだ。

交信記録を机の上に広げると、状況が似ている部分を抽出する作業を始めた。特に航空機から発せられた交信内容を比較していった。

二〇時三四分〇七秒五五　航空機　いま雷が……。こちらの高度を教えてくれ！
二〇時三四分一二秒〇〇　管制官　アフロ五八五、レーダー範囲ぎりぎりにいるので正確に読めない。
二〇時三四分二五秒一七　航空機　速度はどうだ！
二〇時三四分二五秒五〇　管制官　了解、アフロ五八五。現在二〇〇ノットと出ている、いや、いま一八〇に変わった。旋回中か？
二〇時三四分二九秒三五　航空機　何を見てるんだ！　水平飛行だ。ちょっと待て、よくわからない。なんで！（雑音）
二〇時三四分四五秒一〇　管制官　いま高度表示が出た。一万六三〇〇？　指示高度二〇時三五分〇三秒〇〇　航空機　は一万八〇〇〇フィートのはずだ。
二〇時三五分四六秒四一　管制官　一万……（意味不明）。上昇しない。一二〇ノットになった。九〇ノット、加速しろ、失速するぞ！
二〇時三五分五八秒四九　管制官　アフロ五八五、聞こえるか！　感明度いかが。アフロ五八五、応答願います。

違う。

エア・アフロの交信記録を見ながら首を振った。バーティゴが原因といわれている事故報告書の交信記録を見ると、レーダーに方角は聞いているが、スピードも高度も問い合わせしていない。一つの事故だけ調べて、すべてがそうとは言い切れないが、エア・アフロの場合どう見てもバーティゴとは言いにくい。

エア・アフロの交信記録は、エアロ・ペルーやシミュレーター七九便に近い。なかにはほとんど同じ台詞《せりふ》もある。

「動圧《ピトー》か静圧《スタティック》系の故障？」

ピトーかスタティックが故障すれば、計器はとんでもない指示を出す。エア・アフロも、レーダーに高度とスピードを聞いている。パイロットがスピードも高度もわからなかったということだ。

バーティゴなら高度計も速度計も正常なはずだ。バーティゴに陥っただけなら、スピードも高度もわかる。いちばんわからなくなるのは、飛行機の姿勢と方角だ。

エア・アフロの場合、高度計と速度計の両方が正常に動いていなかったのではないか。そうなるとエアロ・ペルーのように、スタティックの故障であろうか。

ガムテープが貼《は》ってあった？ いや、そうじゃない。ガムテープなら離陸と同時に異常が起きるはずだ。それともエア《A》データ《D》・コンピューター《C》の故障だろうか。最初からの交信記録がないからなんとも言えないが、ここだけが公表されたということは、異常は上空で発生したことになる。そんなことが、あるんだろうか。

冷たくなったコーヒーを飲みながら、望美はパズルにのめりこんでいった。

エア・アフロのダル・エス・サラーム空港出発時間は、現地時間夜八時五分だ。ペルー機事故も夜間で雲が低かった。昼間で外が見えればなんとかなるかもしれないが、夜間の、しかも雲の中で高度計と速度計が故障したら、墜落するしかない。滝内教官の七九便のビデオで実証済みだ。目をふさがれて自転車に乗るようなもんだと教官も言っていたっけ。

スタティック系は重要な機器だから、予備を含め独立して三系統あるはずだ。旧ソ連製の機体でも同じだろう。なぜ切り替えなかったんだろう？　時間的余裕がなかったか、あるいは切り替えたが他も故障していたか。会議室で考えてみてもわからない。ＡＤＣにしたところで、三台のコンピューターが同時に故障する確率なんか、自然界ではゼロに等しい。導管部も同じだ。切り替え部分を含む三つの導管が同時に不具合を起こすことは考えられない。

エア・アフロ五八五便が出発した飛行場はダル・エス・サラーム。昨日モスクワからビジネスジェットで来たラムゼイ機長も、事故と同じ日にアフリカのダル・エス・サラームにいた。ピトー、スタティック系の故障した事故の近くにラムゼイがいつもいたことになる。疑い過ぎだと滝内教官は言ったが。

エア・アフロ五八五便のケースは、故意に仕組まれた事故ではないのか。

亡命があったすぐあとにラムゼイ機長は来日した。韓国のケースでも亡命のすぐあとにソウルに現れた。さきほど電話で聞いた格納庫の事故は、機体のスタティック孔がある前方の足場で起きていた。

そのジャンボ機は、何らかの工作の標的になっている可能性がある。機体を徹底的に調べたほうがいい。

望美は立ち上がった。すでに八時を回っている。どうすれば、自分の言うことを信用してもらえるだろうか。まずは、佐々木《ササジ》に電話だ。

会議室を飛び出すと自分の机に走った。


佐々木は一笑に付した。

「そんな、バカバカしい。なんでその機体に仕掛けをする必要があるんだい？　なんの証拠もなくて飛行機は止められないよ。あのシップはもうハンガーから出たと思うよ。でもさ、ピトーでもスタティックでもさ、たとえば導管に雨水が入っただけでもメーターにふらつきが出て、すぐに気が付くじゃないか。君も経験あるだろう？」

望美はラムゼイ機長の顔写真を思い出していた。

「そりゃ確かにアラブ系だよ。でも修理具合を見にくるのはパイロットとしては当然だろ。そんなとき、すぐそばにジャンボがあったら、小型機のパイロットなら誰でも見たいと言うさ。それと導管に異物が入っていないかは、必ずチェックするからさ、心配ないよ」

「そのチェックはいつやるの。ハンガーから出す寸前にするものなの？」

「出る寸前というわけじゃないけど、計器のテストをするときとか……」

「そのジャンボは何便に使うの？　出発予定は何時なの？」

「ちょっと待てよ。俺はいま連絡バスに乗ってるんだよ。ここじゃわからないって」

「じゃあターミナルに着いたらすぐに調べて電話くれない。お願い」

「望美が直接ディスパッチに電話すればいいじゃん」

「わかったわ。じゃあ、シップナンバーを教えて。何号機だった？」

「え？　ええと何号機だったっけ。たしか六三、いや、六八じゃなかったかな。いちいち機番なんか覚えてないからな」

「そんな。はっきりしてよ！　重要なことなんだから」

「わかったよ。望美の頼みは断れないからな。調べて電話する」

「ありがとう。いつも急で、ごめんね」

　佐々木も言っていたが、もし、自分が推測するように破壊工作が行われているとすれば、なぜその機体が選ばれたのか。電話を終えた望美に疑問が残った。

　とりあえずこれからの出発便の時間と、使用機材を調べようと、訓練センターから整備のＭＭＣＳコンピューター回線に入り込もうとした。時間ばかりかかって結局あきらめた。次にクルーとその乗務便などを調べるエアクルー・インフォメーション《A　C　I》・

システムを試してみた。しかしそれも失敗に終わった。じりじりしていると、ＰＨＳに佐々木から連絡が入った。シミュレーターの中でもなぜか電波の入りがよいので、望美はＰＨＳを愛用していた。

「ササジ、どうだったの？」

「機番は六三だった。〇《マル》二《ニ》便に使用予定だったけど、画面に出ていなかった」

「と言うことは、もう飛び上がったの？　クルー・インフォメーションで確認した？」

「ああ、ＡＣＩＳで確認したら、機長が藤重さんと上村さん。コーパイが江波さん、バツイチでいい男だぞ。俺より背は高いし、望美にはお似合いかもな。二〇時二三分離陸だってさ」

「いまから六分前ね。何か起きていない？」

「起きるって？　なにが」

「だから、緊急事態が……」

「別に。考え過ぎだって。俺はいま運航整備室にいてさ、通信をモニターしてるけど、まったくふつうだよ。あ、ちょっと待って。いまマルニが会社無線《カンパニー》で呼んできた」

「高度計、それともスピード計？　どっちがおかしいって言ってるの」

「……」

「ねぇ、何が狂ったって言ってるの？」

「もしもし、オペレーション・ノーマルだってさ」

望美はほっとして電話を切ったが、何だか気が抜けてしまった。やはり考え過ぎだろうか。

いや、エア・アフロ五八五は、離陸後三〇分ぐらいから異常が発生している。マルニでもこれからトラブルが起こる可能性はある。

望美はマルニの交信をモニターするため、車にある航空無線機を取りに再び立ち上がった。考えてみると〇二便は茨城県沖の太平洋上を上昇中であり、それをポータブル無線機で、しかも東京で受信できるはずがない。

ATC教室。あそこなら無線が聞けるかもしれない。望美は階段を素早く下りて四階のATC教室に入った。誰も使わないので冷え切っている。教室のスクリーンの裏の機器室に古い無線機が二台あった。スイッチを入れ、周波数を合わせる。針が振れて羽田からの通信が雑音とともに入ってきた。

まだ使える。アンテナを成田に切り替えてと思ったが、切り替えスイッチはなく、訓練センターの屋上に立っているアンテナは、成田の無線を傍受するようには作られていなかった。

どうしよう。VHF無線到達距離は高度によって変化する。たしか地上では目で見える範囲で、通常の巡航高度で一八〇マイル前後のはずだ。所沢の東京コントロールはだめでも、上空の飛行機からの通信は屋上アンテナで傍受できるかもしれない。成田の出発管制の周波数を入れてみればすぐにわかることだが、望美は成田の周波数を知らなかった。

どこで調べればいい？ パイロットなら誰でも持っているジェプソン航空路図《ルートマニュアル》だ。ルートマニュアルは、訓練技術課の禁帯出ロッカーにある。ATC教室を飛び出すと、廊下をエレベーター・ホールへと駆けた。一階からエレベーターが上がってくるのを待ち切れず、階段を五階に走った。ヒールの音が暗い壁や天井に響く。息を切らせながらロッカーの扉に手をかけて手前に引く。しかし金属製の扉には鍵《かぎ》が掛かっていた。

机の上の鉛筆立てなど、鍵の入っていそうな小箱の中を探す。菓子の空き缶にいくつかの鍵が入ったものがあった。運良く、二つ目の鍵でロッカーが開いた。いろいろな規則集に混じって、厚さ一〇センチ、A5判ほどの革表紙に包まれたジェプソン・ルートマニュアル集が七冊並んでいる。

アメリカ。ヨーロッパ。東南アジア。ジャパン。これだ！

日本篇は二冊あった。どちらか選んでいる暇はない。望美は二冊とも脇《わき》に抱えると階段を駆け下りた。

無線機の前のテーブルに二冊を置くとすぐにＮの項目を開いた。ＮＡＧＯＹＡ、ＮＡＮＫＩＳＨＩＲＡＨＡＭＡ、ＮＩＩＧＡＴＡ……。

ＮＡＲＩＴＡがない。次にＳＨＩＮＴＯＫＹＯで引いたがやはりない。

「いったい成田はどこに載ってるの」

望美は声を上げて不満をぶちまけた。焦《あせ》ったときほど落ち着け。訓練でやったじゃない。

次にＴＯＫＹＯで引いてみる。ＴＯＫＹＯ、ＨＡＮＥＤＡしか出ていない。急いで次のページをめくる。

あった。ＴＯＫＹＯ、ＮＡＲＩＴＡ。出発管制《デパーチャー》の周波数を調べる。

ページをめくるマニキュアの指が滑る。周波数に合わせて無線機のダイアルを回してみる。何も聞こえてこない。しばらく待ってみたが、受信できないのか、あるいはいま通信が行われていないのか判断がつかない。大雪のために出発便が少ないのかもしれない。もう一台の無線機を成田の会社無線〝ニッポンインター成田〟の周波数に合わせてみた。

《……了解》

聞こえたのは、ひとことだけだった。しかも周波数を合わせたとたんに終わってしまった。それでも受信できたことに変わりない。どの便かもわからなかったが、機上からの通信を傍受できた。このまま待てば必ず聞こえてくる。望美は壁ぎわのヒーターのスイッチを入れてから椅子《いす》に腰を下ろした。

《ニッポンインター成田、こちら〇〇二便》

緊迫した声だ。成田からの返事は聞こえなかった。

《コーパイの江波です。PICの藤重機長に続いてSICの上村機長にも同じような症状が出ているんです。いまCAが診てますけど、これ以上の運航は無理です。これから緊急事態をコールして成田に引き返します。これは藤重機長が意識を失われる前の判断です》

機長が倒れた？　体中から血の気が引いた。いったい何があったの。症状をCAが診ていると言っていたからハイジャックではない。それよりこの副操縦士は大丈夫なのだろうか、望美はショックに震えながら椅子から立ち上がった。

15

制服の半袖《はんそで》シャツ一枚だが、汗みずくだった。江波は緊急事態発生の交信を終えると、ポケットにあったガムを嚙《か》んだ。ミントのさわやかな香りが気分をわずかだが楽にしてくれる。インターホンのチャイムが鳴った。液晶表示を見るとL1のチーフパーサーだ。江波はセレクターをインターホンに変えた。
《L1武中です。ちょっといまよろしいですか》
「どうだった、やはり食中毒か」
倒れた藤重機長と上村機長は仮眠室《クルーバンク》に寝かせ、機内に医療関係者がいないか呼び出しをしていたはずだ。
《機内におひとり内科医の方がいらっしゃいました。いま診ていただきました。もどしただけで下痢《げり》もないし、食中毒とは症状が違うと言っておられます。何かの細菌にやられた可能性もあるとのことです。なるべく早く病院へ入れる手はずを整えるように言われました》
「もしかして炭疽《たんそ》菌か」

《私も驚いたんですが、そんなんじゃないそうです。それから、これは大事を取るためとのことですが、機内にその菌が残っているといけないので、食事のサービスは止《や》めるようにと、お医者様はおっしゃってます。サービスは封がされたクッキーとかビスケット類だけにします。飲み物も開けていない瓶や缶に限定しました。江波さんのご体調は大丈夫ですか》

「僕は大丈夫だ。ところでその医者の身分は確認した？　いや、ちょっと気になって」

《はい。お名刺を頂きました。お連れの方もいらっしゃるので……》

「CAのなかで具合の悪い娘《こ》は？」

《いません。全員元気です。お客様の中には気分が悪い、という方もいらっしゃいますが、気流が悪いので飛行機酔いかと思われます。お医者様から、二人の機長さんたちがトイレを使われたか、機内で何を食べたか聞かれているんですが、江波さん、ご存じですか》

チーフパーサーは一階キャビンにいるので、コクピット・クルーへのサービスは通常二階席《アッパー》担当の二人のCAが行う。コクピット・クルーの動向までは知らないのがふつうだ。

「そうだな、機内に入ってから、アッパーのギャレイでコーヒーを飲んだ。それからおしぼりを使った。トイレは前方のクルー用のを使っている。他は覚えていないな。特に変わったことはないよ」

《じゃあ、そのトイレは使えないように封印します。すでに開けてあるパックのおしぼりは、使わないでください。最初に開けた紙コップのパックも、使わないように封します。他に何かご指示はないですか》

「インターホンじゃ長くなるから、ちょっとコクピットに来てよ」

《……はい。お医者様はいま症状が出ていなければ、江波さんも含めて問題はないと思う、と言われていますが、私たちには、なるべくコクピットには行かないように、とおっしゃっているんです。アッパー担当のCA二人も、機長さんたちの具合を診るために接触しています。そのためサービス業務からはずしています。あの娘《こ》たちは元気です。もし江波さんまで倒れたら……》

チーフパーサーは不安げな様子で言葉を濁した。江波はコクピットに入ってから自分が接触したものを思い出してみた。

いつもと変わりはない。機内に入ってから、機長と一緒にコーヒーを飲んでいる。コクピットに置かれたパックを開け、おしぼりを出して手を拭《ふ》き、汗をぬぐった。でもなんの異常も起きていない。

「大丈夫。俺はまったく異常なしだ。心配しなくていいよ」

インターホンを切った後、江波は口を動かしている自分に気がついた。藤重機長からもらった外国製のガムを嚙んでいるのだ。

まさか！　江波はあわててガムを吐き出した。このガムは藤重、上村両機長が、一緒にいたビジネスジェットのＣＡからもらったと言って江波にくれたものだ。

全身から冷たい汗がにじみ出るのがわかった。江波は急いで飛行行程表《ナビゲーションログ》を出して離陸時間を確認した。

二〇時二三分。そう、出発が二時間遅れた。ゲートに着いてから二時間遅れると聞かされた。あのとき時計を見て時間をチェックした。たしか一八時一五分だった。フライト・ステーションを出たのが、それよりさらに二、三〇分ほど前として一七時四五分頃。機長が二人の女性と話していたのがそれより一五分前くらいだから、たぶん一七時三〇分とみていいだろう。藤重機長に続いて上村機長も具合が悪くなったのがいまから一〇分ほど前だ。かりにその原因がこのガムだとすると、約三時間で具合が悪くなる計算になる。もし自分に何か起きるとしたら、三時間後か。いや、かりにそうだとしても、三時間あれば十分だ。成田には、一時間で降りられる。

成田から〇〇二便への呼びかけは、地上でしかも距離が遠いことから、訓練センターのアンテナでは受信できなかった。望美は機上からの通信だけを聞き、会話を組み立てるしかない。

《そうですか。僕は食事をしてないので大丈夫です。でも、医師の話だと、食中毒にしては少し違うとのことらしいです。すぐに成田の雪の予報を送ってください。除雪がいつ終わるのかもお願いします》

《燃料はいくらでもありますから。それよりも機長の手当をしないと、そっちの時間が迫っているんです！》

《二万四〇〇〇フィートで上昇を止めています。着陸重量を大幅に超えていますので燃料を放出して、それから進入を開始しないと。燃料放出《フユエル・ダンプ》にだいたい四七分かかる見込み。ですから正確な天気の予報が欲しいんです。着陸は、自動着陸《オート・ランディング》をする予定なので大丈夫です》

望美は急いでPHSのリダイアルボタンを押した。

「もしもし、ササジ大変よ！　聞いた？」

「いま、ターミナルでめし食っているところだ。なんだよ？」

「すぐに会社に戻って。マルニが成田に引き返してくるって」

「えっ、この雪で空港は閉鎖している、とアナウンスで言ってるぞ」

「だから、戻ってよ。さっき言ってたバツイチのコーパイ、名前なんだっけ」

「江波さんだ。それが、どうした」

「いいから早く調べて。お願い」

「わかった。いま戻る」

望美はPHSを切るとまた無線に戻った。

《天候が回復するまで待機飛行《ホールディング》します。少し揺れが出てきたので、これから二万八〇〇〇まで上がります》

《了解》

上昇許可をもらっているはずだが、デパーチャーの周波数に合わせている無線機からは何も入ってこない。すでに東京コントロールに変更しているのかもしれない。望美はジェプソンのチャートを見ながら、周波数を変更した。
《パッシング・ツー・シックス・ゼロ》
変えたばかりの周波数から聞こえてきたのは、二万六〇〇〇フィートを通過した〇〇二便の声だ。また会社無線《カンパニー》に連絡が入った。
《了解。キャビンには「具合の悪いお客様がいて引き返す」とアナウンスしてあります。いまのところ大きな混乱はないとのことです。ただ天候がカテゴリー1《ワン》程度まで回復してくれないとオート・ランディングも難しいと思うんです。他に降りられそうな空港があったらアドバイス願います。どうぞ》
《関空は雲が低いか……。小松はどうですか、あそこなら日本海側だし、この時間でもやっているでしょう》
また雑音だけが聞こえた。
《そうか、滑走面排水溝《グルービング》がない。摩擦係数が低過ぎるか。あれ？　ちょっと待ってください。自動操縦装置《オート・パイロット》がはずれた。あれ？　いま自動出力調整装置《オート・スロットル》もはずれた。ちょっとまってください》

すぐに緊迫した声が東京コントロールの周波数から流れてきた。

《東京コントロール、ニッポンインター〇〇二、スピード計がおかしい。高度計もだ。指示が。現在の速度と高度を、緊急事態、メイデイ！》

望美は心臓が止まりそうになった。このままでは墜落する。高度が高いので、急降下に入ったら確実に空中分解する。

フルパワーを入れちゃ駄目！

《フルパワーを入れたのに高度が……、スピードが出ない》

「フルパワーを入れないで。デ《D》ジタル・エ《A》アデ《D》ータ・コ《C》ンピューターの故障じゃないのよ」

望美の叫びは無人の教室に響くだけだった。望美に応《こた》えるようにカンパニーに〇〇二便の声が入った。

《ＤＡＤＣが故障だ。ＤＡＤＣを切り替える。ダメだ、ダメだ。指示がめちゃくちゃだ。スピードがわからない》

ＰＨＳが鳴った。佐々木からだ。

「大変よ！　ササジ聞いてる？」

「ああ、コーパイはやはり江波さんだ。望美の四期先輩だ」

「あれはきっとDADCの故障じゃない。静圧《スタテイツク》系の故障よ。早く処置しないと三〇分で墜落するわ」

「そこから直接通信できないのか？」

「ここから、わたしが？」

「いま、どこで無線をモニターしているんだ？」

「訓練センターのATC教室よ」

「だったら無線機あるんだろう」

望美は無線機に目をやった。横にマイクがかけてある。

「そこからコンタクトしろよ。早く」

無線機からハンドマイクを口のそばに引き寄せると、コイル状のコードが揺れながら延びた。また〇〇二便のせっぱ詰まった声が飛び込んできた。

《スピードは二〇〇ノットを切った。失速警報《ストール・ワーニング》は鳴らないし、高度も上がらない。すべての計器がおかしい。どうなったんだ。誰か》

地上から何か呼びかけているようだった。しかし機上からの返事はなかった。一分ほど沈黙が続いた。長い一分だった。もう急降下に入ってしまったのか。望美は緊張のあまり動けなくなった。いきなり雑音が入った。よく聞くと悲鳴に近い声だった。

《ああ……。限界を超えている。分解する。全部が狂っている。速度超過警報《オーバースピード・ワーニング》が鳴っているのにストール・ワーニングも鳴り始めた。早く呼びかけろ》

「望美、なにやってんだ。早く呼びかけろ」

電話の中で佐々木が叫んでいる。

「パワーを絞っちゃダメよ。姿勢を水平にして」

望美が思わず電話口で叫んだ。〇〇二便の無線がかぶさって入った。

《パワーをアイドルまで絞った。スピードブレーキもいっぱいだ。それでも加速している。スピードが減り始めた。フルパワーまで入れたのに二〇〇ノットを切っている》

「望美、早くコンタクトするんだ！　早く」

望美は震えそうになる声を必死に抑えた。

「ニッポンインター〇〇二、こちら訓練センター。どうぞ」

一二年前にパイロットを断念して以来、初めての無線だった。しばらく待ったが、返事は返ってこなかった。

「ニッポンインター〇〇二、江波さん！」

江波さんお願い。返事をして。その数秒の間に、非常識きわまりないことをしているという罪悪感が、望美を襲い始めていた。

もう一度呼び出すのは、かなりの勇気が必要だった。望美は目をつぶって祈るようにハンドマイクを握った。今度は大きな声が出た。

「江波さん、私は訓練技術課の‐４００担当の岡本望美と言います」

《え、誰？》

　息づかいがかなり荒れている。彼の精神は明らかに不安定な状態にある。それでも返事をしてくれた。望美は畳みかけるように続けた。

「江波さん、落ち着いて」

《スピードが、めちゃくちゃだ》

「江波さん、落ち着いて。いまの状況はＤＡＤＣの故障じゃないわ。基になるスタティックがおかしいのよ」

　いきなり聞こえてきた女性の声に、相手はびっくりしたようだった。望美はできるだけ落ち着いた声を出すように努めた。

「レーザー・ジャイロ《IRS》は大丈夫なはずよ。ジャイロ系の計器だけで飛んでください。江波さん、ＩＲＳで飛ぶの。ＤＡＤＣからの計器はだめ。スピードを信用しちゃだめよ」

《そうか、ＩＲＳはＯＫか！　姿勢指示器《PFD》の指示は正しいんだな》

「すぐにパワーを絞って。ふつうのクルーズ・パワーにセットしてください」
しばらく沈黙が続く。聞こえなかったのだろうか。この間に航空管制と交信しているのだろうかと、東京コントロールのボリュームを上げた。空電の音が入るだけだった。もう一度送信しようとマイクのボタンに指をかけた。マイクが汗で滑る。
《PFDのピッチをクルーズの二・五度にした。パワーも一応八五パーセントにした》
待っていた返事が返ってきた。声も少し穏やかになったようだった。望美は〇二便のパイロットが自分を信用してくれたのが嬉《うれ》しかった。
「速度も高度も狂っているから関係ないわよ。上下の動きは昇降計《IVSI》で見て。昇降指示《バーティカル》はジャイロからだから、生きてるはずよ」
《了解。少し姿勢が落ち着いたようだ。バーティカルがゼロになるように調整している》
「雲の中ですか？」
《そうだけど……》
「オート・パイロットは入らないわよね」
《ちょっと待って。……ダメだ入らない》

「念のためスタティックのソースを切り替えて。たぶんダメだと思うけど」

《了解》

この先どうすべきか。望美は先を考えていた。江波が落ち着いたといってもやっと飛ばしている状態だ。オート・パイロットも使えず、機長も倒れている。オート・パイロットが入らないということは、すなわち自動着陸《オート・ランディング》ができないということなのだ。こんな状態でどうやって雪の中で着陸させるか。

その前に安定して飛べる高度に、持っていかなければならない。

《だめだ、切り替えても変化なしだ》

「いいわ。スピード計の指示を教えて下さい。今のパワーでいつもよりは少なく指示していますか？　それとも多いですか？」

《この速度では飛んでるほうが不思議だよ。異常に少ないことになっている。高度計も止まったままだ》

「故障の原因はたぶん、スタティックがふさがったことだと思うの。だからスピードも高度も指示が狂っているのよ。あてにしちゃだめよ。問題はいつスタティックがふさがったかなの。その高度に戻せばある程度スピードも正確な数値近くまで戻るはずです」

《でもここではいつ詰まったかはわからない。でもどうしてそんなことがそっちでわかるんだい？　いったいあなたは誰？》

「訓練センターの訓練技術課、-400担当の岡本望美です。いま指示されている高度が閉塞《へいそく》した時のものです。指示はいくつ？」

《二万六三〇〇だ。この高度でふさがったのか》

「いまスピードの指示は何ノット？」

《二〇八ノットだ》

「スピードが少ないということは、スタティックがふさがったときの二万六三〇〇フィートよりも、上にいるということになるわ。ふさがったときの高度に戻してやればスピード計は正確な動きに戻るはずだわ。昇降計で五〇〇フィート毎分《パー・ミニッツ》で降ろしてください。そーっとよ」

《了解。やってみる》

「その高度だとふつうはどのくらいなの。二八〇ノットくらいですか？」

《ああ、たぶんマック・コンマ七〇でそのくらいだ。その速度になったら水平飛行にして様子を見ればいいんだな》

「ええ、レベルになったら教えてください」

「ともかく出発してくれてほっとしたな」

洪の出発を確認した後、山崎は筆頭補佐官の杉野と、あわただしい夕食を終えようとしていた。何しろ日本を代表する国際空港のレストランが、夜九時には閉まってしまうのだ。

「君のCIA謀略説は、確かに一理ある」

「あれも山崎課長が二人の商社員について、本省で調べてくるように言ってくださらなかったら、判《わか》らなかったかもしれません」

食後のコーヒーが終わる頃になっても、外は相変わらず雪が続いていた。最後まで残っていた窓際のアベックが立ち上がったので、二人も椅子《いす》にかけてあったコートを手に取った。杉野が携帯を上着の内ポケットから引き出した。

しばらく黙って聞いていた杉野の顔色が変わり、送話口を指で塞《ふさ》ぐと声をひそめた。

「ニッポンインターの成田運航部からです。洪が乗った〇〇二便で、トラブルが発生したそうです。機長が倒れ、副操縦士が一人で何とか飛ばしているらしいのですが、そのあたりはよくわかりません」

「成田に戻ってくるのか」

「いえ、操縦不能に近い状態だとか」

「操縦不能とはどういうことだ」

「計器類も故障して、上空をさまよっている状態と言ってました。ニッポンインターではできる限りのことはしているそうです。直接お話しになりますか」

杉野が携帯を差し出した。

「代わりました。外務省北東アジア課の山崎です。詳しい状況を知りたいのですが、どこへ行けばよろしいでしょうか」

「はい。当社オペレーションセンターのフライト・ステーションにおいでいただくのがよろしいかと思います。いまどちらにいらっしゃいますか」

「第二ターミナル四階のイタリアンレストランですが、えーと、店の名前は」

「あぁ、わかります。隣のビルになりますが、すぐに係員を向かわせます」

五分後、ニッポンインターの若い社員が迎えに駆けつけてきた。オペレーションセンターの玄関ロビーで待っていた五〇がらみの男が「本日の北米線担当で鷹山《たかやま》と申します」と自己紹介をすると、成田運航部フライト・ステーション主任と書いた名刺を差し出した。四階のフライト・ステーションに着くまでに、鷹山の説明で今までの状況が大体飲み込めた。部屋のあちこちから、電話をしているような声は聞こえてくるものの、九時過ぎでしかもこの雪だからだろうか、緊急事態が起きているという割には人影は少なかった。

「故障の原因はなんですか」

「それが整備の人間も判らないと言っているのです。そのシップは、失礼、その機体はすべての整備を終え、フライト直前に格納庫から出てきたばかりです。あ、今聞こえてきたのが〇〇二便と地上の通信です」

「地上の声は聞こえませんでしたが」

「これは羽田にある訓練センターから通信をしているからです」

「訓練センター？　羽田からだと飛行機からの声だけで、地上の声は聞こえないんですか」

「羽田からの通信を成田で聞こうとしましても、途中にビルや山など障害物があるので、電波が遮られてしまいます。一五海里《マイル》も届けばいい方です。上空からですと気象条件にもよりますが、一八〇マイル、大体三〇〇キロ前後まで届きます。ですから航空機が進むに従って、地上アンテナを次々と切り替えて通信するわけです」

「片方の通信だけで、上空で何をしているのか、こちらでは判るのですか」

「まぁ、大体の想像はつきます。不明なところがあれば、こちらからも呼び出して確認もできます。訓練センターの職員が、システムの不具合点を割り出すことに成功しました。そのアドバイスを受けながら、機上の故障した計器に頼らずに、何とか飛んでいる状態です」

「不具合点がわかったのならすぐに直すとか、何か手が打てないのですか」

「三系統のすべてに同時に故障が発生しているのです。想定にないと言いますか、起こりえないことが起きている状況なのです」

「計器が故障して成田に戻れないのであれば、自衛隊に要請して救援機を出させましょうか。必要ならいつでも言ってください」

「ありがとうございます。そのときは是非ご協力をお願い致します。でもこの天気でしょう。救援機は有視界状態で相手が見えないと、近寄って一緒に飛ぶことができません。それに今日の場合、同じ型の機体であることが条件になります。パワーやピッチ、つまり飛行特性といいますか、出力設定や姿勢などが同じでないと着陸まで誘導できません。うちの方でも考えてはいるのですが、雲中飛行ですので救援機は今のところ無理なのです」

機長が倒れ、機体に原因不明のトラブルが起きると言うことは、普通では考えにくいと鷹山は憔悴《しょうすい》しきった表情を見せた。

「当社としても、今まで経験がありません」

杉野が何気ない顔で目配せをしてきた。鷹山は気づいていないようだったが、明らかに洪を狙《ねら》った工作と見るべきだろう。

「〇〇二便には何人が乗っているのですか」

「乗客三〇五名と一五名の乗務員です」

洪一人のためにこれだけの人間が犠牲になることなど、許されるはずがない。これは大変なことになる。この先どうするつもりなのか。何とか飛ばしていると言うが、無事に着陸できるのか。

「機長が倒れたのは食中毒ではないんでしょうか」

杉野は細菌による工作と考えているのだろうか。そうなると空港はもちろんのこと、成田発の他の航空機にも感染のおそれがある。早急に空港を閉鎖して検疫《けんえき》を実施することになるかもしれない。

「はっきりしたことはわかりません。二人の機長は、ターミナルビルのレストランで夕食を摂《と》っています。すべてのレストランに問い合わせしましたが、具合が悪くなったという苦情は一件も来ていませんでした。それから考えまして、食中毒では無いと判断したわけです」

「細菌だというのは」

「乗客の中に幸い医師がおりまして、その方に診て頂いているようなのですが、食中毒とは症状が違うので、万が一ということで警戒しているらしいのです。ですが詳しいことは現状では判りかねます。どうぞ、そちらにでもおかけください」

「鷹山君、FOCから二番に電話だ」

事務所から顔半分覗《のぞ》かせた四〇半ばの男は、部外者がいるのを怪訝《けげん》そうな顔で一瞥《いちべつ》すると、すぐ奥に消えた。鷹山は短く刈ったごま塩頭を下げ、近くのデスクに向かった。壁際のソファーに腰掛けると杉野は携帯を取り出した。

「課長、何らかの工作が行われたと考えるべきだと思うのですが、幸い倒れたのが機長だけで、他に誰もいないというのであれば、これは細菌ではなさそうですね。それに先ほどの話ですと、工作した人間が無線をモニターしようにも、地上からの通信は聞こえないし、機体が進むにつれて交信範囲も移動すると言うことでしたので、この先さらなる妨害というか工作はできそうにないですね。どうします、一応本省には連絡を入れておきますか」

「ああ、頼む。村瀬には俺から一報を入れておこう。そうすれば米国大使館にも連絡がいくだろう。あとは何らかの目処《めど》が付くまで、ここで待機させてもらおう。ところで、君の腹具合はどうだ、悪くないか」

「今日は朝から空港で食べてますが、別に異常なしです」

17

望美はリダイアルボタンを押して佐々木を呼び出した。彼は、交信がうまくいったことで、成田の運航整備室では胸をなでおろしている、とはずんだ声で様子を伝えた。

「ササジ、滝内教官を知っているわよね。教官を捜して。すぐに連絡をくれるように頼んでほしいの」

「滝内教官は知っているけど、どうやって捜すんだい?」

「東京の乗務管理に聞けばわかるわ。急いでよ。この事態は私じゃ手に負えない。お願いよ」

「わかった。東京の乗管だな。すぐにチェックする」

江波から高度を調節した旨《むね》の連絡が入るまでに、三分近くの時間が経《た》った。

《このパワーで水平にするには、三度プラスの機首上げが必要だ。いまは落ち着いている。速度計は信用できないけど、二六〇ノット。正確な高度を知る方法はないかな》

正確な高度がわからなくても、とりあえず安定した飛行が続けばいいと考えた。〇〇二便は二万六〇〇〇フィート前後を飛行していることは間違いない。しかしあくまでも推測で、このまま時間が経てば燃料消費にともなってパワーも変わるし、飛行機の姿勢も変える必要がある。いまの状態が維持できるうちに、次の手を考えなくてはならない。

「江波さん、そのまま成田へ引き返せる?」

《できそうだ。いま雲から出た》

「私は五分ほど、ここを離れるけど、その間に成田に向かっていてください。いま運用規程を持ってくるから。そうすればパワーセッティングがわかるわ」

《了解、ありがとう》

望美はマイクを置くとまた五階のロッカーへ走った。今度は鍵《かぎ》のありかがわかっていたので、-400の運用規程を持ち出すのに時間はかからなかった。分厚く大判の全五巻の中から、性能が載っている第三巻を脇《わき》に抱えると四階へ駆け下りた。

「〇〇二便、こちら、訓練センターの岡本望美です。感明いかが」
　席を離れてから七分が経過していた。
《感明良好。なんとか飛んでいるが、……非常に不安定だ。成田に救援機を頼んだけど、天気が悪くて飛べないらしい。スピードが二七〇になったところで、昇降計《IVSI》を見ながら水平にしている。でも正確な高度がわからなくて、パワーがわかるのか？》
「なんとかしてみます。一応二万六〇〇〇フィートの性能表を引いてみます。現在の機体重量を教えてください。だいたいでいいから」
《約七七万ポンドだ》
　望美はマイクを無線機の横に引っかけると、運用規程のページを開いた。しかし性能表やグラフに書かれた細かい字は、機器室の電灯では暗くて読めなかった。部屋を見渡したが他に電灯らしきものは見あたらない。何かないかと探すうちに旧式のスライド・プロジェクターが目にとまった。機器室からＡＴＣ教室のスクリーンに映すように、高い位置にセットされている。踏み台に上がってスイッチを入れると、軽いファンの音とともに鋭い光線がレンズから走った。機器室全体が先ほどの倍ほど明るくなった。
　Ａ４判のページは大きくて開きづらい。気ばかりが焦《あせ》る。望美は細かい数字と線を間違えないように、表に指をそえて追った。
「江波さん。一応パワーを八七・五パーセント。ピッチは二・八度でやってみてください。対空速度《エアスピード》は二九〇ノット、になるはずです」
《ありがとう。すぐにやってみる》
自分が送るデータを、江波が信頼してくれるのが嬉《うれ》しかった。勿論《もちろん》、何かあった場合の責任は、すべて望美の肩にのしかかってくることにもつながる。三〇〇人以上の命が空中でさまよっているのだ。〝だいたい〟や〝このくらい〟は許されない。一度でも間違った加速度がついたら、機体は空中分解するだろう。パワーのセットもピッチ角も、すべての操作に根拠がないといけない。
望美は事故報告書の解析は得意でも性能の専門家ではない。表の見方を間違える可能性だってある。本物の747－400を操縦したこともないのに、このまま指示を続けて着陸させることができるのか。問題解決になんの見通しも立っていない。墜落に向かう恐怖の時間を、一時的に長引かせているだけかもしれない。
《いまセットした。ようやく、僕も落ち着いてきた。このままの状態で成田に向かう》
「了解」

望美は他に言いたいことがあったが、漠然とした不安で思考回路は膠着《こうちゃく》状態に陥っていた。それでも指先だけは表とグラフを追っている。最初の下げ翼を降ろしたときのパワーとピッチ、着陸前フラップでのパワーセッティング。性能表は手元にそろっている。しかし重心位置が変わればピッチも変わる。風が強ければパワーも変わる。そんな当然のことを、この性能表からは読むことはできない。早く滝内教官からの連絡がこないものか。望美の目がPHSの上をさまよう。

「いまのポジションはどこですか？」

《SCOREポイントの手前から引き返している。いま成田まで四五マイル地点だ。場所わかるかな。高度はたぶん二万六〇〇〇ぐらいだ。どうぞ》

「了解。成田上空予定を願います。対地速度《グランドスピード》はレーザー・ジャイロとGPSから取っているから正確です」

《ああ、一二時一六分世界標準時《UTC》だから、日本時間で二一時一六分だ》

「了解。あと七分。成田での待機飛行《ホールディング》は旋回が多いから高度やスピードがわからなくては、無理でしょう？」

《一応ホールディングのパワーセッティングと、ピッチ角を教えてくれないか》

望美の指がまた性能表を追う。二万六〇〇〇のホールディングは想定がなされていないのか、性能表には出ていなかった。

「こちらの表でわかるのは一万フィートのデータだけだわ。重量が六六万ポンドでNワン七〇パーセント、水平飛行のピッチが五・三度」

《それだと一〇万ポンド燃料を捨てる必要があるわけだ。どこに降りるか決めるまでは燃料を捨てたくない。先ほどの情報だと札幌も成田もダメだし、関空も天気が悪い。小松も難しそうだった》

望美は交信をしながら、自分でも空港を探す必要を感じた。

「江波さん、ちょっと待ってください」

そうだ、成田は大雪なのだ。しかも雲が低く、滑走路が凍っている。通常の状態でも着陸は難しい。速度も高度もわからない上に、計器着陸なんて。加えて江波は一人で、しかも手動《マニュアル》で操縦している。操縦装置《コントロール》から手が離せないから、気象情報が送られてきても紙に書くことすらできないだろう。対地デジタル通信装置《ACARS》でプリントアウトされたとしても、暗いコクピットで操縦しながらそれを読むのは、容易ではない。中央運航統制室《FOC》が調べてアドバイスするだろうけど、速度計も高度計も故障したジャンボを着陸させるなど、まだ誰もやったことがない。少なくとも雲が高く、有視界状態《VMC》で降りられる空港でないと無理だろう。天気の良い飛行場を探さなければならないが、この教室では全国の飛行場の気象情報は調べられない。

望美はPHSを取り出すと、リダイアルボタンを押した。

「ササジ、滑走路が二五〇〇メートル以上あって、夜中でもオープンしている飛行場を調べて、そこの天気をとってくれない？」

「了解、ちょっとそのまま待ってくれ」

周りの人に聞きまわっているようだった。しばらくして返事があった。

「みんな興奮してて、誰も俺の言うことなんか聞いてくんないよ。折り返し電話する」

佐々木は一分もしないうちにかけてきた。

「日本の飛行場で開いているところは少ないな。二四時間開いてる飛行場は福岡、関空、羽田、など五、六ヶ所の空港だけだ。あとは米軍基地かな。でも前線と低気圧が引っかかっていて、雲が低くて天気が悪い。かろうじてVMCを保っているのは那覇《なは》だけだ。那覇は雨。小松も雪は止《や》んでいるけど、凍結で摩擦係数が低い。近くて天気がいいのは仁川《インチョン》国際空港かな。FOCの意見は仁川に傾いている」

望美は佐々木が送ってくる仁川と那覇の天気をすばやく書き取った。〇〇二便が呼んでくる。

「ササジちょっと待って、江波さんが呼んできたから」

「〇二便、こちら訓練センター岡本です。江波さん。いま天気をチェックしてもらいました。中央運航統制室《FOC》の意見はまだ出ていないけど仁川に傾いているそうです。この近くで天気が良いのはそこだけで、那覇は回復に向かっているといっても雨ですし、いつ崩れるかわかりません」

《ありがとう。仁川か。でも行ったことがないしな。国内でどこかないのかな》

「那覇は雨で有視界状態だそうですが、雲底が一五〇〇フィートでぎりぎりです。夜半過ぎに雨は止む予報です」

《了解、どちらにしても、会社の意向が決まってからにしたい》

「了解」

交信を終えた望美は、佐々木に滝内教官が見つかったかどうか尋ねた。

「滝内教官の件は、羽田の乗務管理に連絡済みだ。まだそっちに連絡はないか？」

「まだないけど、ありがとう。ともかくマルニを仁川まで持っていけるかどうか、やってみるわ。それまでに滝内教官を捜して！」

ＰＨＳを切った望美の脳裏には単純な疑問が残った。

でも、どうやって着陸させるべきなのだろう？

「〇〇二便、成田上空からはどうされますか？」
《そうだな。待機飛行《ホールディング》は旋回が多くて無理だから、どちらの空港に行くにしても成田上空から西に向かってしばらく飛んで、それまでに決まらなければまた成田に引き返すような大きなパターンで待機したい。そうすれば旋回が少なくてすむ。成田からまっすぐ二七〇度で飛ぶ。途中まで行って決まらなければ、また引き返そう》
「了解しました」
《それと二五度バンクを取ったときのピッチ角がわかるかな》
望美の指が、お札を数える機械のようなスピードで、ページをめくる。しかし答えはなかった。すべてのデータはレベル直線飛行のものだ。
「だめだわ。旋回のデータはないわ」
《わかった。まもなく成田上空だ。ちょっと待ってくれ。ニッポンインター成田、こちら〇〇二便、まもなく成田上空。ここから磁針路《ヘディング》で二七〇度へ向ける。先ほどの通信は傍受されたか。どうぞ》
そのあとに江波と航空管制との交信が入り、成田から二七〇度で西に向かうとの通信が入ってきた。すでに緊急事態が発せられているので、〇〇二便の意向は最優先で許可される。通信が途切れると、ときどき空電が入るだけの無音となった。

「〇〇二便、訓練センターの岡本です。江波さん、しばらく無線機を離れます。一〇分くらい。よろしいでしょうか」

《了解、でもなるべく早く頼む。成田でもパワー、スピードの表を用意しているので、成田と交信を続ける》

望美はジェプソン・ルートマニュアルと運用規程を両脇に抱え、エレベーター・ホールに直行した。エレベーターは先ほど使わなかったのでこの階に止まっていた。両手がふさがっているので右肘《ひじ》でボタンを押す。二階に下りると連絡路をシミュレーター棟に走った。

７４７‐４００のシミュレーター室のドアを開けると、四方をむき出しのコンクリートに囲まれた、四階まで吹き抜けのスペースの二階部分に出る。空間に壁から張り出した狭い通路には、一台二〇億円のシミュレーターが三台、船尾を桟橋に舫《もや》われた船のように並んでいる。望美は息を切らせながら大声で叫んだ。

「整備さん、いま、どのシミュレーターが動かせるの。誰かいない？」

色白で童顔の男がびっくりしたような表情で、二号機から顔を出した。いつもシミュレーターで顔を合わせる整備士の山来護《やまきまもる》だ。

「なんだ、望美ちゃんじゃないか。この間の忘年会、来てくれてありがとう。楽しかったな。どうしたの」

望美は二号機に向かって通路を走った。

「急いでるの。シミュレーターの無線機を、外部の航空機と交信できるようにしてくれない、すぐに。マルニが緊急事態なの！」

山来は、ブルーのつなぎのポケットからハンカチを出して、額の汗をぬぐった。

「シミュレーターの無線機を？　そりゃ無理だよ」

「機械自体は同じでしょう。アンテナをつなげて。それができなきゃ三〇〇人以上の人が死ぬわ」

「あれは無線機じゃないんだ。操作パネルは本物だけど、機能的にはインターホンと同じなんだ。マルニが緊急事態って？」

望美が〇〇二便の現状をかいつまんで説明すると、山来の顔色が変った。

「でも無線機がないよ」

「訓練棟四階のＡＴＣ教室にあるわ。いままで交信してたの。それにつないでよ」

「四階？　ここにそんな長い電線があるわけないだろう」

「インターホンを無線機につなぐだけでしょう。墜落したら山来さん、あなたの責任よ」

あまりに突飛な申し出なので、若い山来は一瞬とまどった。

「ここの内線電話回線を使って。無線機は四階のATC教室だったな」

「そうよ。お願いだから早くして！」

言い終わったときには、望美はシミュレーターに駆け込んでいた。山来は追い立てられるように外に出された。

シミュレーターの無線機からの端子を内線電話回線を使ってATC教室とつなぎ、四階ではそれを無線機の送受信端子につなげば、インピーダンスに問題があっても、緊急通信は可能だろう。

「なんとかできるかもしれない。でもちょっと、二号機はまだ……」

「山来さん、頼んだわよ！」

言い終わらないうちにシミュレーターのドアが閉まり、断続ブザー音とともにシミュレーターと通路をつなげていた小さな橋が、ゆっくりと上がりはじめた。シミュレーターのモーションが、オン状態になったのだ。コンピューター制御された六本の高圧油圧ジャッキが、地上四メートルの高さまで本体を静かに持ち上げる。山来は鉄の階段を音を響かせて駆け下り、メインコンピューターのある部屋に飛び込んでいった。

18

シミュレーターに乗り込んだ望美は、機長席のすぐ後ろにある教官卓に向かった。そこにある二つの画面で、現在の設定を確認する。シップは補助動力装置《APU》から電気を取っている。四基のメインエンジンは停止状態だった。ポジションは関西空港の二五番スポット、燃料は六万ポンド入っている。望美は前方の窓からの景色をもう一度見た。関西空港に間違いない。教官卓から手を伸ばして、コクピットのオーバーヘッドパネルにある、八個の燃料と油圧ポンプのスイッチを、次々に入れてゆく。次に中央計器台《ペデスタル》上にあるスタートレバーを、四本ともオンの位置に入れ、教官卓でオールスタートのボタンを押した。四基のエンジンがいっぺんに始動を開始した。エンジン音がかすかに聞こえ始め、計器が動き出す。

ふたたび後ろからコクピットにかがみ込むと、必要なくなったＡＰＵを止め防氷関連のスイッチを入れる。次に機上コンピューターの入力端末《CDU》で自分のポジションを確認する。通常ならここで飛行コースを入力するのだがいまは必要ない。同様に上空で必要のない車輪を上げる。望美はそこまでの作業を慣れた手つきで終えてから、教官卓の画面に向かった。

マルニはいまどこにいるだろうか。成田上空から西に向かっているはずだ。望美はシミュレーターのポジションを、成田上空二万六〇〇〇フィート、対空速度《エアスピード》は二九〇ノットとし、磁方位を二七〇度にセットした。シミュレーターの良いところは、瞬時にして自分の希望する場所に移動できることだ。望美は画面のタッチセンサーに触れた。

あらゆる計器の数値が変化を始め、出力レバーや操縦桿《かん》が自動的に動いて、一〇秒ほどで成田上空二万六〇〇〇フィートに移動する。操縦席の窓から遠くに富士山が見える位置でシミュレーターは固定状態《フリーズ》となった。望美は前方パネルにあるオート・パイロットを入れて、いつでも飛行に移れる準備を完了した。

これでいいわ。お願いだから、まだちゃんと飛んでいてよ。

シミュレーターの電話が鳴った。無線機の音声テストの準備ができた。望美はヘッドセットをつけるとマイクボタンを押した。

「テスティング・ワン・ツー・スリー・フォー・ファイブ・フォー・スリー・ツー・ワン・テストアウト」

山来整備士のいつもの明るい声がこたえた。

「ＯＫだ、これで通信できるよ。一つだけ注意してほしいんだ。シミュレーターでは無線の周波数は変えられない。変えたいときはこの電話で言ってくれ。こっちで変えるから。もういつでも無線が使えるよ」

「山来さん、ありがとう！」

無線機を離れてからすでに一二分が経《た》っている。教官卓の椅子《いす》に座った望美はヘッドセットを調節するとマイクボタンを押した。

「ニッポンインター〇〇二便、江波さん、こちらの感明いかが？　訓練センターの岡本です」

ちょっと間をおいて、〇〇二便の成田との交信が入ってきた。まだ無事に飛んでいた。望美は胸をなで下ろした。

《了解。そのままお待ちください。いま、訓練センターと交信します。ブレイク。センター岡本さん感明度良好。飛行機は落ち着いている》

「了解、それではそのままの高度と速度を維持して、現在の磁方位と航跡を教えてください。こちらも同じように飛びますから」

《了解。同じように飛ぶって、どういうことだ？》

「シミュレーターよ。私はいまシミュレーターの中なの。あなたと同じ状態でシミュレーターを飛ばすから、そうすればパワーセッティングも、ピッチもスピードも、すべてわかるでしょう」

《そうか。でもそんなことが本当にできるのか》

「やってみるのよ。まず、基本的なデータをちょうだい。ゼロ燃料重量《フュエル・ウエイト》と現在の燃料残、外気温度と風、それから離陸時の重心位置をどうぞ」

《ちょっと待ってくれ。一人だもんで……。ええとゼロ・フュエル・ウエイト五〇万とんで一二〇ポンド。残が二六万とんで四〇〇ポンド……》

望美は送られてくるデータを次々と打ち込んでいった。それが終わると一瞬だけシミュレーターのフリーズを解除してやる。するとシミュレーターは読み込んだ新しいデータに合わせようとわずかに動く。それで姿勢からパワーセッティングまですべてを更新するのだ。しかし風向風速は〇〇二便のエアスピードが取れないのでデータが得られず、入力することができなかった。

「江波さんいいわ。準備完了よ。どこかポジションを決めてそこから同時に飛びます。いまどの辺ですか?」

《了解。ちょっと待ってくれ。カンパニーとコンタクトする。ブレイク。ニッポンインター成田、感明いかが》

《訓練センターで、この便と同じ状態でシミュレーターを飛ばしてくれるそうだ。うまくいけばその指示に従って降りられるかもしれない。機内の様子だけど……、飛行機が暴走したときに、けが人が一〇名ほど出ている。けがの程度は擦り傷と打撲で軽傷らしい。かなりの乗客が、着陸できるのか不安がっている。いまは飛行状態が落ち着いているが、オート・パイロットが使えない。高度と速度がわからないので、そんな状態で手で飛ばしている。飛行機酔いする人が出ているけど、これはどうしようもない。ちょっと待ってくれ。もう一度二人の機長の現在の状態を聞くから》

通信が切れた。機内のインターホンで話しているのだろう。しばらくして通信が戻った。

《機長の状況は、やはり何かの中毒ということらしい。二人とも意識不明。現在酸素使用中。自分は機長と一緒に食事をしなかった。新しい目的地が決まったかどうか教えてくれ》

《了解。ブレイク。訓練センター岡本さん、FOCは次の時間の天候調査で目的地を決めたいそうだ。現在ポジションは成田から放射方位《ラジアル》二六四度、三九マイル、どう

ぞ》

「はい。岡本です。それでは成田から六〇マイル地点に、……少し余裕を持って七〇マイルにしましょう。そこにポイントを作ってください。わたしも七〇マイルから一緒に飛びます」

《七〇マイル、了解、一分前からカウントしよう》

望美はすぐに成田から二六四度、七〇マイルの座標上にポイントを作り、そこへシミュレーターを移動させた。

突然、シミュレーター内の電話が鳴った。

「はい。-400ナンバー・ツー・シミュレーターです」

望美が出た瞬間に、怒鳴り声が飛び込んできた。

「先ほどから変な電波を出しているのはあなたですか。航空機との交信は航空マニアだって傍受できるんですよ！　問い合わせが殺到してまして、わたくしは会社のトップの方々と大切なお食事の途中で、こんな現場に引っぱり出されて、非常に迷惑しております。あなたはなんの権限があってそんな無責任な行動をしているのですか！　申し遅れましたがわたくしは本社総務部付き、広報課長担当補佐のカワグチです。三本川の川に口です。あなたの行動は航空法違反、電波法違反、社内規則違反と数え上げればきりがないほどの決まりに違反しているのをご存じですか」

「はい。でもこの際ほかに方法はないと判断しました」

「会社にはそれぞれ責任部署があるんです。問題が起きたら、それぞれの責任者にまかせるのが組織なのです。それをあなたは……、あなたの身分は何ですか。遊び半分に、大切なシミュレーターを動かされては、本社としては大変困るんですがね。いったい誰の許可をもらって、動かしているんですか」

「あの私の許可で……。私はその資格を持っていますが」

《訓練センター、岡本さん。こちら〇〇二便、どうぞ》

「すみません。飛行機が呼んできたもので、ちょっと失礼させて下さい」

「放っておきなさい。もとより、あなたの仕事ではないはずです。各新聞社からテレビまで、問い合わせが殺到していて、私ども本社の人間がどのくらい困っているかわからないんですか」

《訓練センター、岡本さん。こちら〇〇二便、どうぞ》

「いえ、急ぎますので……」

「あなたは女でしょう。だったら飛行機だとかシミュレーターだとか騒いでないで、もう少しましな生き方があると思うんですがね。航空業界の再編が叫ばれ、我が社も大変な時代を迎えようとしているのに、会社を困らせてなにが面白いんですか」

「女で悪かったわね！　会社より上空の三〇〇人のお客様は、もっと困っているんです。いい加減にしてください！」

電話をたたきつけるように切った望美は、あわててヘッドホンをつけ直した。

「お待たせ。はい。どうぞ」

《どうしたんだ。こっちは君を頼りに飛んでいるんだ。連絡を絶つときには事前に知らせてくれないと困るじゃないか。不具合でもあったのか》

「いえ、私が規則違反をやっていると本社から電話が」

《なに寝言を言っているんだ。二人の機長が倒れて、第三指揮順位の僕が機長として緊急事態を宣言した。オペレーション・マニュアルには、機長は飛行中、全搭乗者および搭載物の安全並びにその飛行機の運航の安全に対し責任を負うと書いてある。そのためには、機長は安全運航のための判断およびその処置の最終的決定の権限を有する。これが運航規程だ。だから最終決定は僕がする。何言われても放っておけよ。君は航空級無線通信士の免許は持っているのか》

「はい。持っています」

《だったら問題ないじゃないか。そこの無線機だって会社のだろう。予備機として登

録されているはずだ》
「了解しました。済みません」
安心させてくれたのはありがたいが、言葉の端にいらつきが感じられる。
《確認したいんだ。あと二分で七〇マイル地点になる。いままで通りの磁針路《ヘディング》で飛んでいればいいんだな》
「その通りです。二七〇度でお願いします。上空一分前から合図をください。どうぞ」
《了解。それとコールサインないか？　呼びにくくて》
この人はもうかなり疲れている。これでは冷静な判断は難しい。気持ちを和らげてあげる必要がある。
「コールサイン……名前の望美じゃダメかしら？」
《OK、ノゾミでいこう。整備からの連絡だと、ダウンリンクされたデータを分析した結果、スタティック系統の故障とのことだ。どうしてそんなに早くわかったんだい？》
「話すと長くなるから降りたら教えてあげるわ。いまのパワーセッティングをナンバー１からどうぞ」

《平均すると八七・三パーセントかな。四基とも差は〇・二くらいだ》

「了解。そのデータをシミュレーターに入れて、二万六〇〇〇で飛んでみます」

望美はオート・パイロットのスピードモードをはずして、パワーを優先させる設定にした。忘れ物はないか。シミュレーターのセッティングをもう一度チェックし、シップの状態を確認する。

「〇〇二便、こちらノゾミ。現在エンジンか翼の防氷装置《TAI》は入っていますか?」

TAIが入っていると、同じ設定でも出力にわずかだが変化がでるのだ。

《いや、入っていない。いまは雲の層の間を飛んでいる》

「了解。七〇マイルまであとどのくらいですか?」

《あと一分》

また電話が鳴った。

「何ですか。あの電話の切り方は。我が社にもそんなガサツな社員がいるとは嘆かわしいですな。あなたは大学は、いや失礼、中退で社内的には高卒扱いでしたね。いますぐそこから出て本社に謝りに来なさい。あなたの責任問題となっています。よろしいですか。現在やっていることをすぐにやめなさい」

《あと三〇秒》

「いまやっていることの責任は誰が取るんですか。あなたではとても無理だし、社長や幹部の方々にご迷惑をおかけして、結局あと始末は私どもがする羽目に」
《あと一五秒》
「なるんです。いま上空で起きていることは、遊びじゃないんです。とてもあなたの手に負えることじゃない。いいですか！」
《あと一〇秒》
「返事が聞こえ」
《あと九秒》
「ませんね。どうして」
《八》
「そこまで強情なんで」
《七》
「すか、あなたという女は！」
《六》
望美は耳から離していた電話を静かに切った。
《五……、四……、三……、二……、一》

《ゼロ！》

望美の指がフリーズ解除のボタンを押した。一瞬の揺れをともなって、エンジンと風切り音が望美を包んだ。操縦席に誰も座っていないシミュレーターが、飛行を開始した。

「ＯＫよ。うまくいったわ」

《了解》

「すぐに風のデータを入れないとずれるから、現在の対地速度《グランドスピード》と航路《トラック》を教えてください」

《グランドスピードは三二〇ノット。トラックは二六四度のままだ》

望美は言われたデータに合うように、教官卓で風を調整した。

「ＯＫ。そちらの高度計の指示は？」

《二万六三〇〇で止まったままになっている》

「こっちをその高度に合わせるわ。ちょっと待ってください。……いま高度二万六三〇〇になったわ。対空速度《エアスピード》は二九五ノット。これから江波さん、少しずつ高度を下げてください。そして江波さんの機のスピード計が二九五ノットに合った時点で、シミュレーターとマルニが同じ飛行状態になるはずです」

《徐々に高度を降ろす》

三分後、江波が一人で操縦する747−400と、望美が教官卓から操作するシミュレーターは、同じ高度、同じスピード、同じ進路で飛行を始めた。

19

機長が二人とも倒れ、そのあとの暴走フライトを乗り切った時点で、江波の消耗は極限に達していた。墜落は免れたものの、まともに飛ぶこともできず、暗いコクピットのなかで、このままでは着陸できないという絶望さえ感じ始めていた。そんな時に、シミュレーターがこちらに合わせて飛んでくれるという今まで考えもしない道が開け、心に希望が湧いた。

高空を高速で飛ぶジェット機を手動《マニュアル》で操縦するのは、車でいえば氷で滑りやすくなった高速道路を、時速二〇〇キロ以上で直進するようなものだ。そのうえ、乗客が酔わないようにと細心の注意を払わねばならず、一瞬たりとも気を抜くことのできない集中を強いられる。

中央運航統制室《FOC》は、成田の天候回復は明日の午前中になると判断し、上空で明朝まで待機飛行を続ければ、着陸は可能であるとの見解を出した。現在の気象条件がいちばんいいのは仁川《インチョン》国際空港だとも伝えてきた。
機長たちの倒れた原因があのガムだとすると、自分も三時間後には立てなくなる。朝までこの機を飛ばし続けることなどできるわけがない。
江波はあまり深く考えず、言われるままに仁川を選択すると、インターホンでチーフパーサーを呼んだ。
《L1、武中です》
「キャプテンの具合はどう？」
《意識は戻っていませんが、容体は安定しているそうです。ただ、お医者様からクルーバンクに入るのを禁じられてますので》
「キャビンの状況は？」
《ほとんどパニック状態です。けがをした方はお医者様に手当てしていただきました。それで応急処置だけは終わりました。これからどうなるのかと皆さん知りたがっています。アナウンスをお願いしたいのですが》
その話し方から、彼女も相当くたびれているのが感じ取れた。ほぼ満席の三〇五名が乗っているキャビンで騒ぎが拡大してゆけば、いくら有能なCAでも手のつけようがない。早く乗客に現状と展望を伝えなければならない。彼女が求めているのはそのことだ。
「いま連絡が入って、日本中、この低気圧で天気が悪く着陸できる空港はない、とのことだ。仁川国際空港へ行く。仁川は気温は低いけど晴れで良好だ。到着時間はあとで知らせる。アナウンスだけでも入れてくれないか。オート・パイロットが使えないので、マニュアルで操縦しなければならない。僕にアナウンスは無理だ」
《仁川ですね。すぐにアナウンスを入れます》
声に明るさが戻っていた。しかし江波にとって、仁川は観光客として訪れたことすらない未知の空港だ。緊急事態だからといって少し無茶過ぎないだろうか。土地勘がなくて速度と高度の処理ができるだろうかと江波が逡巡《しゅんじゅん》し始めたとき、望美が地上《した》から呼んできた。
《江波さん、空港は決まりましたか?》
「ああ、会社の意向に従って仁川にした。そちらも準備をしてくれないか」
《江波さん。仁川ならまず名古屋へ向かってそれから美保の上空からのコースですよね。そうすれば各ポイントでズレをチェックできます》
「了解。いつ名古屋へ向ける?」

《いつでも。入力端末《CDU》でダイレクト名古屋《KCC》を入れてください》

「OK、……入れた」

《じゃあ実行《エクセキュート》ボタンを同時に押しましょう》

「了解。カウントする。三、二、一、エクセキュート」

江波は画面に出た赤い線に乗って、機を少し左に向けた。

《磁針路《ヘディング》二六八、コース二六三、グランドスピード三三〇です。シミュレーターだと左下に富士山が見えているけど、そちらは無理ね》

知らせてくるデータを比べてみると、ほとんど一緒だった。うまくいっている。

《〇〇二便、こちらノゾミ。どうぞ》

「どうぞ」

《江波さん、仁川関連の飛行地図《チャート》は持っていますか？　シミュレーターにアジアのジェプソン・チャートを持ってきてないんです。それに会社無線《カンパニー》が途中までしか届かないから、一緒に飛べません。その先どうやって飛ばすのか、会社から指示はありましたか？》

　言われてみるとその通りだった。本来はワシントン便だったので江波もアジアのチャートは持ってきていなかった。しかも江波は仁川に一度も飛んだことがない。そのうえ無線が届かないのは致命的に思える。
江波は成田を呼びだし、チャートがないのでもう一度天候調査をして、日本国内で降りられる空港を探してくれるように頼んだ。
またインターホンのチャイムが鳴った。
「どうぞ」
《お客様のなかで仁川には絶対行きたくないと、強くおっしゃる方がいらっしゃいます。お連れの方がなだめられているようですが、聞き入れられないようです》
「乗客名簿ではどうなっている？　名前を調べてみたか？」
《はい。キム・ヨンチョルとなっていて、たぶん韓国籍の方と思います。お連れの方はJ・P・ジェンセン、見たところ欧米人のようですが》
「なんで韓国の人が仁川に行かれないんだ？　犯罪者かもしれないな」
《他のお客様もソウルと聞いて驚かれています。なぜ、たくさん飛行場があるのに日本の空港に降りないのだと、何人かのお客様から質問を受けています。幸い騒がれている方はいらっしゃいません》
「わかった。天気が悪いという理由もあるけど、日本のほとんどの飛行場は夜遅くなると運用時間外といって、閉ってしまうんだよ。アナウンスで天候が悪いと言ってあるんだろう？」

《ええ、もう一度アナウンス入れておきます。それと、これは、またあとで連絡します》

インターホンが切れた。会話のわずかな時間だけでも、高度がずれたようだった。江波は慎重に修正した。もしその乗客がこれ以上抵抗するなら、成田に身元確認をしてもらう必要がある。無事降りられるかどうかもわからないのに、なぜそんなことで文句を言うのだろう。江波は片手で額の汗をぬぐった。

成田が呼んできた。

《先ほどのリクエストですが、国内の現在開いている飛行場で、常時有視界状態《VMC》の飛行場はありません。比較的好条件なのは沖縄です。雨で視程は五キロ、雲底は一五〇〇フィートです。雨が強くなると視程は三キロ近くまで落ちます。ソウルは高気圧の範囲内ですからＶＭＣです。那覇へ向かわれますか？》

「わかった。名古屋上空までに返事を出す。キム・ヨンチョル氏がソウル行きを拒まれています。キム・ヨンチョル氏について何か情報はないですか？」

その乗客については特に情報は入っていない、とのことだった。

「ノゾミ、こちら〇〇二便。ひとつ頼みがあるんだが」

《どうぞ》
「名古屋経由で仁川へと那覇まで、それぞれの所要時間を知りたい。これから到着まで何時間かかるか、そっちのコンピューターで調べてほしいんだけど。燃料はたっぷりあるんで時間だけでいい」
《了解。高度とスピードは現状のままでやってみます。ただ二万六〇〇〇フィート前後だと途中かなり悪天候域に入りそうですね。こちらで調べてよさそうなルートを選んでおきましょう》
高度の修正をしようとしたとき、対地デジタル通信装置《ACARS》がプリントアウトを始めた。
江波はじっと待っていたが、印刷完了と同時に片手で感熱紙を切り取り、手元のスポット照明を明るくした。
《先ほどのキム・ヨンチョル氏に関するお問い合わせの件。無線は傍受される可能性がありますのでＡＣＡＲＳにて連絡いたします。キム・ヨンチョル氏は本名ホン・チョルス。米国亡命希望の北朝鮮の外交官です。同乗のＪ・Ｐ・ジェンセン氏は、在日米国大使館員。日本政府並びに米国政府の要請により、当社便にて極秘にワシントンへ移送を行っているもの。機長の了承済み。以上》
江波は機長からそんな話は聞いていなかった。話すつもりだったのかもしれないが、倒れてしまったいまでは確認のしようがない。しかし江波にとって亡命など、いまの状態に比べれば、もはやどうでもいいことに思えた。

乗客三〇五人と乗務員一五人のために、降りられる空港を探す。それが最優先だ。ソウルか沖縄か、シミュレーターのコンピューターが所要時間を計算してくれている。結果を待つ間も、口の中に残っているガムの後味が気になっていた。

20

成田のフライト・ステーションに詰めている佐々木から、望美のもとに連絡が入った。会社が通常推奨しているルートとして、仁川へは美保上空からエアウェイG585を取る。この場合は名古屋を過ぎれば、悪天候域はほとんどない。

沖縄へ向かうのであれば名古屋上空からまっすぐ大分へ向かい、鹿児島、沖永良部《おきのえらぶ》島経由で那覇に入るルートが適している。全国的に荒れ模様だが、日本の太平洋側には低気圧とそれにともなう前線があるので、内陸部を飛んでいったほうが気流の乱れが少ない。しかし成田も東京のFOCも、現在の高度や速度など、正確なデータがわからないので燃料消費や、時間等の航法計算が正確にはできないとのことだった。

「ササジ、ありがとう。滝内教官はつかまった？」

「いや、今日は空輸《フェリー》フライトで、〇〇二便が出発した頃に下地島の空港に到着しているはずだ。空港の事務所にはもう誰もいないらしい。下地島は携帯が通じないから直接連絡もできない。なんとかするから、もう少し待ってくれと言うことだ」

「お願いだから急いでね」

望美は、〇〇二便の設定出力と外気温度からシミュレーターが出した真対空速度と、偏流角から推測した風向風速を、現在の推定高度に入れて演算をさせることにした。先ほどまでは後ろから手を伸ばして入力端末《CDU》の操作をしていたが、データをインプットするために、教官卓から機長席に移る。

望美が、仕事でシミュレーターに乗るときのほとんどは、機器の設定やデータ取りなどをしながら、教官卓から飛ぶ者の背中を見て過ごしている。そのたびに思うことはたった一つだ。もし、訓練生時代にフェイルしなければ、自分が飛ぶ側の仕事をしていたはずだ。

機長席に座るのは久しぶりだ。五点式シートベルトのバックルの重さが、懐《なつ》かしかった。シート位置を電動で調整し、ヘッドセットのジャックを差し込むと、昔のように身が引き締まる。窓の外には、二万六〇〇〇フィートから見る地上の景色が映っている。教官卓から見るのと違って計器類が顔のすぐ近くに感じられた。望美はエンジン音を聞きながら、少し前かがみになって中央計器台《ペデスタル》前方の入力端末《CDU》に二つのルートを打ち込んだ。すぐにデータが算出される。
「〇〇二便、こちらノゾミ、感明いかが」
《感明度良好。どうぞ》
「いまデータがでたわ。そちらでは書き取れないでしょうから、わからなくなったらいつでも復唱します。会社から推奨されたルートです。まず名古屋からソウル仁川国際空港までは一時間三二分、那覇までは二時間六分。現在の対地速度《グランドスピード》三五〇ノットで計算してます。現地点から名古屋まで、そちらでは何マイルと出ていますか？」
《えーと、ちょうど五五マイル。上空予定一二時……ちょっと待って、いま日本時間に切り替える。ええと、到着予定時刻《ETA》名古屋二一時四四分だ。こちらでもルート……たいから、……トを教えてくれ》
名古屋予定がシミュレーターの計算より二分早い。たぶん上空の風に変化があったのだろう。
「了解、仁川は美保からエアウェイＧ５８５、那覇へは名古屋、大分、鹿児島、沖永良部よ」

《美保から……5は了解。その後が途切れて……え……再送……》

「〇〇二便、聞こえますか？」

《この周波数……感明度……に変えて……。……FOC関東に……》

「江波さん、感明いかが」

マイクボタンにかけていた望美の指が、ボタンから離れた。現在地点は東京からだとだいたい九〇マイル離れている。電波の実質到達距離は〇〇二便の高度であれば一六〇マイル前後はある計算になる。しかしそれはなんの障害物もない場合で、雪や雨が強い場合は短くなる。ましてや羽田の管制傍受用に作った訓練センター屋上の簡易アンテナでは、さらに条件が悪いはずだ。こんなに早く〇〇二便からの電波を、受信できなくなるとは思ってもみなかった。そういえば他機の交信も名古屋上空のものは、傍受できていない。望美は機長席から飛び出すと教官卓の電話をつかんだ。

「どこへつなげって？」

四階のATC教室で待機している山来整備士の驚いた声が返ってきた。

「山頂局よ。集約山頂局を使いたいの。いまつながっているシミュレーターの無線を、FOCの集約山頂局につなげてほしいの。全国ほとんどをカバーしているのよ。このままだとあと二、三分で交信が途絶えるわ」

「じゃあいま使っている内線を、FOCまで電話でつなげて、そこから無線機につなぐか。理論的には可能だけど、ちょっと待ってよ、整備がFOCにいないとできないから」

そばに同僚がいるのだろう、しばらく説明しているような声が聞こえた。

「ちょっと待ってくれ。いま羽田のFOCから連絡が来た。マルニと、山頂局で連絡が取れているそうだ。向こうも同じことを言っているらしい。羽田の運航整備から一人FOCに向かう。同じビル内だから五分以内につなげると言ってきた」

「山さん、ありがとう。頼りになるわ」

「望美ちゃんにそう言ってもらえるなんて、うれしいね。いまからしばらくは交信できないからね。五、六分だけど」

望美は〇〇二便とシミュレーターとの名古屋到着予定時刻の誤差を修正することにした。風速を弱めることでシミュレーターの、対地速度を調整し、二分の差をなくすことに成功した。ちょうど天竜川上空を通過している。望美はそれを見ながらまた機長席に戻った。無線が通じない間に久しぶりの機長席に慣れておきたかった。ひととおりの機器の位置とスイッチを手で確認し、背もたれの角度と両ペダルの位置を調整する。ウールのパンツにヒールのあるブーツなのであまり具合がよくないが、これでいつでもマニュアルで飛ばす準備が整った。

失敗を繰り返さないために、集約山頂局の電波到達範囲を調べておく必要があった。体をひねってマニュアルを棚から抜き取り、ページをめくった。コミュニケーションの章を開いて到達範囲図を膝《ひざ》の上に広げ、リーディング・ライトを当てる。

ニッポンインター近畿《きんき》の、六甲山アンテナからがよさそうだ。ソウルに向かう場合は、その後九州の箕岳《みのだけ》のアンテナが使える。沖縄の場合は大分を過ぎたあたりで牟礼《むれ》岳《だけ》のアンテナに変えれば、沖縄のすぐそばまで届くはずだ。

電話が鳴った。望美は急いでベルトをはずし、機長席からまた教官卓へと移動した。できるだけ急いだつもりが、五点式のベルトに手こずって、受話器を取ったのは、五回目の呼び出し音が鳴ったあとだった。

「もしもし、そちらは訓練センターのシミュレーターですか？」

また川口か。望美は電話を切ろうとしたが、相手は「岡本望美さんですね」と念を押した。携帯電話でかけてきているようだ。

「はい。岡本です」

「私、航務本部長の小田原です」

本部長と聞いて、望美は慌《あわ》てて挨拶《あいさつ》をし直した。

「先ほど成田から〇〇二便非常事態の連絡を受けたのですが、墜落寸前のところを岡本さんが、シミュレーターを飛ばして救ってくれたそうですね。対策本部を羽田のFOC内に立ち上げたのですが、この雪ですので私はまだ車の中なんです。すべてに優先して岡本さんに協力するよう、指示は出してありますので、必要な資料や機材など何でもFOCに言ってください」

「ありがとうございます。距離が離れてしまいましたので、山頂局のアンテナにつなぐようにお願いしています」

「全面的に協力します。うちはバックにお上《かみ》がいないので、昔から一致協力だけが力です。〇〇二便をなんとか助けるよう岡本さんもがんばってください」

本部長と話をしたのは初めてだった。短い電話だったが、望美には心強かった。受話器を置くと、すぐに山来から連絡が入った。

「FOCから連絡があった。最初は近畿につなぐそうだ。ソウルの場合はそのあとにニッポンインター福岡で、沖縄の場合はサツマ？　ああ、薩摩か。そこにつなぐから伝えてくれと言われたんだけど、これで意味わかるかな」

「ええ、私も同じこと考えていたの。大丈夫よ、ありがとう。その後はどこにつなぐか言ってなかった、薩摩の次よ」

「いや、聞いていない。指示されたのはこれだけだ」

薩摩の圏外を出た後はどうするつもりだろう。先ほど調べたときには解決策が見つからなかった。ニッポンインター沖縄は集約山頂局ではないので、東京のＦＯＣからつなぐことはできない。ソウルにしても同じことだ。着陸するときには交信できないのだ。

「まもなく無線がつながるから、このまま一分待ってくれ、だってさ。ＦＯＣに行った整備士は同期の武藤だったよ。主任だと。やっぱ、イエスマンじゃなきゃダメなんだな。望美ちゃんもおとなしく、……通じたらしい。電話を切るから無線の具合をすぐチェックしてくれ」

望美は受話器を壁の電話機に戻すと、教官卓についた。靴のかかとで椅子《いす》の固定レバーをはずして、モニター《CRT》画面の前まで三〇センチほど横にスライドさせ、片手でヘッドセットを着けながら、再びかかとでレバーを押して椅子をレールに固定《ロック》する。一連の慣れた動作だった。通信テストを終えると、〇〇二便の声がイヤホンに入ってきた。

《……明いかが？》

「感明度良好。さっきルートを入れている途中だったわね。続きいいですか？」

《ルートはＦＯＣからもらったからＯＫだ。まっすぐに名古屋へ向かっている。コースはさっきのままだ。名古屋から先だけど、時間にして三〇分の違いなら仁川よりも那覇にしたいと思う。仁川は降りたこともないし、チャートも持ってないしな。それに倒れた機長の容体も安定しているということで、ＦＯＣにも了解してもらった。シミュレーターのルートも那覇に設定してくれ》

「那覇に決定、了解。でもマニュアルでそこまで飛ばすのは大変ね」

《がんばるよ。お客さんの中で、文句を言っている人もいるそうだ。ソウルから、今度は沖縄に行き先が変わったのに、機長からひとことの挨拶もないってね。でもマニュアルで飛ばしているから手は離せないし、機長が倒れましたとも言えないし》

「今は飛ばすことを最優先《FLY FIRST》でいきましょうよ。シミュレーターのルートは名古屋以降を那覇に変更したわ」

《あと五分少々で名古屋上空に到達する。またズレを修正するために五秒前からカウントしよう》

「いいえ、名古屋上空では、次のルートに向かうために旋回することになるでしょう。旋回を合わせることはできないから、名古屋の五マイル手前で同調させたいの。五マイル手前にポイントを作ってくれる？　そしてそのポイント通過一分前にコールしてください。どうぞ」

《了解、指示が細かいな。……いまポイントを作った》

「じゃあ、シミュレーターを五マイル手前のポイントに移動させて、カウントを待つわ」

移動と同時に外の景色が消え、灰色一色に変わった。飛行中の音が消え、計器類が新しいポジションに合わせていっせいに動き始める。通常のフライトを模していたシミュレーター本体が、上下左右に動きながら微調整を行う。それは一〇秒もかからないが、その間は計器の指示と体に感じる変化が異なる状況が発生する。基準となる水平面がないので、自分の姿勢がわからなくなる。

思わず下を向いた望美がそっと目を開けると、窓の外に景色が戻っていた。気がつくと両手がしっかりと肘《ひじ》かけを握っている。望美はフリーズした状態のシミュレーターが、名古屋の手前五マイルにいることを計器の指示で確認した。

「移動完了。いつでもいいわ」

《了解。名古屋から先になると太平洋側にある悪天域に引っかかるかもしれない。シミュレーターではわからないだろうけど、こちらのレーダーにはエコーが強く出ている。現在外気温度マイナス三八度。薄い雲に入った。まもなくエンジン防氷装置《TAI》が入

りそうだ。TAIが入ったら教えようか？》

「はい。お願いします。シミュレーターだと左に伊勢湾、下に名古屋市と遠くに琵琶《びわ》湖が見えているわ。五マイル地点で磁方位とパワーセッティングを教えてください」

シミュレーターでも、レーダーにエコーを表示することは可能だが、あくまでもコンピューターで人為的に作ったものである。自然のエコーを映すことはできない。シミュレーターに〇〇二便と同じようにTAIを自動的に入れようとすると、同じ気象条件を作ってやらなければならない。望美は気温をマイナス三八度に修正して薄い雲の中の状況を作った。あとは〝軽い着氷〟を入力してやればTAIが作動し始める。そこまでセットして昼間だった環境を夜に替えた。

窓の外が一瞬にして暗くなり計器の灯りが唯一《ゆいいつ》の光源となった。雲の切れ目から名古屋市の街の灯がかすかに見える。望美はフリーズ状態のシミュレーターにオート・パイロットを入れ、いつでも自動で飛べる状態にした。

五分後、〇〇二便が五マイル地点を通過し、シミュレーターも同時に発進した。フリーズ状態が解除されたシミュレーターは、軽いショックから飛行に移る。名古屋上空が五マイルと近かったため、ぐっと傾いてそのまま旋回に入った。機長席に戻って計器を見つめていた望美は、それが自分の意思に反した旋回だったので、一瞬、水平感覚を失いそうになった。

名古屋を過ぎると、一直線に大分に向かう。〇〇二便からは、大阪上空にさしかかると軽い揺れが始まり、上の雲の垂れ下がりに引っかかるようになったと報告してきた。

《ノゾミ、変なこと聞くようだけど、訓練センターでは何をしているんだい？》

「訓練技術課の－400担当です。主にデータ取りや機器の検査の立ち会い、あとは訓練全般の一般事務ですね」

《シミュレーターを動かせるということは、フライトの経験があるの？》

「はい。……むかし訓練生でした。いまから一〇年以上前のことです」

《そういえばあのころ女性パイロットが誕生すると話題になったのを覚えているよ。たしか社内で時期尚早とか言われて結局は実現しなかった、うちの場合、なんでも時期尚早だからな。あのときはたしか桜井さんって名前だったかな》

「もうむかしのことですから。それから安全推進室に移って、事故の分析を一〇年ほどやっていたので、今回の原因も推測できました」

《それで三〇〇人以上の命が助かるんだ。シミュレーターを一緒に飛ばすというアイデアは、岡本さんが考えたの？》

「はい。でも滝内教官のビデオを見ていなかったら、思いつかなかったアイデアだと思います」
《そうか、滝内教官を知っているんだね。僕も教官にはお世話になって、むかし仲人《なこうど》までお願いしたよ。……いつかチャンスがあれば一緒に飛ぼうよ》
「一緒に飛んでいるじゃないですか」
《そうだったな》
笑い声を残して管制との交信に切り替えた。東京コントロールから周波数を変更するように言われたらしい。すでに一時間以上がすぎたので、江波は落ち着きを取り戻したのだろう、最初の頃に比べ飛行も安定してきた。その後は、薄い雲の出入りを繰り返しながらの飛行が続いている、と言ってきた。
《ノゾミ、こちら〇〇二便。ちょうど大分上空だ。そちらのポジションを確認したい》
「こちらも大分上空を通過したところです。フライト・コンディションをどうぞ」
《了解、大分上空の少し手前頃から完全に雲中飛行になり、たったいまTAIが作動した。軽い揺れが続いている》
望美は教官卓で軽い揺れと雲中の着氷状態を作り、機長席へと戻った。軽い揺れが始まったシミュレーターの窓の外はいっそう暗くなり、ときどき見えていた街の灯りが雲にさえぎられてまったく見えなくなった。

「〇〇二便、こちらノゾミです。いまTAIを作動させました。現在のパワーセッティング八六・七パーセント。ピッチ三度。磁方位二四六度です。どうぞ」

《了解、そちらのデータに合わせる。なんとか水平に飛んでいる。前方にレーダー・エコーがある。まもなく左に避けようと思う。バンク角は二五度くらいだ。何しろ手動《マニュアル》でやっているんで、オート・パイロットのように正確にはいかない。結構揺れているしな》

「旋回を開始するとき教えてください。同じように旋回します」

《了解、それでは二〇〇度まで左旋回《レフトターン》開始、ナウ！》

望美はオート・パイロットをヘディング・モードにして左旋回を始めた。

〝夜間雲中〟に設定されたシミュレーターは、左に二五度傾きながら旋回を開始したが、窓の外は真っ暗で水平線が見えない。計器のみが水平からの角度を示している。

旋回によるGを望美が感じ始めたとき、ヘッドセットに江波のあわてた声が飛び込んできた。

《ダメだ、その先に新しいエコーが出てきた。いま稲妻が光った。すぐに右旋回する。

二五〇度まで、右だ》
望美は急いでシミュレーターを左旋回から右旋回に移した。いままで感じていたGが一瞬だけ抜けて右旋回のGが新たに加わった。暗闇《くらやみ》の中の右二五度の傾きが続く。旋回中のGを受けながら計器を見続ける望美の目は、何回もまばたきを繰り返していた。
《バンクを四〇度にしないと避けられない。そっちも右に四〇度バンクを取ってくれ》
大きくまばたきをした望美は、オート・パイロットの解除ボタンに左手の親指をかけた。機体を四〇度に傾かせるには、オート・パイロットをはずしてマニュアルで飛ばす必要がある。躊躇《ちゅうちょ》はあったがボタンを押した。目の前に赤い主警告灯《マスター・ワーニング》が点灯し、オート・パイロットがはずれたことを示す警報が鋭く鳴った。あわてて右手で警報を止める。いつもなら警報が鳴らないように、ボタンを二回プッシュするのに、江波につられて落ち着きをなくしている。
四〇度バンクになるようにゆっくりと操縦桿《かん》を動かした。旋回角が深くなると旋回半径は小さくなるが、同時に揚力も減る。同高度を保つためにはそのぶん機体を引き上げてやらなければならない。そんなことは充分承知していた。だが、高高度での急旋回と、久しぶりの機長席での操縦は簡単にはいかなかった。徐々に高度が下がり始めた。高度を修正しようとすると、少しずつバンク角が大きくなる。さらに少し高度を失い、その修正のために引き起こしを強くした。望美の目は勝手にまばたきを繰り返している。イヤホンには江波の声が聞こえているが、それに注意を払う余裕はなかった。いつもに比べ舵《かじ》の効きが鈍いのだけが頭に残った。バンク角が四五度を超えた。前にも増して大きなGが望美を襲った。目の焦点が定まらない。考えなくても引き上げ過ぎたのが感覚でわかった。あわてて機首を下げた。いままでかかっていたGが抜けマイナスG状態になった。瞬時にして重力がなくなり、口の中に胃が上がって来るようなむかつき。最後に受けた技量審査が頭に浮かんだ。教官、水平儀の指示がおかしいんです。望美は必死に訴えていた。教官はあの滝内だった。

そうじゃない。ゆっくり、そうだ、ゆっくりだ。高度をチェックするのを忘れるな。もう一度やり直してみよう。

《ノゾミ、こちら〇〇二便。感明いかが？　いまのそっちのピッチ角を教えてくれ。三度ピッチだとどうも降下しているような感じがする》

右四〇度バンクは、技量審査時にする四五度バンクに比べれば角度も浅いし、Gも少ないはずだ、望美がもう一度計器を見ると、バンク角が深過ぎる。あわてない、あわてない。望美はゆっくりとバンクを四〇度に戻した。

「……江波さん、ピッチ角は五度です」

《ありがとう。乱気流《タービュランス》がひどい。かなり揺れている。現在、ヘディング二五〇度》

望美のシミュレーターは、すでに二五〇度を過ぎて二六〇度を回っていた。すぐ左旋回に切り返してヘディングを二五〇度に戻した。しかしこれで二機の間にズレが生じたことに間違いない。

さいわいなことに、通常より機の速度は遅い。それでも時速六〇〇キロ、東京駅と新宿駅の間を一分で移動するスピードだ。角度にもよるが一〇キロ近い差が生じたはずだ。

《レーダーで見ると航路上にエコーが並んでいる。このまま航路に平行で右側を飛びたい。先ほど作ったルートのそうだな、右オフセット五マイルでいこう。そっちもオフセット五マイルのコースを作ってくれ。あと二マイルでオフセットコースに乗る》

雷電のせいか、〇〇二便からの通信はかなり雑音が多くなっていた。その割にはのんびりした江波の声だ。

「了解、右オフセット五マイル」

新しいコースに乗るタイミングを合わせれば誤差を縮めることができる。望美はオート・パイロットを入れるとかがみ込んで、ＣＤＵにオフセット五マイルをインプットした。しかし目の前の航法画面《ND》に現れた結果は、シミュレーターがすでにオフセットコースを越え、七マイル付近にいることを示していた。

急いでベルトをはずして電動椅子《いす》を後ろに下げ、誤差を合わすために機長席から教官卓へと移った。教官卓の画面上にはシミュレーターの航跡が描かれている。それを見た望美の動きが止まった。

ひどい航跡だった。特に旋回が汚い。まるでカボチャの断面のようにでこぼこだった。途中まではきれいな曲線なのに、ある点から先はとげのあるような線に変わっている。そこがオート・パイロットからマニュアルに切り替えた地点だということは、誰が見てもはっきりとわかるほどだった。

早く航跡を消してしまわなければという焦《あせ》りで、ブラウスの中がじっとりと汗ばんできた。望美は最も認めたくないものを突きつけられていた。

「〇〇二便、こちらノゾミ。五マイル・オフセットのコースに乗ったら教えてください。シミュレーターの誤差を修正します」

《了解、まもなくだ》

江波がオフセットコース上になったとき、望美はフリーズ状態にしてあるシミュレーターの解除ボタンを押した。その指が震えていたのは恐怖のためか。

これまでは〇〇二便がついてこられるかが心配だった。しかしいまはこの先どこまで〇〇二便について行けるのかに変わっていた。気持ちを少しでも楽にしたい。機長席に戻った望美は、ヘッドセットを着けると送信ボタンを押した。

「外気温度マイナス三八度。パワーセッティング八七・二パーセント。ピッチ角二・八度。これに変更ないですか」

《変化なしだ。なんでそんなにずれたんだ？》

聞かれたくないことを聞かれた。望美はとっさに答えていた。

「旋回に入るときの、バンク角の角速度まではシンクロできないですから」

《はは、やっぱり女だな。細かい》

「江波さん、性別とは関係ないでしょう。それは」

《ゴメン、ゴメン、冗談だよ。何かこわばっているみたいだったからさ》

「パイロットは、いっつも女をからかうんだから」

《怒るなって、次からは旋回するもっと前に知らせるよ。六〇マイル先にまたエコーがある。揺れが強くなってきたので高度を上げたい。三万一〇〇〇フィートにしよう

と思う。高度を上げれば、無線の到達距離も長くなるだろう。そちらも上昇してくれないか》

「了解。高度を上げると、たぶんそちらの速度計の指示はどんどん減ってゆくはずよ。失速警報《ストール・ワーニング》は速度計に関係ないから鳴らないと思うけど、そのほかの警報がじゃんじゃん鳴るわ。だからサーキット・ブレーカーを抜いておいたほうがいいかもしれない。場所はオーバーヘッドパネル、Eの23と4」

《わかった》

「ただし、他の警報も鳴らなくなってしまうわ。もし着陸前に車輪を出し忘れても、警報は鳴らないけどそれでもいい？」

《よく知ってるね》

「女のくせにって言いたいんでしょう。もしあなたが操縦を忘れてもシミュレーターのほうでちゃんとチェックしているから大丈夫よ」

《ありがとう。本当に詳しいんだね。訓練生だったのは一〇年前って言ったっけ》

「ええ、江波さんの四期後輩の、旧姓は桜井です」

《あの時の？　女性第一号の噂《うわさ》になった桜井さん？　どうりでよく知っていると思ったよ。そうか訓練所始まって以来の、抜群の成績だったって噂だったからな。結婚し

て岡本さんになったのか》
「いえ、江波さんと同じよ」
《というと、離婚した？》
「ええ。岡本姓の方が馴染《なじ》まれてるからそのままにしてるけど。本当は面倒くさがりなのかもしれないわ」
《そんなことないだろう。緻密《ちみつ》で、頼りになる感じがするよ。ＯＫ、管制《ATC》からクリアランスをもらう》
○○二便が管制から上昇の許可をもらうまでの間、通信が途切れた。江波の言葉が閉じ込めていた記憶をよみがえらせた。
　桜井望美は子供の頃から、人形よりも電車や自動車のような機械が好きだった。いま思い出しても自分で感心するくらい、一生懸命勉強をした。そして難関を乗り越えてニッポン・インターナショナル・エアに入社した。日本初の女性エアラインパイロットになれるはずだった。

　ところがその夢はある日突然破れた。女性パイロットは時期尚早だという本社某役員の意見が原因だ、という噂が当時現場では流れた。望美は怒り、悔し涙を流した。ニッポンインターの、そして日本の後進性をなじった。自分が女であることを嘆き、親を恨んだ。いまとなっては、望美がパイロット訓練生だったことすら知る人は少ない。

先ほどは四〇度バンクの旋回がまともにできなかった。それほど腕が落ちたとは信じられなかった。

望美が空間識失調《バーティゴ》を経験したのは、計器飛行訓練の初期の段階だった。同期の友人と話をしていて、自分の感覚との差を意識したのが始まりだった。その後もバーティゴに悩まされ続けたがなんとかそれを克服したつもりになっており、二年間の訓練の最終段階ではほとんど表面化しなくなっていた。

もう二度と現れないと思っていたバーティゴだった。いまごろになってよみがえってきたのだろうか。この先沖縄までどうしたらいいだろう。滝内教官には依然として連絡がつかない。

〇〇二便がしばらく呼んでこない。耳を澄ましたが何も入ってこない。シミュレーターと同じように飛び続けているのであれば、鹿児島まで六〇マイルほどのところにいるはずだった。

《鹿児島まで……もなく……マイルに……。どう……》

その時、〇〇二便の呼びかけが、途切れとぎれに入ってきた。望美はあわててマイクを取った。

「〇〇二便！　こちらノゾ……？　感明……？」

送信ボタンから手を離して、シミュレーターの無線機を見つめた。通信が途切れただけではない。送信ができない。自分の声がイヤホンにまったく入ってこないのだ。

「テスト、ワン、ツー、スリー」

望美は送信ボタンを何回も操作した。予備のマイクも使ってみたが状況は変わらなかった。山来に連絡をしなければと、急いで教官卓に戻った。そのとき電話が鳴った。

「望美ちゃん？　山来です。いま鹿児島の局に接続を変えている最中らしい。で、マイクボタンを押さないでくれとのことだ。つながりしだい向こうから呼ぶと言っている。送信ボタンから手を離してくれ」

「故障かと思った。すみません。待ってみるわ」

「シミュレーターの調子は、どう？」

「いいわよ。お願いがあるの。さっきから成田のほうにも頼んでるんだけど、大至急滝内教官を捜して連絡してほしいのよ。今日、下地島に帰っているはずなの。この先はもう私の手に負えないから」

「ＯＫ、すぐにＦＯＣに連絡して捜すように言っとくよ」

地上が鹿児島局に接続を変更している間、江波はシミュレーターからの助言なしに夜間飛行を続けなければならなかった。室温は二三度に設定されているが、汗が止まらない。ミネラルウォーターのペットボトルが二本、機長席の後ろに氷と一緒に置いてある。何回も思い切り手を伸ばしてみたが届かなかった。そのたびに機の高度が狂い針路がふらついた。両手を離して立ち上がるわけにはいかない。口の中がねっとりしている。これが怪しげなガムの後味かと思うと、江波は落ちつけなかった。

21

藤重機長は機内に入ってすぐに水を飲んでいたし、上村機長は離陸までに水をコップ二杯も飲んでいた。

もしガムが原因で自分も倒れるのならば、二三時四〇分頃。あと一時間二五分しかない。那覇到着予定は、二三時四四分となっている。単純計算では到着前に、自分も操縦不能になってしまう。もう一刻の余裕もなかった。上空の風が強い場合は、高度を上げることでよけい時間がかかる事態にもなりかねない。多少揺れても早く着くことが最優先だ。

高度を変えずに那覇まで行くことに決めた。無線が鹿児島局につながれば、高度を上げなくても当面は問題ないだろう。レーダーには悪天域を示す赤いエコーが四〇マイル前方に映し出されていた。

インターホンのチャイムが鳴った。チーフパーサーの武中だ。かなり疲れているようで不機嫌な声だった。

《江波さん、具合はいかがですか？　先ほどからキャビンの雰囲気がよくないので、ちょっとよろしいですか》

この便が引き返したというのは、ワシントンかニューヨークでまたテロが起きたからではないか、という不安が広がっているというのだ。成田に引き返すと言っておきながら、到着地がソウルだ、いや沖縄だというのは不自然だ。沖縄には米軍基地があるが大丈夫か、という質問も出ているという。

《天候が悪いといくら説明しても、納得していただけません。急病人が出たと言いながらこんなにひんぱんに行く先を変えて、しかも機長からひとことの説明もないのはおかしい、とおっしゃる方もいらっしゃいます。江波さん、お願いです。アナウンスを入れていただけませんか》

「両手がふさがっていてリップマイクしか使えない。音質が悪いから、かえって不安感を高めるかもしれないよ。それでもよければやるけど」
江波はアナウンスが苦手だった。いつもなんとか理由をつけて逃げていたが、今回ばかりは逃げられそうにない。
《お願いします。機長さんたちの具合ですが、到着まで時間がかかるようなら、定期的に容体をチェックするようにと先生に言われています。最初に手当をした二人のCAを、クルーバンクに行かせようと思うのですが》
二階客席のCA二人が機長の手当をした。もし機長と同じ細菌に感染しているのなら、もう自分たちにも兆候が現れているはずだ。乗客のケアができないのなら、倒れた機長の手当をすると申し出ているのだ。
《あの二人をお客様から離しておくのも変に思われますし、クルーバンクの後ろの部屋で待機させてキャプテンの様子を見させます。いかがでしょうか》
「わかった。そうしてくれ」
《先ほどビデオで午後七時のニュースを流したんです。私は見てなかったんですが、その中に亡命に関するニュースがあったらしいんです。韓国に行くのをいやがっていたキム・ヨンチョル氏がそれを見てすごく興奮なさっていまして、お連れの方となめていらっしゃいました。一応インフォメーションとしてお伝えしておきます》

「了解。実は僕もさっき知ったんだけど、その男が亡命した本人だ。連れのアメリカ人は大使館員だと言っていた」

江波は亡命の一件について、成田からもらった情報を伝えた。「会社は重要なことを何も知らせないで」と彼女も怒りを露《あらわ》にした。

《わかりました。エコとビジのパーサーには伝えますが、他の娘《こ》には伏せておきます。江波さんのご体調は大丈夫ですか》

江波は武中をなだめるようにしてインターホンを切った。機長が具合が悪くなった原因は細菌ではなく、やはりあのガムによる中毒の疑いが濃い。喉《のど》の渇きとこの汗は、すでにその兆候なのではないのか。額の汗をぬぐうとネクタイを緩め、制服のシャツの第一ボタンをはずした。口と喉の粘りはもう限界にあった。

《江波さん、アッパー担当の高橋と阿部です。私たちクルーバンクにいます。ご用があったらおっしゃってください》

二人がインターホンで知らせてきた。

「もしコクピットに来るのがいやじゃなかったら、一人来てほしいんだが」

それを告げるだけで喉に粘りがまとわりついた。

《はい。すぐ行きます》

インターホンが切れたときにはクルーバンクの扉が開いて高橋久仁子《くにこ》が顔を出していた。計器の灯りだけが光る暗いコクピットで、青ざめて汗ばんだ自分の顔を見て驚いた様子だった。

「わるいけどそこのペットボトルを取ってくれないか。喉が渇いてしょうがないんだ」

「江波さん、本当に大丈夫ですか？」

氷水が入ったプラスチックのグラスが差し出された。一気に飲み干すともう一杯勧められたが、これ以上飲んだらトイレの心配が出てきてしまう。江波は大きな氷の固まりを一つだけ口に残した。

「ありがとう。ああ、生き返った。この先揺れるから席についてベルトをしてくれ」

いつでも呼んでくださいと言い残して彼女はクルーバンクに戻っていった。レーダーの赤いエコーは三〇マイルに迫っていた。またインターホンのチャイムが鳴る。チーフパーサーからだ。

《L1、武中です。先ほどの亡命された方なのですが、かなり興奮なさっていて……》

機内で流した七時のニュースではなく、その後に流したCNNに問題があったらしい。亡命のニュースの中で、CIAの建物の中を女性が三人で歩いている場面があった。それを見たキム・ヨンチョルの顔色が変わったという。自分はだまされたと英語で叫び、連れのアメリカ大使館の男とかなりひどい言い合いになった。いまはうつむいたまま黙り込んでいる。
《……それで、連れのアメリカ人の方から、なるべく早く到着してくれるように頼まれたのですが。できれば沖縄の米軍に連絡してほしいとのことです。でもこれ以上到着は早くはなりませんよね》
「そんなこと言われても天気は悪いし、やっと飛んでいる状態なんだ。まして、民間機から直接米軍に連絡なんか、できるわけないじゃないか」
《でも、非常事態なんです》
「じゃあ、沖縄に近づいたら会社無線《カンパニー》で警察に連絡を頼んでおく」
《すみません。アナウンスをよろしくお願いしますね》
「わかったよ」
江波は仕方なしにアナウンスを始めた。かたわらのレーダーを見ると、悪天域の赤いエコーがもう二〇マイルに迫っている。早く回避行動を取らないと雷雲に突っ込んでしまう。江波はもうアナウンスどころではなかった。意思は伝わっただろうと短めに切り上げたが、回避するにはもう時間が切迫していた。

《ノゾミ、すぐ左に四五度バンクだ》

いきなり江波の怒鳴るような声が飛び込んできた。

《エコーに引っかかった。いま猛烈な雹《ひょう》に飛び込んだ。主翼の防氷装置《TAI》が入ったから、そっちも合わせてくれ。スピードを落としたいのでパワーを八二パーセントまで絞った。高度を維持するためのピッチを教えてくれないか》

教官卓にいた望美は、翼への着氷を設定すると、急いで機長席に戻った。

「了解。左四五度バンク。ウイングTAI、オン。パワー八二パーセント」

復唱しながらオート・パイロットをはずした。静かに四五度バンクに入れる。一呼吸おいて機首の重さが操縦桿《かん》を握る左手にかかってきた。機体が傾いたことで揚力が減ったことと、パワーを絞ったことが重なったのだ。ジャンボ機のようにエンジンが主翼の下にある機体は、パワーを絞ると機の中心線より下の抵抗が増えるので、機首を下げるねじれモーメントが働く。逆にパワーを増すと中心線より下に推力が出るので、機首上げとなる。

望美は機首の重さをしっかりと支えた。プラスのGに耐えながら機のピッチを読む。

「〇〇二便、こちらノゾミ。最終的にピッチ八・五度。どうぞ」

返事がない。しばらく待つ。

「〇〇二便、江波さん！」

もう一度呼びかけようとしたとき、雑音の中から声が聞こえてきた。

《八・五、了解。すぐに水平に戻してくれ》

「了解」

たぶん、レーダーを見て雷雲を示す赤い部分を避けながら、その間の細い隙間《すきま》を縫うように飛んでいるのだろう。雲を山と見立てれば、時速六〇〇キロで渓谷を飛び抜けるようなものだ。

《右だ、右に三〇度》

「右三〇度バンクをとるの。それとも三〇度右方向に進むの」

望美はとりあえず右三〇度バンクに入れた。

「江波さん！　感明いかが？」

《四五度！　左に》

「四五度。四五度バンクね。それでいいのね！」

望美は右三〇度バンクから左四五度バンクに切り返した。右旋回から左旋回へ入れるためには一時的に水平になる。そのときにいままで重くかかっていたGが抜けて揺り返しのようになった。

《水平にもどして直進だ。二マイルほど直進する。ピッチは四度くらいでいいか？》

「水平？　ちょっと待って」

　望美は全神経を集中して計器を見続けていた。目は姿勢指示器《PFD》に張りついた状態になっている。夜間照明に計器の明るさを絞っていても、長い時間凝視を続けるとまぶしいほどになる。望美はまばたきを繰り返した。もう一度計器を見る。計器の示す意味が読み取れなかった。昇降計《IVSI》は水平なのに、体にはGがかかっている。まずい。他の計器でクロスチェックしなければいけない。パワーと速度はノーマルだ。ピッチも二・五度でノーマルだが、なぜか傾いている。

《ノゾミ、聞こえるか。もう一度左へ行く。左だ》

左に向かっている。一度水平にしてから左のはずだ。旋回が止まりGが消えたとたんに高度計が動き出した。なぜだ？

《ノゾミ、聞こえるか！》

　Gが消えたということは水平飛行になったということ。次は左にバンクを入れるはずが、すでに左に傾いている。どうして？

《ノゾミ、ピッチを教えてくれ。ノゾミ！》
このパワーで、この姿勢で、高度計が動くのがおかしい。旋回による荷重Gが高度計の指示をおかしくしたのだ。これはたまに起きることである。しばらく様子を見たほうがいい。現在は水平直線飛行中なのだ。ピッチ角は二度半。少し右に滑っている。左足でバランスが取れるまで踏み込んでみよう。
《ノゾミ》
ピッチ角は二・五度。
《ノゾミ！》
「はい。ピッチ角は……二・五度？」
《なに言っているんだ。そんな低いわけないだろう》
望美が返事をしようとしたとき、目の前の雲が消えた。雲の下に出たのだ。横滑りのまま暗い夜の海に向かって猛烈なスピードで突っ込んでいる。異常な風切り音を発しながら、シミュレーターは左旋回に続いて急激なダイブに入っていた。速度超過《オーバースピード》・警報《ワーニング》がけたたましく鳴った。
何、これ！
驚いた望美は踏み込んだ足を離した。滑りが止まったとたん揚力が増す。反射的にパワーをアイドルまで絞り、スピードブレーキを思い切り引いた。猛烈な振動で顔までが揺さぶられる。それでも降下は止まらない。海面がぐんぐん近づいてくるのがわかった。本能的に腕を無理やり動かして機首を起こした。警報が止《や》み、なんとか水平飛行に戻ったとき、高度計は一万フィートを指していた。二分弱で一万六〇〇〇フィートを失ったことになる。望美は震えが止まらなかった。
《ノゾミ、高度も速度もわからないぞ！》
江波の悲鳴に似た怒鳴り声が、イヤホンから耳がしびれるほどの大きさで伝わってくる。
《聞こえるか。パワー八二パーセント。ノゾミ、感明度いかが》
望美の目に涙があふれてきた。オート・パイロットを入れ、シートベルトをはずして機長席から教官卓へ移った。高度を二万六〇〇〇フィートにセットし直すと、シミュレーターは何事もなかったように飛び始めた。泣いている暇はない。望美は涙を拭《ふ》く間もなく急いで機長席に戻った。背もたれが汗で湿っている。その時はじめて自分が大量の汗をかいていることに気がついた。まるで訓練生の時のようだった。
「江波さん。もう一度バンク角をお願いします」
《右二五度バンクだ、パワーは八二パーセント。昇降計だけで、なんとか水平を保っ

ている》

望美はオート・パイロットのまま右に傾けていった。オート・パイロットを使えば二五度バンクに入っても高度も速度も狂わずきれいに回る。望美の頬をまた涙が流れた。

「ピッチ四・五度です」

《了解。ヘディング二四六度で水平飛行にする》

すでに二四六度を通り越していたので、もう一度オート・パイロットをはずして手動で試してみた。左四五度バンクに入れる。切り替えてしばらくすると、あの感覚がはじまった。望美は訓練中を思い出しながら必死になって我慢した。旋回角が少なかったので、今度はなんとか二四六度に落ち着かせることができた。

訓練最後のフライトで、四五度バンクはマスターできたと思った。自分では完璧《かんぺき》だった。しかし滝内教官には見抜かれていたのだ。

バーティゴはある程度は訓練でカバーできる。しかしこれを克服できない人間もいると聞かされ、あの日、大きなショックを受けた。座学での成績は優秀だった。身体検査でも何一つ引っかかるものはなかった。彼女をパイロットの座から引きずり下ろしたのは、バーティゴだった。その感覚がまた現れた。

一〇年前、望美が心の奥に閉じこめた、訓練中止の理由だ。〝女性だから〟〝時期尚早だから〟ではない。滝内教官はこのことを一切公《おおやけ》にしなかったが、それでも滝内教官を恨んだ。私はもう飛べない。もうパイロットにはなれない。涙が止まらなかった。だが、いま流れているのはあの時とは違う涙だ。

私は飛ばなくてよかった。もし乗客を乗せてバーティゴに入ってしまうことがあれば、私は間違っていましたではすまされない。シミュレーターのようにリセットはできないのだ。

涙が流れ続けた。江波のいかにもプロらしい無線の声がイヤホンから聞こえてくる。

《ヘディング二四六度。このまま直線飛行でしばらく行く。まもなくエコーから抜ける》

「……了解」

《ノゾミ、どうしたんだ？　俺たち三〇〇人以上がノゾミを頼りに飛んでいるんだぞ。しっかりしろよ》

「いえ、大丈夫よ。エアスピードが二八四ノット。そちらの速度がこれより少なければ、二万六〇〇〇フィートよりも上にいることになるわ」

涙を拭き終え望美は、二度とバーティゴに入らないように意識しながら慎重にシミュレーターを操縦した。しばらくして江波から高度の調整を終えた旨《むね》の連絡が入った。

望美はオート・パイロットを入れた。

《いまから速度を上げたい。到着までなんとか四分間だけでもいいから縮めたいんだ。マッハ〇・八五で飛びたいから、まずそっちで飛ばしてみてくれ。それでパワーとピッチを教えてくれないか》

「了解」

速度を上げた〇〇二便は、雲を避けたため、鹿児島上空を通らなかった。シミュレーターのポジション調整は、奄美大島の上空で行った。那覇到着予定は二三時四一分だった。

《ノゾミ、ちょっと聞きたいんだけど。沖縄にアプローチするときに、この無線は使えるのか?》

答えに詰まった。交信できないことははっきりしている。この際正直に伝えたほうがよいのだろうか。滝内教官も自分をパイロットから下ろすときに、はっきりと不適格だと告げてくれた。本当のことを伝えたほうが、江波が準備をしやすいだろう。

いや、スピードも高度もわからなくて、なんの準備ができるというのか。

《ノゾミ、聞こえるか。着陸のときには交信ができるのか?》

「はい、聞こえてます。江波さん、ごめんなさい。沖縄、ソウル、いずれの空港上空でも、通信は無理です」

沈黙が続いた。

《どのくらいまで話せる?》

「二万六〇〇〇フィートだと、もうまもなく切れると思います」

《そうか……》

また沈黙が続いた。望美はまぶたを閉じたが、涙があふれ続けた。

《ここまで無事に来られたのも望美のおかげだ。ありがとう》

嗚咽《おえつ》だけはなんとかこらえた。

「そんなこと言わないでください。それより高度を下げると速度計が狂っているので……」涙声になっていた。「警報が鳴り続けると思います」

我慢できなくなり、いったん言葉を切った。

「警報を止めるにはサーキット・ブレーカーを抜いて下さいね」

《オーバーヘッドのE23と4だな?》

「その代わり他の警報も鳴りませんので、注意してください。私はもう……」

江波と〇〇二便を救うことはできない。まもなく無線は届かなくなり、着陸という最も事故の起こりやすい局面にもかかわらず、なんの手助けもできないのだ。

着陸のときのスピードはどうやって知るのか。速ければ滑走路を飛び出すだろうし、遅ければあっという間に失速、墜落する。速度計なしで二六〇トンのジャンボを着陸させられるわけがない。江波さんだってわかっているはずだ。交信さえできれば、一緒に着陸することができるのに。滝内教官はいったい、どこにいるのだろう。

「もう」言葉に詰まった。「ごめんなさい。私、もうダメです」

《どうしたんだ、急にそんな弱気なこと言い出して》

「私もうダメなんです。さっき高度がずれたのは、私が飛べなかったせいです。バーティゴになったんです」

《バーティゴ？　バーティゴって、あの感覚がずれるやつか？》

「そうです」また話が途切れた。「一万フィート以上落ちました。もう……」息を吸うとまた涙があふれた。

「飛べないわ。飛べない」

望美は機長席に崩れ込んで泣いた。短い沈黙のあと、江波の落ち着いた声がイヤホンから流れてきた。

《バーティゴか、久しぶりに飛んだのだから仕方がないよ。それでもここまで来られ

たじゃないか。君がいてくれなかったらとっくに落ちているよ》
望美はしゃくり上げながらマイクのボタンを押した。
「むかし、滝内教官に言われたんです。もうお前は飛ぶなって。今日、その意味がわかりました」
《わかった。落ち着いて。君の助言に僕たち三〇〇人以上の命がかかっているんだ。それを忘れないでくれよ。君に代わる人間は誰もいないんだから。なんとか手段を考えるんだ》
「だから、もう飛べないんです。三〇〇人以上の命を救うなんて、無理だわ」
イヤホンから江波の声が大きくなって続いた。
《落ち着いてくれよ。こんなときに女の涙は通用しないよ。泣きたいのはこっちなんだからさ》
「江波さんはなんでまた女を持ち出すの？」
江波は何を言いたいのだろう、こんな非常時に。
《バーティゴは雲の中で起きるけど、外が見えていれば大丈夫だって、聞いたことがある。そうだよな》
「はい。私もそうです」

《いまは雲中飛行にして、こっちと条件を合わせているんだよね》
「はい。そうしないと防氷装置《TAI》が入らないので」
《そうか。入らなくても、その差はそれほど問題にはならないと思うんだけど》
「回転数で〇・三パーセントくらいです」
望美は涙声でも、すぐに答えた。
《そう、ありがとう。シミュレーターの雲を消して、外が見えるようにしたらどうだろう。雲を消してみたら？》
話を聞いているうちに気持ちが落ちついてきた。
「了解。やってみます」
教官卓に戻った望美は、震える指でシミュレーターの雲を消した。窓の外に現れた一面の星空を見ながら機長席に戻る。
「江波さん、雲を消しました」
地上との境には水平線があり、紺青《こんじょう》の空には星が輝いている。
《了解。それではオート・パイロットをはずして、そのまま右旋回してみてくれ。三〇度バンクぐらいでいい》
「はい」

そっとオート・パイロットをはずした望美は、静かに旋回を始めた。水平線が右から左へ大きく傾く。今度は左へ切り返しをしてみる。左手にかかる荷重を支えながら気持ちよく旋回が続けられた。星が涙で滲《にじ》んで見えた。外が見えれば難なく飛べる。

「江波さん。これなら大丈夫です、たぶん」

《これで行こう。オート・パイロットを入れて、ヘディングを二四六度に合わせてくれ》

望美は言われたとおりに、機体をヘディング二四六度に合わせた。信頼してもらえて嬉《うれ》しかったが、一番難しい着陸は一緒に行うことができない。自分たちがいま行っていることが、結局は徒労に終わると思うと、また涙があふれ出てきた。望美は湿ったハンカチで涙を拭いた。

《いま雲から出た。前線を抜けたらしい。低い雲しかないから、星がきれいだ。そうだ、もうすぐクリスマスだな》

江波の声は明るかった。望美はその声につられて前方に目を向けた。

「オリオン座、見えますか?」

望美はまた涙声になっていた。

《ああ、見えている》

　こちらでも滲んだオリオン座が見える。

　次の瞬間、その星がはっきり輝きだした。

「江波さん！　そのシップは衛星通信装置《ＳＡＴＣＯＭ》を積んでいますよね」

《装備している。そうか！　その電話回線か》

「はい。すぐに整備さんに聞いてみます。そのまま待っててください」

　機長席から飛び出した望美は、教官卓から山来を呼びだした。彼は、ＦＯＣの通信制御コンピューターに接続する必要があると答えてきた。

「あと五分ほどでもう通信が届かなくなると思うの。急いで下さい」

「わかった。急ぐように伝える。すぐにかけ直す」

「江波さん。感明ありますか？」

《良好だ。ＳＡＴＣＯＭで通信ができそうか？》

「羽田に問い合わせ中です。もう少し待ってください。それまでに何かお手伝いできることとありますか？」

《着陸前に余分の燃料を捨てなければならない。こちらのコ……ターで燃料放出《フュエル・ダンプ》に三〇分間と出てい……けど、シミュレーターではどうなっている？》

「はい。同じです。ということはもう放出を始めないと間に合わないわ。こちらでチエックリストを読みましょうか」

《頼む。最大着陸重量《ＭＬＷ》でセット……。いまからキャビンにその……を伝える。ダンプの用意が……トに連絡……る》

「了解。江波さん、感明度いかがですか」

〇〇二便からの通信が途切れ始めた。

《少し途切れ……、でも良……だ》

「江波さん、もう少しよ。あきらめないで」

《わかって……。ダンプはＳＡＴＣＯ……てからだな》

「江波さん。着陸前に必ず連絡できるようにしますからね」

《……》

「江波さん！」

望美は息を止め、両手でイヤホンを耳に押し当てた。しかし聞こえたのは雑音と空電の音だけだった。電話が鳴った。山来からだ。

「ＳＡＴＣＯＭは時間がかかりそうだ。日曜日だしこの大雪にこんな時間だろ、コンピューターの専門家がいないらしい。下手にいじると、他の通信すべてに影響が出る可能性があるんだと。でもなんとかつなぐから、もう少し待ってくれと言ってきた」

「もう少しって、どのくらいなの」

「わからない。FOCもあらゆる手をつくして、なんとかすると言っていた。でもさ、このラインが電話で入っているんだから、飛行機に衛星電話かけてさ、つながったところで、このラインを接続すれば何でもないと思うんだよな。コンピューターなんていじらなくたってさ」

「わかってんなら早くそうしてよ」

「ダメだよ。相手はエリートさんだから。俺なんか相手にされないよ」

そんなことを言う山来に、望美は怒りをぶつけて電話を切った。怒りが収まるとシミュレーターの中が死後の世界のように静かに感じられた。

教官卓の椅子《いす》に座り込んだ望美は、いつ呼び出されてもいいようにフュエル・ダンプのチェックリストを開いて膝《ひざ》に置いた。二万六〇〇〇フィートで順調に飛行する音が聞こえるだけだ。江波も沖縄の暗い海の上で、同じ音を聞いているのだろうか。前方の窓には、まだオリオン座が輝いていた。

22

「ノゾミ、聞こえるか」

左手をイヤホンに当て、江波は全神経を耳に集中した。しかし闇《やみ》の中の一条の光だった望美の声は、もう聞こえなかった。最大着陸重量をオーバーしている。着陸までに約一二万ポンドの燃料を捨てて機体を軽くしなければならない。両手はふさがっているのでチェックリストを読むことができない。ダンプをすると燃料が両翼端から放出される。消防ホースから噴出する水のような勢いなので、もし間違って捨て過ぎたら大変なことになる。

機体を降下させるにしても高度計の指示が狂っているので、どこまで降下したかを知ることができない。高度を知る唯一《ゆいいつ》の方法は電波高度計だ。しかしその有効範囲は二五〇〇フィート以下だ。

何から手をつけてよいか迷った末、江波はまず高度を下げることにした。

「那覇コントロール、こちら〇〇二便、降下の許可を頼む」

江波の要求に対して、那覇コントロールから二〇〇〇フィートへ降下して良いという許可が出た。オーバーヘッドパネルに手を伸ばし、Eの23と4のサーキット・ブレーカーを引き抜く。失速以外の警報は鳴らなくなるが、これで降下の準備は完了した。

《ニッポンインター〇〇二便、こちらニッポンインター沖縄です。感明いかが？》

沖縄の会社無線《カンパニー》が呼んできた。江波は飛びつくように無線を取った。

「感明良好、どうぞ」

《連絡が遅れてすみません。東京から連絡を受けて、急いで事務所に駆けつけたんですが、スタッフはそろっています。こちらの天候は、風が三六〇度一二ノット、雲高は一五〇〇フィートで良いのですが、視程は四キロです。現在は強い雨で、土砂降り状態です。それとFOCからですが、SATCOMに接続作業中だそうです。個別呼び出し《SELCALL》にすぐに出られるようにしてくれとのことでした。到着予定時刻《ETA》を教えてください》

「ETAは二三時四〇分前後と思われます。いや、北風だと本島をぐるっと回らなくてはいけないので五〇分くらいになるかも知れません。救急車と医療関係者の手配をお願いします」

通信を終えたところで、胃がむかついた。右手で胃のあたりを押してみたが、まだそれほどひどい状態ではなかった。

全身がじわっと汗ばみ、口の中の粘りがまた始まっている。江波は水を貰《もら》おうとインターホンの呼び出しボタンを押した。

《はい。阿部《あべ》です》

すぐにコクピットに顔を出した阿部美佳《みか》は、江波の顔を見るなり小さく叫んだ。

「江波さん、すごい汗」

「ちょっと忙しかったからかな。水が飲みたいので、ボトルごと渡してくれないか」

「本当に大丈夫ですか」

江波は一リットルのペットボトルから、喉《のど》に水を流し込んだ。粘りが溶けるように消えてなくなるのがわかった。二口ほど飲んだところで大きくため息をつき、ボトルを席の横に置いた。阿部が差し出してくれたおしぼりで顔を拭《ふ》こうとしたが、片手しか使えないのであまりうまくは拭けなかった。阿部が手術中の医師の汗をぬぐうように拭いてくれる。

「もう大丈夫だよ。藤重さんたちの様子はどう？」

話しながら大きなあくびがでた。

「はい。意識を失っているというより、ぐっすりお休みになっている感じです。ただときどき苦しそうにされています。それより江波さんが心配です。そばについていましようか？」

「いや、大丈夫だ。細菌が原因だといけないんで、後ろにいてくれ。あと三〇分ぐらいで到着する。機長の様子に変化があったらすぐに知らせてくれよ」

阿部は心配そうに出ていった。江波は計器に視線を戻したが、水を飲む前に何をしようとしていたのか、一〇秒ほど思い出せなかった。

そう、高度を下げようとしていたのだ。二〇〇〇フィートまで機を降ろす。

江波はゆっくりとパワーを絞った。そしてほんの少し機首を下げるようにした。機首下げのピッチ角も正確ではない。感覚でやっているのだ。これでスピードをオーバーせずに降下ができるのか。限界を超えても警報は鳴らない。無駄なことがわかっていても、どうしても速度計に目がいく。

高度計に目を移す。基本的な動作だ。しかしこれも使えない。月明かりに広がる下層の雲の高さも判断できなかった。雲底が二〇〇〇フィートよりも低い場合も考えられる。その場合二五〇〇フィートで電波高度計が動いたら、すぐに水平飛行に移らないと間に合わない。計器が使えない状態での計器飛行。不安が江波を覆《おお》っていた。そんなことが可能なのだろうか。使えるのは昇降計《IVSI》だけだった。江波の虚《うつ》ろな目は、その計器に示される降下率を追うだけになっていた。

あれはいつの出来事だったろう。アメリカのエアラインだった。エンジンが火山灰を吸い込んで四つともすべて止まってしまった。スピード計も高度計も灰が詰まって使えなくなった。機長は女性だったっけ？　副操縦士《コーパイ》に降下率を告げてそれを維持するように命じたという。ジャイロで動く計器が生きていることを瞬間的に見抜いたからだ。

　グライダーのように滑空を続けながら必死の回復作業が行われた。そして低空まで降りて、やっと二つエンジンがかかり無事に着陸できた。あれに比べりゃいまのほうがはるかにましだ。エンジンは回っているし、計器が使えなくなった場合に備えて、昇降計《IVSI》だけで降下するやり方も定期訓練で習っている。これもあの事故の教訓だ。

　でもなんで俺が、こんな目に遭わなきゃならないんだ。

　オリオン座を見ようと江波は顔を上げた。上空に輝いている星が明滅を繰り返しはじめ、機体が軽く揺れた。江波は着陸灯を点灯した。機体の両側から前方にかけて太い光の線が走る。その線が白く光ったり消えたりするのは、薄い雲を横切って飛行していることを意味する。着陸灯を消すとあたりは闇に包まれた。上空を見ても、もう星はなかった。速度計も高度計も使えず、シミュレーターからの助言もなしに計器飛行をいつまで続けられるのか、姿勢指示器《PFD》と昇降計《IVSI》を見つめる江波の額には、汗の玉がにじみ出ていた。

レーダーに雷雲の集まりを示す赤い影《エコー》が映っている。照射角をほんの少し下向けに調整すると、エコーは二つに増えて大きくなった。雷雲を中心とした悪天域が五〇マイル先にある。あと七分。さらに強さの微調整をする。赤いエコーは飛び石のように飛行方向に点在していて、沖縄本島の上まで続いているのが映し出された。

「前線の尾っぽだな」

本州に悪天候をもたらしている前線の端に違いなかった。江波は握っている操縦桿《かん》を思わず軽くたたいた。オート・パイロットの入っていない機体は、その振動を拾って荒っぽく揺れた。あわてて押さえたが、江波はそれだけでまた汗をかいた。

那覇にはあの雷雲を避けながら行くしかない。そのためには、また何度も旋回を繰り返さなければならない。江波は望美からの助言が期待できないこの先、どうすればいいのかわからなかった。思考能力が落ちている。解決策が浮かばなかった。あと四五マイル。しかもまだ燃料を捨てていない。あの雷の中で燃料を捨てることになるのか。そんな危険なことは絶対にできない。

江波はもう一度レーダー・エコーを確かめた。赤いエコーは本島の南海上からこちらに向かって点々と続いている。しかも高度が下がるにしたがって離れていたものが一つになり、長く広がったものまである。低空にいくほど天気が悪いのだ。いちばん近い雷雲域まであと四〇マイル、いやもう四〇マイルは切っていた。対地速度《グランドスピード》を参考にして計算を繰り返した。

三八マイルだとあと一二分か。どちらの方角に避けるのがいいのだろう。待てよ、さっきは七分だったのになぜ時間が増えるんだ。

そのとき操縦桿がけたたましい音をたてて振動した。機体の異常な迎え角を感知した失速警報装置が作動したのだ。

「失速《ストール》警報！」

一瞬にして体が反応した。すっかり覚醒《かくせい》した江波はフルパワーを入れて失速から抜け出した。レーダーに気を取られている間に機首が上がり、速度を失って失速に近づいたらしい。対地速度が減ったので時間計算も変わったのだ。機体を落ち着かせると新たな不安が湧《わ》き上がった。こんな調子で那覇まで飛べるのだろうか。速度計も高度計も使えない状態で、これ以上の計器飛行は無理だ。「なんとかしてくれ！」と大声で叫びたかった。

チャイムが鳴った。いまのことでCAがまた何か心配して聞いてきたのだろう。

「うるさいな。いま説明している暇はないんだよ」

江波は文句を言いながらセレクターに手を伸ばした。よく見るとコール・インディケーションが違うところに点灯している。チャイムはインターホンではなくて、SELCAL《セルコール》の呼び出し音だったのだ。急いでSATCOMの電話回線にセレクターを回す。

「こちら〇〇二便どうぞ、感明度いかが？」

江波は目を輝かせながら答えを待った。男の声が返ってきた。

《〇〇二便、こちら東京のFOCです。感明良好です。いますぐにシミュレーターとつなぎますが、シミュレーター側が電話ではないので、電話のように双方向同時通話はできません。無線と同じように交信してください。しばらくお待ちください》

23

望美は、電話のベルが一回鳴り終わる前に素早く受話器を取った。山来からだった。SATCOMの電話がつながったという連絡だった。

「それがさ、衛星電話なんだけどこっちが電話じゃないんで、いままでと同じやり方でコンタクトしてくれって言ってるんだ。わかる？」

「え、つながったの。山来さんの意見が通ったのね」

「そうみたいだな、へへへ」

「すぐコンタクトしていいのね。本当にありがとう」

「ああ、それと」

「なに？　滝内教官が見つかったの」

「違うよ。見つかったらそこに直接、電話が入るはずだよ」

「あ、そう。わかったわ。ありがとう、それじゃ」

望美は電話を切ると、チェックリストを片手に持ち替えて、マイクのボタンを押した。

「江波さん、こちらノゾミです。感明いかが」

すぐに懐《なつ》かしい声が返ってきた。

《感明良好だ。降下中に失速しそうになった。現在水平飛行中、高度もスピードも不明》

「了解。何分ぐらい降下してましたか？　おおよそでいいです」

《そうだな、五分くらいかな。一〇〇〇フィート毎分で、だから二万一〇〇〇かそこいらへんだと思う》

「了解、すぐシミュレーターを合わせるわ。燃料放出《フユエル・ダンプ》はしました？」
《いや、まだやっていない。レーダー・エコーがあって、いまそれを避けている》
「了解」
教官卓から、身体《からだ》をかがめて機長席に滑り込んだ望美は、すぐに計器をチェックした。
「OKよ。シミュレーターが二万一〇〇〇になったわ。対空速度《エアスピード》を乱流対応速度《タービュランスペネトレーション》の二九〇にすると、パワーが八二・八パーセント、ピッチがだいたい三・五度くらいです」
《……ありがとう、助かった。レーダーで見るとエコーが沖縄まで並んでいる。いまその東側にまわりこんだところだ。パワーを八二・八パーセントにした》
「点在するエコーのことは羽田のFOCも把握していました。高度を降ろすときに苦労するだろうって。動きはゆっくり北東です。西側は回復に向かっています。ですから隙間《すきま》を見つけて西に避けたほうがいいとのことでした。どうぞ」
《了解、こいつを避けたらすぐに西側に出よう。磁針路《ヘディング》やコースを合わせるのはそれからだな。もう疲れたよ。ああ、それから、いまはまだ旋回しなくていいよ》
江波の心遣いがなぜか笑いを誘った。

江波が《最初のエコーを抜けて西側に出た。薄い雲の中で気流は良好》と言ってきた。シミュレーターと実機のポジション合わせが終わると、いよいよフュエル・ダンプをすることになった。望美はシミュレーターの機長席でチェックリストを広げた。

「江波さん、こちらは準備OKです」

《OK、チェックリスト通りに操作していく。こっちが操作したのを確認して次へ進んでくれ》

「はい。最大着陸重量《MLW》でいきますか。それともセレクターで残燃料量を決めてしますか」

《どっちが簡単なんだ?》

「MLWは自動です。セレクターのほうはマニュアルでインプットが必要です。MLWはマイナス一〇〇〇ポンドになると自動的に止まります」

《了解、簡単なほうでいこう。始めてくれ》

望美がチェックリストを読み上げ、江波と同時に操作をする。シミュレーターもダンプを開始した。燃料系統画面の放出パイプが赤に変わり、作動を開始したことを表している。約一二万ポンドの燃料を捨てるのに二九分かかる。残燃料量と時間が画面の片隅に出てその数字がときどき変わる。

《このまま水平飛行を続けるわけにはいかない。高度を下げたい。針路《ヘディング》を二二〇度に向けて二五〇フィートまで降ろす。ピッチと降下率を教えてくれないか》

「了解。パワーをアイドルにしてください。ピッチは約一度、降下率も一八〇〇フィート・パー・ミニッツぐらいになるはずです」

《了解。ありがとう。エコーがあるから右に避ける。ヘディングを二六〇度にする》

望美が向きを変え始めたときだった。軽く弾《はじ》けるような音がして、シミュレーターから星空が消えた。

驚いた望美はベルトをはずしながら後ろを振り返って教官卓をのぞき込んだ。雲なしの設定は変っていない。急いで教官卓に戻り、もう一度設定をやり直したが星は現れず、外は真っ暗で結果は変わらない。望美は壁の電話でATC教室を呼び出した。

「山来さん、外景がいきなり消えてしまったの。どうしても出てこないのよ。なんとかできないかしら」

「やっぱり……。さっきまでそれを直していたんだよ。昼間からビジュアルの具合が悪くて、まだ完全に直しきれていないんだ。モニター《CRT》画面の加熱かな」

「どうでもいいけど、いま沖縄でフュエル・ダンプしている最中なのよ。すぐに直してくれない」

「今は無理だよ。シミュレーターを完全に降ろさないと。シミュレーター本体についているビジュアルのコンピューターを見る必要がある」

「完全じゃなくてもいいから、なんとかしてよ」

「パソコンでいう再起動をしてやれば、少しは回復するだろうけど、長時間は無理だ。再起動に一〇分はかかる。まだどの部品が悪いのかわかっていないんだ。ビジュアルなしでやってよ」

「ビジュアルなしで？　でも滑走路が見えなければ、着陸できないわ」

「着陸するのは〇〇二便だろ。シミュレーターが着陸できなくても、なんとかならないかな」

確かにそのとおりだ。シミュレーターまで着陸する必要はない。

「わかったわ、やってみる」

ビジュアルなしでは飛べないとは言いたくなかった。

「動き《モーション》はどう」

「モーション？　ノーマルよ。ねぇ、滝内教官は？」

「まだだ。コンピューター上では二〇時三〇分に下地島に着いている。でも自宅に電話しても誰も出ないそうだ」

ビジュアルなしで着陸ができるだろうか。望美は呆然《ぼうぜん》としたまま機長席に戻ってヘッドセットを着けた。耳に江波の怒鳴り声が飛び込んできた。

《……から、ここで水平飛行《レベル・フライト》にしたい。ピッチとパワーを頼む。聞こえるか。どうぞ》

「感明度良好。レベル・フライト、了解。ちょっと待って」

望美はオート・パイロットで、シミュレーターに水平飛行をさせた。安定したところでパワーとピッチ角を江波に伝えたが、ビジュアルが使えないことについては触れなかった。ダンプ終了まであと二〇分だと言ってきた。

当初無線が通じたことで、パワーや速度など細かいデータのアドバイスができると思っていた。しかしビジュアルが使えないとなると話は別だ。

最終進入コースへは、地上レーダーの誘導で近づく。高度を下げながら旋回し、最終の調整が行われる。その間にフラップを降ろし、車輪を出す。その速度は、機体の強度と空力特性で決められている。〇〇二便は速度計が使えない。車輪を出すこともフラップを降ろすこともできないだろう。たとえ降ろせたとしても、今度はそれに釣り合うパワーと姿勢を決めるピッチ角が必要になる。

それに加えてレーダー管制官と江波の交信は、シミュレーターには聞こえない。江波からの伝達に頼るしかないわけだ。これが誤差につながる。土地鑑のない望美が、まったく外の見えない状態で一緒に飛べるわけがない。バーティゴになったらどうなるか。低高度でのバーティゴは確実に墜落を招く。

シミュレーターの墜落はどうということもないが、自分のアドバイスに従って飛んでいる〇〇二便も共に墜落することになる。

〇〇二便の事故報告書を手に取る自分を思い浮かべたとき、もうこれ以上は続けられないと感じた。江波が呼びかけてくる。

《OK、もう高度を降ろしても大丈夫そうだ。高度を降ろそう。パワーをアイドルにする》

この人はこんな非常時に、どうして朗らかな声が出せるのだろう？　望美も明るい声を出すように努めた。

「はい。ピッチは〇・五度くらいで、降下率一九〇〇フィート・パー・ミニッツ。それから、江波さん」

《なに？》

「いえ、何でもないんです」

《また弱気になっているな》

いくら明るい声を出してみても、墜落が待ちかまえていると思うと、望美は何も言い出せなかった。
《バーティゴになってしまうことを心配しているのか？ もう外が見えているからバーティゴにはならないだろう？》
「いえ、あのー、それが、外が見えなくなったんです。シミュレーターのビジュアルが故障して」
正直に告白したことで少しは気分が楽になった。
《え？ シミュレーター自体は動いているんだよな》
「はい、動いてます。故障はビジュアルだけです」
《そうか、よかった。それで、またバーティゴの心配していたわけだ》
「いまはオート・パイロットで飛ばしているのでいいんですけど、どうやって着陸しようかと、自動着陸《オート・ランディング》でならできるかもしれないですけど。このまま高度を降ろしていって、低高度でマニュアルに切り替えて、もしも」
《バーティゴに入ったら、君のアドバイスで飛んでいる僕も、一緒に墜落するんじゃないかって考えているんだろう》
「はい。もう、怖くて、飛び続けられません」

だんだん小さくなって最後は消えいるような声になった。

《大丈夫だよ。君からはパワーやピッチの、データをもらっているだけだ。操縦は僕がしているんだから、墜落まで一緒になることはないよ。ただ低高度では君からのデータがないと飛べない。それこそすぐに墜落してしまう。だからともかく一緒に飛んでくれ》

「はい。先ほどの旋回中にビジュアルが故障して、うまく旋回を合わせられなかったんです。ポジションがずれていると思うんです。それを修正したいんですが」

《もうポジションを合わせる必要はないと思う》

「どうしてですか？」

《ここまで来れば位置の誤差は考えなくてもいいだろう。あとは高度を降ろして進入コースに入るだけだ。そっちは旋回の必要はないよ。まっすぐのままでいいから、パワーや高度やスピードを僕に教えてくれ》

「了解しました」

《計器さえ動けば、こっちもオート・ランディングで問題ないんだけどね》

「まもなく一万四〇〇〇フィート通過します。那覇の高度計規正値《QNH》を教えてください。降下率は一七〇〇フィート毎分です」

《了解。那覇QNH2976。ダンプ終了まであと一五分だ。この先ダンプ終了までは一万フィートで水平飛行《レベル・フライト》していようと思う》

「了解」

望美はダンプの残時間をチェックし、オート・パイロットの設定水平高度に一万フィート、速度に二四〇ノットを入れた。

《ちょっと与圧装置の具合がおかしいんだ。二三〇〇フィートで動かない》

答えを求めているような江波の聞き方だった。

「エアデータ《ADC》からの信号がおかしいから、飛行情報コンピューター《FMC》が計算できないのよ。マニュアルで与圧を降ろしたほうがいいわ。敏感だからほんのちょっとだけ動かして」

しばらくして、マニュアルに切り替えた旨《むね》を告げてきた。望美も与圧高度を確かめるように頭上のパネルを見上げる。そのときシミュレーターが一万フィートに達したのだろう。パワーが入り機首が引き起こされて水平飛行《レベル・フライト》に移った。望美はすぐにパワーとピッチを江波に知らせたが、体が斜めになる感覚が始まった。

《ありがとう。ピッチ五・二度、パワー六八パーセント了解。ダンプが終わるまでこのままだ》

返事はしたものの、計器をいくら見直しても水平で横滑りもない。しかし斜めになっている感覚を味わい続けていた。

またバーティゴに陥りつつある。どうしよう。

望美はもう一度計器を一つずつ確かめた。オート・パイロットで飛んでいる。計器の指示は水平飛行だった。これは間違いない。それなのに体はもう我慢できないほど右へ引っ張られている。

もうダメだわ。完全にバーティゴに陥った。江波さんに知らせよう。

操縦桿《かん》のマイクボタンに手をかけて顔を上げた。今度は左に引かれる感じに襲われ、望美は思わず短い悲鳴を上げた。

滝内教官、助けて。バーティゴから抜け出す方法を教えてください！

目が回りそうになりながら計器を読む。感覚より計器が正しい、計器を信じるんだと自分に言い聞かせながら計器を読む。髪の毛までが左に引かれて目に入った。それでも計器を一つずつ読み直す。望美はそのことに集中した。周りは静かだった。目にかかる髪の毛を手ではらった。

髪の毛が横に流れる？

水平なら下に垂れるはずだ。これはバーティゴじゃない。

シミュレーターがゆらっと揺れた。望美は思わずU字型をした操縦桿につかまったが、操縦桿はなんの手応《てごた》えもなく、棒切れが倒れるようにストッパーに当たった。続いて軽いショックがありすべての計器の電源が切れた。非常用電球だけが灯る薄暗いコクピットで、望美のイヤホンに山来の声が飛び込んできた。

「望美ちゃん、ゴメン。シミュレーターがオート・シャットダウンした。どこかがオーバーヒートしたらしい。電源が落ちたんで通信も切れた。リロードするのに時間がかかるから、隣のシミュレーターに移動してくれないか」

「なんでこんなときに。わかったわ。すぐに移るから通信を回復して」

望美がシミュレーターのドアを開けると、赤いランプが点滅を繰り返しており、異常を示すブザーの断続音が飛び込んできた。整備士が二人駆け寄ってきた。望美がここから出たくても、シミュレーターと通路をつなぐ小さな橋は、まだ上に上がったままだった。制服のパイロット三人が、手摺《てすり》に腕をかけて心配そうにこちらを見ている。いままで隣のシミュレーターで訓練をしていたのだろう。

「いますぐブリッジを下げるから」

下のオフィスから出てきた山来の大きな声が高い天井に反響した。

24

真っ暗な雲の中でまた通信が途切れた。

いったいどうしたんだ。だから女は信用できないんだ。

江波は不満をぶつける相手がいないまま操縦桿をたたいた。そのショックでまた機体が揺れたが、軽い揺れの中だったので乗客にはわからないだろう。ＳＡＴＣＯＭを切ってすぐに会社無線《カンパニー》を呼び出すと、ニッポンインター沖縄はすぐに返事をしてきた。

《いま入ったんですが、シミュレーターが故障したそうです。現在回復作業中で、完了したら、すぐにＳＥＬＣＡＬ《セルコール》で呼ぶと言ってました。そちらの状況をお知らせください》

まもなくダンプが終わるので、終わり次第高度を降ろしたいと伝えた。だが、高度を降ろすにしても機体のピッチ角も、そして肝心な高度すらわからないのだ。汗が熱を奪ってゆくいやな感覚が全身を包み始めた。

最後に望美から指示されたパワーとピッチ角を維持していれば、ほぼ間違いなく水平飛行ができるはずだ。なんとか雲から出よう。江波はその設定をキープしながら機体を西に向けた。雲から出れば景色が見えるから高度が下げられる。

望美は静止したシミュレーターの中で教官卓のモニターをにらんでいた。

「お隣にいらしたのなら、お願いするべきでした。そこまで頭が回らなくて」

望美は詫《わ》びた。

「シミュレーターに閉じこもっていたのでこんなことが起きていたなんて全く気づかなかったよ」

訓練を終えたばかりの島津教官と一緒に、二号機から三号機に乗り換えてすでに六分が過ぎている。新型の三号機と故障した二号機ではスペックに若干の差があり、インターホンまでがデジタル化されているために、山来によるとそう簡単に通信回路を変更できないらしい。いまだにＳＡＴＣＯＭにつなげないでいた。

「こちらのアドバイスなしでは、二〇分ももたないわ」

望美はマイクを握りしめたまま、いらいらしながら時計ばかりを気にしていた。静圧系が不作動のまま高度を降ろしたり旋回したりすれば、また異常な状態になってしまっても不思議ではない。

「ちょっとテストしてみてくれ。そこから発信してくれないか！」

山来が大声で下から呼んできた。望美はマイクのボタンを押す。

「テスト、ワン、ツー、スリー、フォー」

「だめだ、だめだ。ストップ」

山来のあわてた声が聞こえてきた。失敗したようだ。また一分、無駄になった。じっとしていられなかった。「はやくしてよ」と小声で何度もつぶやきながら教官卓を離れるとシミュレーターの外の様子を見に通路に出た。二号機から別の整備士が顔をのぞかせた。

「外線が入っています。滝内教官です」

望美は二号機に走った。

「もしもし」

電話は下地島空港にいる-400の機内からだった。滝内は空輸《フェリー》を行って下地島に着き、すぐに〇〇二便のトラブルを知った。救援機として、望美がシミュレーターを飛ばしていることを聞いて、直接電話をしてきたのだった。

「それでシップの具合は？」

「はい。スタティックの故障のようです。三系統すべてが故障してます。デ《D》ジタル・エ《A》アデ《D》ータ・コ《C》ンピューターのデータがあてにならないので、レーザー・ジャイロ系の計器だけで飛んでいます。スピードも高度も分からないとのことです」

望美は滝内にいままでの経緯や現在の飛行高度とコース、燃料をダンプ中で最大着陸重量での着陸になることなど、詳細な情報を夢中で話した。

「変なこと聞くようだが、君はだいぶ前に訓練した桜井望美か?」

「はい。そうです」

「無線のしゃべり方を聞いて、今ピンときた。今朝はどうしても思い出せなかったんだ。ここからは俺が引き受ける。まもなく離陸する。本当にありがとう」

バックにエンジン音と、管制塔とのやりとりがかすかに聞こえていたが、エンジンの回転数が上がる音と、教官のねぎらいの言葉が一緒になって電話が切れた。

滝内教官が飛び立ったことで、もうシミュレーターの出番はないとわかっていたが、望美は教官卓の受話器を取ると、那覇空港のフライト・ステーションに会社の専用回線で電話を入れた。

「滝内教官が下地島から上がりました。〇〇二便にそのことを伝えてほしいんですが」

「了解しました。いま下地島空港からも連絡がきました。滝内教官から訓練センターで心配しているだろうから、交信をモニターできるようにしてほしいと言われています。モニターだけですのでそちらから送信はできませんが、そのままお待ちください」

望美は電話の音声がシミュレーター内に流れるように、スピーカー・スイッチを入れた。

25

画面の残燃料の数字がフラッシングを繰り返した。ダンプが終わったのだ。手を伸ばしてオーバーヘッドパネルのノズルバルブ・スイッチとセレクターをオフにする。

江波は額の汗を腕でぬぐうとペットボトルを取り上げた。二口ほど飲んだところでそっと下に置き、その手をレシーバーに添えて耳を澄ませた。誰かが呼んでいるような気がしたからだ。ボリュームを少し上げてみたが何も聞こえなかった。

「空耳か」

江波は荒く息を吸った。着陸に失敗するかもしれない、恐怖が胸の中から込み上げてくる。

そうだ、自衛隊だ。自衛隊の防空用レーダーならば、こっちの高度を読むことができるだろう。

基地と交信するには、国際緊急周波数を使えばいい。コールサインは何だったか。なかなか思い出せなかった。引っかかっているのに出てこない。

スターなんとか、だった。スター……。

また呼ばれたような気がした。耳を澄ましても雷雲が発する空電の音と、雑音が混じっているだけだ。ときどき入る強い空電の音が、声のように聞こえたのかもしれない。カンパニーか。ボリュームを上げても雑音が増えるだけで言葉は聞こえない。受信機の雑音防止器《スクェルチ》をオフにしてみた。雑音に加えてCB無線まで混信して、いっそう聞きとりにくくなったが、感度は上がったはずだ。しばらくそのままにして待つことにした。この時間に飛んでいる国内線などない。

《……インター〇〇二便、こちら……どうぞ。感明いかが？》

確かに誰かが呼んでいる。

「こちら〇〇二便、お呼びの局、どうぞ」

《こちらニッポンインター八九六二、八九六二、感明いかが？》

今度ははっきりと聞こえた。八九六二、いったい誰だ？

「八九六二どうぞ」

《江波君か？　滝内だ。ご苦労だった。いま下地島を上がって、そっちに向かっている。もう少しだ。がんばれ》

「教官！」

　次の言葉が出なかった。

《おい、安心するのはまだ早いぞ。まず雲から出て、目視できないとそばに行けないからな。二〇〇〇フィートまで降ろそう。二五〇〇以下なら雨はあるが雲がない。ビジュアル・コンタクトできる》

「高度とスピードがわからないんです」

《状況は大体わかっている。だからこうして飛んできたんだ。自衛隊のレーダーサイトからの連絡だと、君は高度一万二〇〇〇フィート前後で、西に向かって水平飛行《レベル・フライト》している。俺は一万五〇〇〇でそっちに向かっている。合流まであと一三分だ。こちらは現在計器飛行状態《IMC》だ。そっちはどうだ？》

「同じです。雲の中《インクラウド》です」

《そうなるとこのまま合流しても仕方がないな。まっすぐ久米《くめ》島へ向かえるか。I・DはKXCだ。俺もここから向かう。一緒に高度を降ろそう。いいか》

「はい」

《じゃ、一万二〇〇〇になったら、こっちからコールする》
江波は久米島《KXC》へのダイレクト・コースを作って準備を整え、キャビンにも着陸の準備をするように連絡した。チーフパーサーは《着陸ですか？　五分あれば準備完了です》と答えてきた。やはり嬉《うれ》しそうな声だ。
「八九六二が、滝内教官の操縦する-400が、着陸まで一緒に飛んでくれる。たぶん右側前方を飛ぶはずだ。もしお客さんに聞かれたら、救援のために飛んでいると説明してくれ。夜だし、キャビンからは見えないと思うけど」
《了解しました。衝撃防止姿勢はとらなくていいですか？》
そこまで考えていなかった。計器の指示に異常があるのは確かだが、ほかのシステムにはなんら異常もない。
「必要ないと思う」
キャビンは通常の着陸準備ですませることになった。
《〇二便、こちら八九六二。高度一万二〇〇〇だ。いまから久米島へ向かう。そちらも久米島に向かえるか？　どうぞ》
滝内機が呼んできた。
「はい。こちらも向かいます」

〇〇二便は久米島上空へと変針し、一分後に降下を開始した。最初のうちはほとんど影響のなかった気流だが、高度が下がるにしたがい揺れが大きくなってきた。江波は滝内機が指示するピッチとパワーを維持するのに、全神経を集中した。滝内機のほうから一〇〇〇フィートごとに高度を知らせてくる。ちょうど七〇〇〇フィートを境に気流の乱れは穏やかになったが、ガラスに当たる雨は強くなった。

《あと五分で二〇〇〇フィートだ。そっちのほうが先に久米島に着きそうだな。久米島上空からはスピードを落として一八〇度でまっすぐ飛んでくれ。パワーは六三パーセント、ピッチ五・五度が目安だ。そのときには電波高度計が使えるから、それで二〇〇〇フィートを維持して飛ぶんだ》

「了解。六三パーセント、五・五度ピッチ」

《お互いの場所を衝突防止装置《TCAS》で確認しながら近づこう。そっちは高度もスピードもダメだから、モード・チャーリーからモード・アルファに変えてくれ。俺は二五〇〇で近づく。目視したら一〇〇〇フィート差ぐらいで飛ぼう》

「了解しました」

江波は教官から見えやすいように着陸灯を点《つ》けたが、まだ雲の中で雨がまぶしく光るだけだった。着陸灯を消して暗くすると、こんどは前面ガラスに当たる雨音がひどく大きく感じる。雲から出てもこの雨の中で見つけられるだろうか、TCASが滝内機を捉《とら》えていないか。航法画面《ND》のレンジを変えてみたがまだ何も映っていなかった。

《三〇〇フィート通過。こっちはあと五〇〇で水平飛行にする。そっちも対地速度《グランドスピード》は読めるだろう。高度が低いからそれを対空速度《エアスピード》と読み替えても、誤差は少しだ。参考にしてくれ。まもなく電波高度計が作動するはずだ》

「はい。了解しました」

江波が注意深く姿勢指示器《PFD》を見守っていると、一分ほどで右上に小さい数字が表示されるようになった。機が二五〇〇フィート以下に降りたので、電波高度計が作動し始めたのだ。そっと機首を起こして水平飛行へと移す。ピッチ五・五度、パワーは……、江波は先ほど聞いたばかりのパワーが思い出せなかった。また汗が額を伝わった。

「教官、パワーをもう一度教えてください」

《六三パーセントだ。だいぶ疲れているようだな。あと少しだ、頑張れ。いまTCASがそっちを捉えた。ちょうど四〇マイルだ。見えるか？》

江波のNDでも右斜め後方に滝内機を捉えていた。初めて助かったという実感が湧《わ》いてきた。

「教官、TCASにそちらの機が映ってます。ありがとうございます」

《OK、では、確認したい。グランドスピードで二三〇ノット、高度二〇〇〇フィートを守ってくれ。君の右後ろから追いつくようにする》

「了解しました」

前方の闇《やみ》の中に雨で滲《にじ》んだ光が一つ見えてきた。久米島だろう。着陸灯を点けると光を反射した雨粒がいっせいにこちらに向かって流れてくる。垂直尾翼に描かれた会社のマークを照らすロゴライトは既に点灯しておいたが、江波は滝内機から見やすいように翼面着氷点検灯《ウイングインスペクションライト》も点灯した。

久米島の上空を過ぎ、磁針路《ヘディング》一八〇度に向けて二分ほど経《た》ったときだった。教官から視認の連絡があったあと、江波の右側の雨がまぶしく光り出した。やがてライトをすべて点灯した滝内機が、巨大な光の塊となって江波のやや右上に音もなくゆっくりと近づき、並んだ。夜間飛行中のジャンボを、こんな至近距離で見るのは初めてだった。左側の機長席の窓から光が振られている。江波もフラッシュライトを振って返答した。豪雨を忘れるほどそれははっきりと見えた。

26

シミュレーター二号機の機内に、沖縄の空を飛ぶ二機の会話が流れていた。三号機にいたパイロットの他に整備士も詰めかけたので、シミュレーターは八人もの人でいっぱいになっていた。

《そのあとは俺の右後ろに移動しろ。右後ろに付いたら間隔をいつも一定に保つようにパワーを調節するんだ。ここからレーダーで那覇まで引っ張ってもらう。いいか》

《了解です》

滝内教官の落ち着いた声に比べ、江波の声は弱々しかった。望美は、江波が自分に話しかけてこないのがなぜか寂しかった。

次の交信までに間が空く。機長席に座っている島津教官が「管制からレーダーの指示をもらっているんだろう」と皆に説明する。

《それではここからフラップを降ろす。準備はいいか》

《はい。いつでもOKです》

《フラップス・ワン》

シミュレーターのコーパイ席に座っていたパイロットが、それに合わせるように金属製の音をさせてフラップレバーを〝1〟の位置に入れていた。二号機は灯りがついているだけで、メインの電源が入っているわけでもないのでモーションも何も起こらないが、〇〇二便の雰囲気だけは伝わる。

《ワン、ＯＫです》

《了解。パワーが六五パーセント、ピッチ七度前後で落ち着くはずだ。こちらのスピード計で二一〇ノットだ。この時点で那覇の最終進入コースをＮＤに作っておけ》

《はい。ランウェイ36で計器着陸コースを入れます》

教官卓の望美は、シミュレーターのジャンプシートに座っている山来に、メイン電源を入れてもいいか尋ねた。モーションは起こらないが、計器だけは飛んでいる状態になるはずだ。山来はちょっと考えるような顔をしたが、隣にいる仲間もうなずくのを見て、「まだどこが悪いかわかっていないけど」と不安気に答えた。

電源が入った。軽いうなり音とともに、計器が甦《よみがえ》った。

「ちょっと、待ってください」

望美はシミュレーターのポジションを、那覇の二〇マイル南に持っていった。スピードとパワーをセットして待つ。三〇秒ほどでその場所に移動してフリーズ状態になった。

「はい。どうぞ」

望美の声に、機長席に座っている教官とコーパイ席のパイロットが、機の重量やコースをコンピューターに打ちこんだ。その指の動きは早過ぎて、誰もついていくことができない。その間に望美は外景のスイッチを押した。前方に沖縄の景色が窓一杯に映し出された。勘が働いたのだった。皆のどよめきに「機械が冷えたんだ」と山来が小さい声で返す。ポジションさえわかれば同時飛行が可能だ。スピーカーから滝内教官の声が流れた。

《いいか、いまから左旋回する。安全のために高度差をつける。江波君はそのままの高度と速度でいい。こっちが一〇〇フィートだけ高度を上げる。バンク角は約一五度。旋回が終わったらまた元の高度に戻るから、そうしたらまた右後ろについてくれ。いいか、始めるぞ》

《ヘディングゼロファイブゼロ。元の位置につきました》

すぐにシミュレーターのヘディングも五〇度にセットされた。シミュレーターと計器と景色が北東に向いた。まだ那覇からの距離と高度がわからない。空港へはいつもと逆の西の方角から近づいている。

《少し早いがここでフラップ5にしよう》という指示があり、江波の了解の返事が続いた。シミュレーターもフラップをファイブに下げた。

《一八五ノットで落ち着きました。教官、どこから来られたんですか？　下地島空港はとっくに閉まっていますよね》

その会話を聞きながら、望美はシミュレーターの速度を一八五ノットに修正した。

《いや、みんなをたたき起こしたんだ。緊急事態だから、協力してくれたよ。ただそっちの飛行機と同じ重量にしないと、速度とパワーに差が出る。特に着陸間際のスピードが違ったら役に立たなくなるんでね。調整に時間がかかった》

《どうされたんですか》

《どうせ君は最大着陸重量《MLW》で来ると思ったから、それに合うように燃料を入れた。そのために一時間以上かかったよ。空港にそれだけの燃料がなくて、港のタンクまで取りに行ったりしたからな。君は桜井君、いや岡本君のシミュレーターでここまでたどりついたらしいな》

シミュレーター内がいっせいに望美に注目する。

《もうご存じでしたか。皆さんにご心配かけました》

《心配するのは当たり前だ。三〇〇人の命が君の腕にかかってるんだ》

通信に間が空いた。管制と交信しているのだろう。すぐに滝内教官の声が流れた。
《よし、さっきと同じ要領だ。ヘディングゼロツーゼロ、向き終えたらフラップ10《テン》だ。いいな。高度はこのままだ。二〇〇〇フィートで最終進入コースにインターセプトする。そのまま君は計器着陸《ILS》の電波に乗れ。俺は君について横を飛ぶ。雨は強そうだが近づけば必ず滑走路が見えるはずだ。心配するな》
《……はい》
《どうした元気がないな。気分でも悪いのか》
《大丈夫です。ヘディングゼロツーゼロです》

27

江波には理由がわからなかった。こんな緊張した場面で睡魔に悩まされ始めていたのだ。今まで味わったことのない苦しみだった。意識が遠くなる。何かしゃべっていないと寝てしまうのではないかという恐怖を感じながら、なんとか旋回だけはできていた。目を覚ますために、吹き出し口《ルーバー》から出る風を顔に当たるように何回も調節した。

滝内機と管制の間で交わす無線交信が、子守歌のように耳に心地よいのだ。このままでは大変だという気持ちが江波を動かした。

クルーバンクにいるCAにきてもらおう。

「江波さん。どうされたんですか」

阿部美佳は、汗をかきながら目が朦朧《もうろう》としている江波を見るなり大声を上げた。彼女はすぐに冷たいおしぼりを江波の額に当てて汗をふき取ってくれた。その冷たさに江波は目を覚ました。

「どうしても目が開けていられないんだ。またすぐに眠くなる。着陸まで眠らないように起こしていてくれ」

「どうしたらいいんですか」

「そこに座って、ベルト締めて。僕が眠らないようにしてくれ」

江波は阿部に冷たいおしぼりを何本か用意させ、機長席に座らせた。眠そうになったら冷たいおしぼりを渡してもらおう。

「眠くなったらガムを嚙《か》んであごを動かすといいって聞きました。ガムありますけど？」

ポケットからガムを出して江波にすすめようとしている阿部を、江波はほとんど閉じたまぶた越しに、影絵として見ていた。

「江波さん　寝ないでください！」
耳元の大声に驚いた江波は、現世に呼び戻された死者のように静かにまぶたを開けた。

28

何が起きているのか、シミュレーターではわからなかった。滝内の声がスピーカーに入ってきた時、安堵《あんど》のため息が漏れた。
《まもなくファイナルコースに近づく。いま速度はいくつだ？》
《はい。高度……一九五〇フィートです》
《高度？　まあいい。これからフラップを10《テン》にする。いいか》
滝内の合図でシミュレーターもフラップ10にした。
《どうだ。フラップは降りたか？　速度と高度は？》
《はい。速度は……。速度は》
「おい、あいつまだフラップおろしてないぞ」
シミュレーターに緊張が走る。先行している滝内機がフラップを降ろし、後ろを飛ぶ江波がフラップを降ろさないと追突する危険がある。
「大丈夫。高度差があるはずよ」
つぶやきながら、望美も教官席から立ち上がっていた。
《おい、どうしたんだ。しっかりしろ。あと五分だぞ》
すぐに返事がない。「江波は大丈夫かよ」と誰かが震える声でつぶやいた。
《……はい。エアスピード一六……五ノット。高度一……九七〇フィートです》
マイクのボタンが押されてから声が出るまでに遅れがある。望美はそれを聞いてすぐに高度と速度を再入力した。まだポジションがわからないので、シミュレーターのフリーズを解くことができない。
《エアスピード？　速度計が動いているのか》
滝内教官のその声に皆の目がいっせいに速度計を見た。速度計が直ったのだ。江波の返事を待った。
《はい。う、動いてます。動いてます。高度計も動き始めています》
《ようし、それなら自動進入《オート・アプローチ》でいこう。まずセンター・コマンドを入れろ》
《入った。教官、オート・パイロットが入りました！》
歓声とともに拍手が起った。これでオート・ランディングをすれば、寝ていても着陸できる。もう心配はいらない。望美はほっとして教官席に腰をおろした。
《教官、フラップ30《サーティー》での着陸速度は一五八ノットとなっています。それでよろしいですか？》
《ああ、こっちもそんなもんだ。オート・スロットルを入れるのを忘れるなよ》
《はい。二時間以上持っていたんで。握りしめていたんですね、右手の小指と薬指は硬直して、操縦桿《かん》から離すのが痛くて……》
そういう江波の声には、今では余裕さえ感じられた。もう大丈夫だろう。あとは〝アプローチ〟のボタンを押してレフトとライトのコマンドが待機状態《アーム》になるのをチェックして、三台のオート・パイロットが作動すれば、いつでもオート・ランディングができる。シミュレーター機長席の島津教官も隣のパイロットとそんなことを話し合っていた。
「でもな、那覇は誘導電波が滑走路からずれていて、オート・ランディングはできないんだ。オート・アプローチまでだ」
島津教官が後ろにいる整備士にそんなふうに説明した。
オート・ランディングができない。そのひとことが気になった。江波さんは知っているだろうか。

《教官、すべて準備OKです》
《了解。それでは僕は君の後ろにさがる。計器の指示がおかしいと思ったらすぐに知らせるんだ。いつでもアドバイスができるようにしておく》
《了解です。いま進入路指示計器《ローカライザー》・受信起動《アライブ》、最終進入《ファイナル》コースを捉《とら》えました。一二マイルです》
《よーし》
距離がわかった。望美は素早くシミュレーターを一一マイル半の位置に移動させた。フリーズを解くと、エンジンと風切り音がシミュレーターを包んだ。油圧がないので本体は動かないが、計器と景色は動き出す。
望美が背景を夜間に変えた。一瞬にしてあたりが暗くなり、空港の灯りが遠くに見えるようになる。
「実際の那覇の天候に変えます」
望美の言葉と、灯りが見えなくなるのが同時だった。窓に雨の当たる音が新たに加わった。着陸灯の光に雨がきらきらと反射する。
《教官。ファイナルコースに乗りました。一二マイルです。……早いですけど車輪を下ろしてフラップを20《トウエンティ》にします。……ギア・ダウン、フラップス・トゥエンティ。

速度は、もう必要ないですね》
《そうだ。こっちもギアとフラップを下ろした。順調そうだな》
シミュレーターも、進入角指示計器《グライドスロープ》のバーが動いた時点で、最終フラップにするだけだった。ここまでは順調だ。だが那覇の光が見えてもいい頃なのにまだ見えてこない。望美は雨が機体に当たる音が一段と強くなったような感じを受けた。機長席の島津がワイパーを回す。猛烈な雨が視程を落としているようで、雲中に突入している感じはなかった。
風も弱く雨で視程が悪いだけというのは、オート・ランディングにはおあつらえ向きの天気なのだが。シミュレーターの操縦席の二人はランディングチェックリストを、最終フラップの前まで終えていた。何気なくグライドスロープを見ると、すでにアライブ状態になってバーが動き出している。二人は江波が何か言うのを待った。
《教官。グライドスロープ・アライブです。フラップは25を飛ばして30《サーティー》にします》
《フラップス30、了解。電波《ビーム》を捕捉《キャプチャー》したら教えてくれ》
《あっ、いまキャプチャーしました》
シミュレーターもその声とほぼ同時にキャプチャーした。シミュレーター自体にモーションはないが、実際に飛んでいるのと同じ感覚に引き込まれていく。

最終進入を開始し、江波がスピードを着陸速度にセットすると、オート・スロットルがパワーを絞った。その音に引きずり込まれるように、江波の意識がまたすーっと遠くなっていった。

29

添えられていた江波の手が静かに離れて垂れ下がった。阿部美佳は、江波の首ががくっと前に落ちるまで、異常に気づかなかった。

「江波さん！」

美佳の席からは江波に手が届かない。機長席から出ようとしたが、電動椅子《いす》の動かし方がわからない。ベルトをはずして肘《ひじ》かけを上げて、椅子の上をまたいでやっと機長席から出た。

江波の肩を揺すってみたが寝ぼけたような返事をするだけで、意識がはっきりしないようだ。前方の雨の中から那覇空港の光が迫っている。美佳にはどれが滑走路の光かはわからなかったが、赤や青に輝く光に向かって、確実に近づいているのだけは確かだった。美佳は江波の名を叫びながら頬をたたいたが、まったく効果がない。教官の声がスピーカーから流れてきた。
《江波君、滑走路は見えているだろう。そろそろオート・パイロットをはずしたほうがいい。那覇はビームがオフセットされていて、オート・ランディングができないのが欠点だよな》
江波さんはオート・ランディングができると言った。それができないなんて。このままだとどうなってしまうのだろう。
「江波さん、起きて。起きてちょうだい！」
おしぼりを冷やすために作った氷水を持ってきて、思い切り江波の頭からかけた。
小さなうめき声を上げて江波の意識が戻った。
《江波、オート・パイロットをはずせ。那覇はオート・ランディングはできないんだ。マニュアルで降ろすんだ。江波、聞こえるか！》
教官の声に一瞬にして目が覚めた江波は眼前の光景を見て驚いた。滑走路の方角から機体がずれているのだ。
《江波、もう遅い。やり直せ。着陸復行しろ。ゴー・アラウンドだ！》
教官の声と同時に、江波はオート・パイロットをはずしていた。

まだ間に合う!

江波は覚醒《かくせい》と同時に、強引に機体をひねった。ひねり込めるか。いったん傾いた機体を思い切り水平に戻す。

絶対に間に合わせるぞ。

機体の傾きが六度以上残っていると、外側エンジンを滑走路にたたきつけることになる。二六〇トンの加速度とパイロットの意志との戦いだった。

音が聞こえなくなった。江波の感覚のすべてが外側エンジンの下面と、タイヤの接地面に集まっていた。

あと一五センチ、なんの感触も伝わってこない。息もつけない。静かだ。機体の重さを右手の指先に感じている。尻《しり》の後ろで接地の感触を待った。最初のタイヤが地面に触る感触。

その瞬間にすべての音と感覚が戻った。猛烈な雨がガラスに当たる。二九三キロの速度で光が後ろに飛び抜けていく。滑走路を走る震動が突き上げてくる。

スピードブレーキが開かない。

江波は逆噴射《リバース》レバーを引き上げた。リバースがかかると同時にスピードブレーキが立ち上がった。今度は車輪のブレーキが効いている感覚がない。オート・ブレーキはオンになっている。

　ダメだ！

　江波は両足でブレーキペダルを思い切り踏みつけた。体が椅子から浮き上がるほど強くブレーキを踏んだ。現在速度一四五ノット（約二六〇キロ）。ブレーキの効いている感じはまったくなかった。残り八〇〇〇フィートを示す滑走路距離表示が江波の目の隅を飛び去った。

　ハイドロ・プレーニング現象だ。リバースしか減速方法はない。機体を震わせるリバースの音のなかで江波の目が速度計に留まる。一三〇ノット、残り七〇〇〇フィートの表示は、確認できなかった。六〇〇〇フィートの表示が後ろに飛ぶのがちらっと見えた。速度一二〇ノット。一一〇ノットを切ったとき、かすかに引かれるような制動が感じられた。残り四〇〇〇フィート。いきなり機体が激しく左右に振れ、がくんがくんと首が揺さぶられるような上下動が加わった。ブレーキは効き始めたが、タイヤが路面の水で滑っている。美佳も江波の後ろで振り飛ばされないようにと、両手で椅子にしがみついているようだ。

　滑走路の残りは、何フィートだ？　もう表示板を見る余裕が江波にはない。白色の滑走路の中心線灯が一つおきに赤色に変わった。あと九〇〇メートルで滑走路が終わる。現在速度一六〇キロ。四本のリバースレバーを思い切り引き上げて必死にブレーキペダルを踏む。悲鳴のようなリバースの音を響かせた二六〇トンの機体は、激しく左右に頭を振り、一八本のタイヤはスリップを繰り返すだけだった。

豪雨の中に光る中心線灯の色がすべて赤になった。滑走路はあと三〇〇メートル。速度一〇〇キロ。滑走路末端を示す横並びの赤色ライトが足の下に迫ってくる。そのときになって急に制動がかかり始め、二度のショックとともに機体は大きく減速しながら、滑走路を五〇メートルほど残したところで静止した。

リバースがもどされる音に続いて、吹き上げた水煙としぶきが頭の上からのしかかるようにかぶさってきた。着陸灯の光に細かい水滴が反射してあたり一面が霧のように真っ白になっており、コクピットの視界が閉ざされた。

エアコンはその間にも外気を吸い込み続ける。キャビンにむっとする湿気を含んだ空気が入ってきた。

エピローグ

岡本望美は事後処理をすべて終えたあと、休養のため二日間の休みを取った。一日を久しぶりに本を読んだりしてゆっくりと過ごしたあと、夕方暗くなってから会社に電話を入れた。皆、出払っているのだろう。毛利課長がでた。

「滝内教官から電話があったぞ。岡本君は休みだと言ったら、メールアドレスを教えてくれと言われたんで、君の業務用のアドレスのほうを教えておいた。それから、えーと」

昼過ぎに江波が訓練センターを訪ねてきたと、携帯電話の番号を読み上げてくれた。

「明日は出社しますから」

「ゆっくり休んだらいいよ」

江波からのおみやげのチョコちんすこうは、もうみんなで食べてしまった、と最後に少し笑った。

電話を切った後しばらく迷っていたが、望美はPHSに手を伸ばした。江波の「もしもし」という声が、なつかしく響いた。

「君がいなかったら確実に墜落していた。ほんとうにありがとう」

江波は今朝沖縄の病院を退院し、羽田から訓練センターに寄ったあと、まっすぐ帰宅していた。

「どうして君はあの故障がすぐに静圧系だと推測できたのかい？　入院中もたくさんの人が推定原因を話してくれたけれど、どれも納得のいく説明は聞かれなかった」

望美はペルー機事故の詳細と、現象がほぼ同じだったので推測できたことを説明した。そして、自分が疑問に思っていたこと、なぜ〇〇二便が狙《ねら》われたのかの心当たりを尋ねた。

「間違いなく、あの亡命外交官を殺そうとしたんだと思う。那覇に着いた後も米軍のヘリが来るまで機内にいて、そのまま嘉手納《かでな》へ直行した。すごい警備だったから、よほどの大物だったと思うよ」

亡命外交官、ラムゼイ機長、ハンガーでの事故、スタティックの故障、上空で発生している点はエア・アフロの場合と同じだ。役者も状況もそろっている。これは犯罪だと望美は確信した。

夕方近くなって山崎が本省に戻ると、「北朝鮮外交官洪哲洙《ホン・チョルス》亡命について」という報告書案と、洪の取り調べ供述書が杉野から届けられていた。二二日に九州南西沖において発生した不審船事案関連で、杉野は鹿児島の第十管区海上保安本部に向かっているはずだ。

日本到着から出発までに行われた取り調べの内容、出発後のトラブルによる那覇空港への緊急着陸、そして米軍嘉手納基地を経由してのワシントンへの移送などが、報告書の形で五ページにまとめられている。特に目新しい事柄もないように思いながら目を通すと、最後に山崎宛《あて》の封筒を見つけた。

事務用便箋《びんせん》には杉野の几帳面《きちょうめん》な細かい字がびっしりと書き込まれていた。

以下のメモは、公式とするにはその裏付けに乏しく、また関係者が公《おおやけ》にはしないことを条件に語ってくれた内容をつなぎ合わせ、私なりの考えを述べるものです。

ご指示に従い、あの翌日嘉手納へ行きましたが、電話でご報告致しましたように、洪はすでにワシントンへ軍用機で移送された後でした。洪の移送に立ち会ったジェンセン三等書記官が、対応にあたってくれました。彼は移送に関しての米軍のコメントなど、口頭および文書で回答し、それは報告書にあるとおりです。公式な面会を終えたあと、雑談を交えながら話の中で、洪についてわかったことをその関連事項と共に書き出しておきます。

金総書記の暗殺未遂説について。（既報）

金正日総書記は二月一六日の誕生祝賀祭典にも姿を現さず、その後も一ヶ月以上にわたって公式行事から姿を消した。側近警護員に狙撃《そげき》され総書記は重傷である、との未確認情報があった。そのためか当初予定されていたロシア訪問が延期され、八月になって異例ともいえる列車でのロシア公式訪問となる。

ロシア訪問で総書記は、美術館訪問などに織り交ぜて、二ヶ所の核施設（原発関連工場および核研究施設）を視察した。

洪は今年の八月に、総書記一行と時を同じくしてモスクワに数日間滞在し、その間、ストレシニコフ小路《こうじ》にある事務所を数回訪れている。

そこはプロトニコフ情報局長の私設秘書であるキリーロフ元大佐の事務所で、元大佐はロシアで所在不明の核のうち、戦術核弾頭数発分の核物質と起爆装置が輸送中に行方不明となった事件に関与している疑いがもたれている。元部下が管理する国境警備隊に現在でも影響力を持っている。

一二月、緊急援助物資が国境警備隊の厳重警備のもと、北朝鮮との国境の駅ハサンまで貨車で輸送されたのをアメリカの軍事衛星がとらえた。その後、妙香《ミョヒャン》商社およびヌンナ貿易会社によって、オーストリアとスイスの銀行にある無記名口座（キリーロフ元大佐所有？）に、この緊急物資の支払いと思われる二五〇万ドルが払い込まれた。

洪はスイスからオーストリアを訪れ、現地時間一二月二一日に亡命した。これらのことから、洪をめぐる二国、あるいは三国の思惑を推測するに……。

杉野のメモは洪の新たな側面を明らかにした。亡命は終わりのない悲しい旅、と聞いたことがあるが、同じ外交官として洪の心情を思うと、葛藤《かっとう》の末の命をかけた結論だったのだろう。そして彼は国際政治の闇《やみ》に消えた。

しかし今回の騒動に巻き込まれた自分たちは、いや日本国には一体何が残ったのだ。

拉致《らち》問題一つ解決できず、領土問題ですら他国の思惑に振り回され、国際社会になんの主張もなく、ただただ大国に追従し続けるだけの日本。後始末にだけ追われる自分たちはいったい何なのだ。

山崎は便箋をシュレッダーに入れた。


数日後、訓練センターの教官室で望美は滝内を待っていた。

「いやぁ、元気か。このあいだはよくやったな」

航空局に挨拶《あいさつ》に行ったためだろう、制服姿しか記憶にない滝内が、今日は紺のブレザーにネクタイだ。日焼けした肌によく似合っている。滝内は所長とのミーティングが予定よりも早く終わったと、鞄《かばん》から書類を出して机の引き出しに入れた。

「どうしても教官にお会いしたくて、お待ちしてました。先日は本当にお疲れさまでした」

顔を上げたときの滝内に、ちょっとすまなそうな表情が浮かんだ。

「電波を通した声を聞くまで、君が桜井君だったのを思い出せなくて失礼した。教官会議で会ったときも、どこかで会ったとは思っていたんだが、感じが変わっていたのでわからなかった」

「そうかもしれません。あのころは訓練生でしたから、男性と同じような短い髪型でしたし、化粧もしていなかったですから。それに少し太ったからでしょう」

「綺麗《きれい》になったんで、わからなかったんだよ。今日は仕事納めかい？」

「はい。キャプテンたちはお正月もなくて大変ですね。いまから下地島へ帰られるのでしょう。これから飛行場へ？」

「ああ、ここにいるより飛行場でコーヒーでも飲んでいたほうがいいからな。それよりシミュレーターでの救援については、ニュースにもならないように処理されたのに、関係者の間ではどこへ行っても君の話題でもちきりだよ」

「ただただ夢中でしたから。冷静だったら、かえってできなかったと思います。教官、私の車でよろしければ飛行場までお送りします。汚れてて恥かしいですけど」

ロビーにあったクリスマス・ツリーは片づけられ、ガラスの扉の両側には門松が置かれている。望美は正面入り口を出てすぐの、南駐車場にあるエスクードを指し、リモコン・キーで鍵《かぎ》を開けた。

「中はきれいじゃないか」

乗り込んだ滝内が感心したように車内を見回した。

「四駆を洗車するのって、あんまり好きじゃないんです。何だか女々しくて」

望美はくすりと笑った。ガードマンに駐車カードを返して正門を出ると、車を環八に向けた。仕事納めの夕方といってもまだ道は混んでいる。滝内は望美の運転を見て、クラッチの操作がなかなかうまいなと教官の口調でほめた。

「あれから江波君に会ったか？」

「いいえ、電話ではお話ししましたが」

「何か言っていたか？」

「特に何も。退院されてその足で訓練センターまで来られたそうです。私が休んでいたので、お会いできなくて、それでお電話してみたんですけど。江波さんは私がスタティックの故障だとすぐ指摘したのが不思議で、わけを知りたかったとおっしゃっていました。私はなぜ〇〇二便が狙われたのか、理由を知りたかったんです。そうしたら亡命者が乗っていたとか。そう伺ってびっくりしたんです」

「君が同期の上原君から、亡命があったと聞いたと言っていたろう。あの男が原因だ。〇〇二便のスタティックがすべて故障した。緊急事態の第一報を下地島で受けたときには、信じられなかったよ。君が懸念《けねん》していたことが現実になってしまったんだからな」

車は環八から首都高と合流する海老取川のロータリーを過ぎ、むかしの羽田空港の滑走路の下をくぐってまっすぐ通りを進んだ。滝内が右側の羽田東急ホテルがあったあたりを懐《なつ》かしそうに目で追っていた。

「江波君は身体《からだ》のことは何か言っていなかったか？」

「いいえ、何かあったんですか？」

「知らなかったのか。あの便の機長は二人とも操縦不能になったろう。事故調の話だとどうも薬物の入ったものを、まちがって食べたか飲んだかしたらしい。江波君も同じだったようだ。ただ彼の場合は早く気がついて口から吐き出したので軽くてすんだ」

「そんな毒物なんて、初耳です。誰も知らないんじゃないですか？　それじゃ、誰かが機長さんたちを狙って？」

三人が倒れた原因について最初は食中毒か細菌だと思われていた。血液検査の結果などから、催眠作用の強いベンゾジアゼピン系の、ある種の薬物を飲んでしまったのではないかといわれている。しかし命に別状なく、江波と同じ日に退院したとのことだった。

薬について望美はよくわからなかったが、しかし間違えて飲むことは考えられなかった。どんな薬であっても、影響下にあるとフライトができない決まりだからだ。

「当初、機内では細菌に汚染されたと思って大騒ぎしたらしいが、機内は密室なのに他に感染者が一人も出なかった。到着後にかなり大がかりな検査もしたがシロだった。これで細菌説は消えた。残ったのは乗員食による食中毒説だ。そうなると機体は簡単な消毒だけですまされた。翌日の夕方には沖縄から成田へ空輸して、すぐにラインに投入されているんだ。江波はガムが原因だと言っているらしいが、証拠がないんだよ。誰も江波がガムを噛《か》んでいたところを見ていないのだ。ガムをゴミ箱に捨てたと言うんだが、ゴミはとっくに処分されていた」

「あれほどの事故なのに、なんでもっと詳しく調べなかったんでしょうか」

「君も知っているとおり、今回のことでは誰も亡《な》くなっていないし、シップも壊れていない。かすり傷程度の軽いけがをしている人がいたので、一応航空事故扱いにはなっているが、乱気流によるものとして処理されている。沖縄まで行ったのは、計器故障と機長が倒れたのが重なったので、天候の良い空港を選んだ結果だし、事故調もそれは当然の選択だと思っている。計器の故障についてはフライトレコーダー《DFDR》とエアデータ・コンピューターを機体から取り下ろし、現在事故調が調査中だ。マスコミも取り上げたようだが、ごく小さい記事で不審船事件の陰に隠れてしまった。今日の所長の話だと、新聞に出なかったのは本社広報の川口なんとかという奴《やつ》の、マスコミ対策が早かったからだということらしい。翌朝には臨時便を出して乗客をワシントンに向かわせ、報道陣とは極力接触させないようにしたそうだ」

望美は川口と聞いてもすぐに誰だか思い出せなかった。夕暮れの多摩川の河口に沿った道をモノレールと平行に走っていると、ランウェイ34Lに降りる他社の747‐400が、着陸灯を輝かせながら上空を横切っていった。滝内は「もう少し起こせ」と小さな声で言いながら接地の瞬間まで見送っていたが、望美に顔を向けると「いまのはコーパイの着陸だな」と片目をつぶって見せた。

「江波君は昨日か今日、航空身体検査を受けていると思う。それでOKになればすぐにでも復帰できるはずだ」

「そうですか。それはよかったわ。江波さんはそんなこと、ひとこともおっしゃいませんでした。その毒入りのガムは誰が用意したんですか？　目的はやはり亡命者の殺害ですか？　亡命者を殺すためにパイロットを眠らせて、事故に見せかけて墜落させるという方法ですか？」

「そういうことだろうな。スタティック孔の不具合もなんの証拠もないんだ。どちらも危なかった。〇〇二便は北太平洋の真ん中で行方不明になるところだった」

「そうだったんですか。機体の不具合については、原因はわかったんですか？」

「まだ何も出ていない。正式にはな。例によって整備のミスだと決めつけている人間も、社内にはいるらしいんだ」

滝内は〇〇二便を着陸直後にチェックした沖縄の宮原整備士に会い、話を聞いたと言った。

「スタティック孔がふさがった原因は、彼が見る限り整備のミスとか故障ではないということがまず第一だ」

彼はその機体を最初に見たとき、三ヶ所あるスタティック孔の周りだけが、雨をはじいているのが印象的だったと、滝内に三枚の写真を見せた。

「確かにあの日の沖縄はひどい雨だった。写真でもその部分だけフラッシュの反射の色が変わっているんだ。何かを塗ったために表面に皮膜ができて、反射率が変わったということだ。誰かがスタティック孔に仕掛けをした、というのが彼の推測だ。スタティック孔が、どんなかたちをしているかまだ覚えているだろう？」

「ええ。そこだけ違う金属でできていて、直径が一ミリ程度の小さな穴が中心付近にいくつも開いている。たしかそんな構造でしたよね」

「そうだ。誰かがそこに、油のようなものを塗った可能性がある。問題は何を塗ったのかだが、いまのところ彼にはわからないと言っていた」

「ペルーの場合はテープでしたけど、テープを貼《は》ってある場合は、離陸してすぐに不具合が発生します。今度のは離陸後三〇分ほど経《た》ってから異常が発生しました」

望美は誘導路下のトンネルを出て、ターミナルビルへ曲がるレーンに入った。

「今回の現象はエア・アフロ五八五便の場合《ケース》とよく似ていますが、何かを塗ったとしても着陸前に正常に戻ったのが不思議なんです」

「彼もそのことが最初疑問だったと言っていた。そこで彼はそれらを満足させる条件を考えた。つまり、常温では若干の粘着性をもつ液体で、高温になると油のように流動性が現れて、そして冷えると粘着度が高くなる性質を持った化学物質だ。スタティック孔の周りは結氷防止のためにヒーティングされていて、地上にいるときにはかなりの高温になる。その物質はオイルのようになってスタティック孔のまわりに溜《た》まっているが、上空で冷やされるとグリースのように粘度が高くなり風圧で押されてスタティック孔をふさぐ。高度を降ろして温度が上がったところであの雨に遭った。すべてが洗い流された。そのせいでスタティック孔は元通りになった」

「そんな化学物質があるんですか？」

「ああ、彼の話だと何種類かあるらしい。ただ特定するには化学分析をしないとな。彼はこれはなんらかの企てがあったとしか思えないからと、何回も警察に説明をした。

ただ、いまのところ事故でも事件でもなく、その証拠もないのでまったく相手にしてくれないらしい。彼は整備士として見る限り、人為的な原因があると信じている」

「早く化学分析に持っていけばいいじゃないですか」

「俺もそう言ったんだ。しかしあの翌日、東京から派遣された特別整備チームが、事故調のメンバー立ち会いで、スタティック系統の水抜きと機能検査を行い、エアデータ・コンピューターを交換した。念のため飛行試験までしたが、結果はすべて正常と確認された。そうなるとそのシップより、エアデータ・コンピューターの疑いが濃くなった。そんなわけで、シップはすでにラインに投入されている。いまさら調べようがない」

スタティック孔の中のパイプに、その化学薬品が付着しているかもしれないと宮原は言い続けたらしい。その部品を取り外して調べることはできただろうが、犯罪が行われた証拠もなく、化学物質も見つかっていない状態で、沖縄の整備士一人が可能性をいくら訴えても、取り上げてもらえなかったのだろう。

二人は車を第二駐車場に入れてターミナルビルに入った。去年まではここの五階の事務所に毎日来ていたのに、望美には空港がなつかしく感じられた。出発アナウンスが流れ、多くの旅客の往《い》き来で雑然とした年末のロビーを通り抜け、四階のティールームの窓際《まどぎわ》に席をとった。

「スタティック系の工作は他の目的ではなく、やはりその亡命者を狙《ねら》ったものでしょうね？」

「考えられないことじゃない。パイロットが犯罪を犯すという君の仮説を、ATC教室で見せられたとき、俺はまったく信用しなかった。しかし、医者や弁護士でも、あるいは一国の首相、大統領でさえも犯罪を犯すことを考えれば、それと同じで、珍しいことではないはずなんだ。でもそんなこと、誰が信じるだろう？　そういえば君が疑っていたラムゼイ機長のビジネスジェットは、あの翌日ウクライナに向かって飛び立ったそうだな」

滝内は夕暮れの窓の外に目をやった。さまざまな航空会社のマークが描かれた垂直尾翼がすれ違い、滑走路には両翼の着陸灯を輝かせた機が着陸している。上空は風が強いのだろう、夕焼けの富士山の頂上から立ちのぼる雲が、逆光線に毛羽立っているように見える。滝内はコーヒーを一口飲むと望美に顔を向けた。

「君のシミュレーターでの救援は素晴らしかった。あれこそが、私の求める柔軟な発想なんだ」

「あの日に教官のビデオを見ていなかったら、気がつかなかったかもしれません。あんな長い時間、シミュレーターに乗ったの初めてです」

望美は話をしているうちに、あのいやな感覚が思い出されてきた。

「教官、シミュレーターで私、バーティゴに入ってしまったんです。一万六〇〇〇フィート落ちました」

「……そうだったか。一〇年ぶり、いや、もっとか。久しぶりに飛んだんだから仕方がないよ」

訓練最後の日と同じように、二人の間に沈黙が流れた。それは望美がパイロットをあきらめた日であり、滝内にとっては、初めての女性パイロットとして会社から期待され、コマーシャル撮影の日まで決まっていた彼女を切った日だった。君もあれから辛《つら》かっただろうな、と滝内がぼそっと言った。

「最初は教官を恨みました。なぜ私だけが落とされるのかって。パイロットになれないなら、会社を辞めようと考えました。でも、その後、安全推進室に配属され、事故分析の仕事に就いたことで、職業人としての新たな興味が湧《わ》いてきたんです。何百という事故調査報告書を読みました。そこで私は事故のあまりに悲惨な現実に驚きました。でも、バーティゴでの事故は見たことがありません。ですから、バーティゴはあくまでも訓練時に起きる現象で、ライン運航のように、装備の充実した機体ではまず起きないのだと、ずっと思っていたんです」

「君は着陸がうまかったなあ。成績もほとんどがトップクラスのSだった」

「ですから私より下手な人がパイロットになっていくのは、許せない気持ちでした。訓練センターに来て、またその思いが戻ってきたんです。フェイルした訓練生の事務処理は苦痛を伴います。でも心のどこかでは、ある種の……快感すら感じながら印を押していました。ごめんなさい。でもほんとうなんです。どうしても自分がチェックに通らなかったことが、認められなかったんです」

泣き出してしまいそうな自分を、なんとか抑えながら話を続ける。

「あのフライトでは、私も江波さんと一緒に飛んでいました。私は、私は、ライン運航でバーティゴになってしまったんです」

望美の目から涙がこぼれ落ちた。

「あのとき、思ったんです、私は、パイロットとして、飛んでいなくてよかったって」

滝内が黙ってハンカチを渡してくれた。

「私が事故報告書を一つ増やすことにならなくて、……ほんとうによかったと思います。教官、あの日のシミュレーターで、私はやっと教官の真意がわかりました。私が飛ばないということだけで、航空の安全に貢献していることなんです。教官がされる判断は、一人の人間の将来を左右するだけではなく、多くの人の運命をも左右するということにやっと気がつきました。その判断を下されるとき、いいえ、下された後も私以上に悩まれたのではないかと思いました、生意気な言い方ですが。私自身も、これからは訓練センターでフェイルした訓練生たちに、何らかのかたちで助力してあげられるような気がしているんです」

望美は滝内が優しい表情で話を聞いてくれたことが嬉《うれ》しかった。人前で泣いたことを詫《わ》びて化粧室に立った。すっかり暗くなった空港は、赤、青、緑、白などのライトを輝かせ、鋭い光を発しながら離着陸をする航空機を見守っている。

望美が戻ってくると、滝内は照明灯に照らされて一二番スポットに入ってくる－400を見下ろしながら立ち上がった。

「君もずいぶん成長したな。交信テープを聴いたけど、ほんとうに大したもんだよ。江波君とジャンボをあそこまで引っ張っていけたのは、君の責任感と意志の力だ。他の誰も口を挟めなかった。まさに君はあの便のPIC、パイロット・イン・コマンドだった。シミュレーターの飛行日誌に君の名前を入れておいたから、後でサインをしてくれ」

「教官、ありがとうございます」

望美は下地島の訓練所が閉鎖になる前に一度遊びに行く約束をし、出発ゲートで滝内と別れた。

駐車場に向かって歩きながら、望美は何故《なぜ》か気持ちが落ち着かなかった。石油ストーブが燃えるようなジェットエンジンの排気ガスの臭《にお》いが漂ってきたとき、頭の中の霧が晴れ、疑問がかたちとなって浮かび上がってきた。

世界の航空機事故統計によると、旅客機の全損事故率は、一九七〇年代初めの技術革新にともない、それまでの五分の一程度に減少している。しかしその後は横ばい状態となり、現在まで実に四半世紀以上減っていない。ヒューマン・ファクターやクルー・リソース・マネージメントなど、世界中で事故防止の研究がなされ、努力が続けられている。それでも毎年一五機から二〇機が事故を起こし、七〇〇〜八〇〇人前後の人が亡くなっている。

これが現代技術の限界と信じてきたが、もしかしたら過去の原因不明事故の中には、何らかの陰謀によるものが混じっているのではないか。裏にラムゼイ機長のような人間の暗躍がないと言えるのか。飛行中、突然操縦不能に陥った他の事故など、自分も含めて現場の人間にとって納得のいかない事故原因も、洗いなおしてみたらどうか。うがった見方かもしれない。巨大な黒い影に迫ることになるかもしれない。しかし気がついた以上、このまま封じ込めておくことはできない。

ＰＨＳが鳴った。登録したばかりの江波の名がディスプレイに浮かんだ。

エンジンをかけ、ＦＭのスイッチを入れると、ジプシーキングスの「マイウェイ」が流れてきた。

スペイン語の情熱的な、しかしどこかもの悲しい歌声が流れる中、望美は暗い空に向けて飛び立っていく光跡を追いながら、夜の空港を後にした。

解説

香山二三郎

冒険小説を物語の舞台に即して陸、海、空ものに大別すると、陸と海の話が大半を占めるのは間違いない。何故《なぜ》空の話が少ないかといえば、乗り物の歴史が違うから。陸上は足があれば移動出来るし、海上移動には古代から様々な船が作られ、利用されてきた。しかし空中を移動する飛行機が発明されたのは、ようやく二〇世紀の頭。一九三〇年代に航空界の技術革新が進み、第二次大戦を経てさらなる進化をすることになるが、庶民が気軽に旅客機を利用出来るようになったのは、たかだかこの半世紀のことなのだ。

当然ながら、航空冒険小説もまだ新しいジャンルだ。

日本では翻訳作品が先行したが、本格的な紹介が始まったのは一九六〇年代になってのこと。ギャビン・ライアルの『ちがった空』（一九六一発表／ハヤカワ文庫）や『もっとも危険なゲーム』（六三／同）、ジョン・ボール『航空救難隊』（六六）、ディック・フランシス『飛越』（六六／同）等で航空ものに嵌《は》まったという人は少なくないだろう。

七〇年代になると、ルシアン・ネイハム『シャドー81』（七五）やリチャード・コックス『空の悪魔SAM－7』（七七）、クレイグ・トーマス『ファイアフォックス』（七七）、ネルソン・デミル&トマス・ブロック『超音速漂流』（七九／文春文庫）等、ハイジャックものやパニックものに多彩な作品が登場。八〇年代には、スティーヴン・クーンツ『デビル500応答せず』（八六）、デイル・ブラウン『オールド・ドッグ出撃せよ』（八七／ハヤカワ文庫）等、謀略ものや軍事ものも人気を集めるようになる。昨今航空冒険小説というと、即ハイテク軍事スリラー系を思い浮かべる人が多いかもしれない。

さてそうした中、日本はというと、現実面では一九六四年に海外旅行が自由化され、翌年にはジャルパックがスタート。七〇年代になって海外ツアー人気が高まるものの、それが小説世界にも反映されたかというと、はなはだ疑問といわざるを得ない。日本におけるこの小説ジャンルのパイオニアといえば、自らもセスナを操った福本和也《かずや》ということになろう。『霧の翼』（六三）以後、『消えたパイロット』（七四）、『謎《なぞ》の巨人機《ジャンボ》』（七五）等、数多くの航空ものを発表したが、彼を継ぐ作家はなかなか現われず、『B―1爆撃機を追え』（八六）の大石英司《えいじ》や江戸川乱歩賞初の航空冒険小説として話題になった『ナイト・ダンサー』（九一）の鳴海章《なるみしょう》の他、軍事シミュレーション小説系に散見されるのみ。本書の著者内田幹樹にいわせると、「日本には飛行機を扱ったものが少ない、という物足りない気持ちがいつもありました」となる。

　その内田氏がプロ作家デビューを飾ったのは一九九九年三月、作品名は『パイロット・イン・コマンド』（内田モトキ名義／原書房）。この作品で著者は今はなきサントリーミステリー大賞の優秀作品賞を受賞したが、当時はまだ全日空国際線の機長を務めていた。

　『パイロット・イン・コマンド』はロンドンから成田へ向かうニッポン・インターナショナル・エア（NIA）のジャンボ機が様々なトラブルに見舞われるパニックもので、好評をもって迎えられた。翌二〇〇〇年二月には続篇『機体消失　タイフーン・トラップ』（内田モトキ名義／原書房／新装版は『機体消失　PIROT IN COMMAND II』に改題）を刊行。こちらは密輸機の消失を絡《から》めたジャンボ機ハイジャックものだった。

　本書『操縦不能』はそれから二年余、二〇〇二年五月に原書房より刊行された書き下ろし長篇で、〝パイロット・イン・コマンド〟シリーズの第三作に当たるが、文庫化に際し、独立した話として改訂されているので、本書から読み始めても一向に差し支えない。

物語は、オーストリアのウィーンを発《た》ったNIA二〇八便、パリ発ウィーン経由成田行きの機内で食事用のトレイの数が合わないという些細《ささい》な異変から幕を開ける。直ちにキャビン・アテンダント（CA）が乗客の確認を取ったところ、ひとりの男性客が浮上。この客をめぐって、二〇八便は国際的な緊張の渦中《かちゅう》に置かれることになる。同機の周囲には、やがてロシア機を始め、正体不明の戦闘機も出没し始めるのだ。

といっても本書は、航行中の旅客機にミサイルが衝突、乗員乗客の大半が生ける屍《しかばね》と化してしまう前出の『超音速漂流』のような航空パニックものではない。

二〇八便が無事成田に着いた後、謎の乗客はさらにアメリカに向かうことになる。搭乗機はNIA〇〇二便ワシントン行きに決まるが、同機の空の旅の顚末《てんまつ》こそが本書の読みどころなのだ。ポイントは序盤の二〇八便の話から〇〇二便の話へとつながる、いわば幕間《まくあい》に登場するNIA訓練センターでの出来事。そこで開かれた教官会議で航行の基本データである静圧系の異常による墜落事故例が呈示される。残念ながら、それに対する訓練を取り入れる案は却下され、一連の事故の背景に不審な外人パイロットが存在することを察知した訓練技術課員岡本望美《のぞみ》の会議後の訴えも見過ごされてしまう。

かくして〇〇二便は謎の男を乗せ、大雪の成田をワシントンに向けて発つのだが、離陸後数十分、早くも異常事態に見舞われるのだった……。

このシリーズの面白さは何といっても、航空輸送の現場を熟知した人ならではの情況、背景設定、そしてそこで描かれる場面場面の圧倒的臨場感だろう。本書でも序盤からそれは際立《きわだ》っている。食事のトレイという一見何でもない備品から立ち上がっていくサスペンス、パイロットとCAたちとのビミョーな関係、そして機の内外で繰り広げられるスリリングな駆け引き。これだけでも充分一作ぶんの濃度がある。

ちなみに二〇八便の機長、〝紅のタヌキ〟こと砧道男《きぬたみちお》は本シリーズではすでにお馴《な》染《じ》みのキャラクターだ。といっても、皆から愛される名機長タイプではない。『パイロット・イン・コマンド』でも、彼と仕事を共にするCAのひとりにこんなふうにいわれている。「ちょっと偉くなると、人間はどうしてああ変わってしまうんだろう。それにフライトのすべてがせわしくてやりきれない」。早い話が反面教師的な存在なのだが、著者のエッセイによると、彼にはモデルが存在するという。

「砧機長は、実在した機長をほぼ忠実にトレースしている。A社のパイロットならこれを読んだ瞬間に『あ、あの人だ』とわかると思う。彼は搭乗前のブリーフィングで、スチュワーデス全員の爪《つめ》をチェックするので有名だった。手のひら側から見て爪が出ていてはいけないという規則があり、少しでも爪が伸びている人がいると、『おまえ、降りろ』となる」（「なぜかグローバルな内輪話」／『機長からアナウンス』新潮文庫）。

本書ではしかし、一触即発の危機を持ち前の意地と度胸で乗り切り、ちょっと面目躍如といったところだ。

お馴染みのキャラといえば、後半の〇〇二便でトンデモない目にあう副操縦士《コーパイ》江波順一もそのひとり。運がいいのか悪いのか、彼は他の二作でも緊急事態を経験する羽目になる。普通なら、いい加減パイロットから足を洗いたくなるところであるが、その江波もまた〝紅のタヌキ〟と同様、本書で偉業を成し遂げる。

そこで鍵《かぎ》となるのが、空間識失調《バーティゴ》とフライト・シミュレーターだ。

バーティゴとはどういう状態をいうのか、「計器飛行中のパイロットが、飛行機の姿勢や運動状況を、把握できなくなる」ことで、それは地上にいながらも起こったりする。もうひとつのフライト・シミュレーターについては、すでに航空機訓練用に匹敵するパソコン用製品も市販されているようだし、実際に試してみたほうが早いかもしれない。前出の著者のエッセイによると、

「現在の訓練は最初からコンピューターを使う。各人が専用ブースをあてがわれ、そのなかで画面を見、イアホンで聞きながらの訓練である。（中略）こうした訓練をだ

いたい三週間ぐらいやるが、その途中からフィックスド・ベースド・シミュレーターによる訓練が加わる。これはシミュレーターと違ってモーション（動き）はないが、装備品はほとんど実機と同じように作動する。（中略）これが終わり、チェックリストや操作手順などをほぼマスターした時点で、シミュレーター訓練に入る。シミュレーターは動きも音も振動も景色も座席も機器も、すべて本物のコクピットと同じにできている訓練機器だ」（『パイロットが誕生するまで』／『機長からアナウンス』）。

この後、実機を使った訓練に移るが、「まもなく実機のトレーニングというのはおこなわれなくなってしまうだろう。というのも、いまのシミュレーターは動きも画像も精密で、たとえば向こうを飛んでいるほかの飛行機も見えるし、それとの交信まで聞こえる。空中衝突もするし、火災になれば煙も出る。ともかく雨の日でも雪の日でもなんでも再現できてしまう」（同）。

そんなフライト・シミュレーターと〇〇二便を襲ったトラブルがどう関係するのかは、読んでのお楽しみ。まずはパイロット出身作家ならではの着想——リアルな航空パニックが堪能《たんのう》出来ること請け合いといっておく。さらにまた、主人公江波順一と岡本望美の二人三脚ぶりにもご注目。片やパイロットとして最大の危機に直面する男、片やパイロットの夢を絶たれた女。本書は挫折《ざせつ》した、あるいは挫折しかかっている男女が再生を図るチームワーク小説としても読《よ》み応《ごた》えがあるのだ。

著者は本書の後、ドキュメンタリータッチの『査察機長』(新潮社)を刊行。〝パイロット・イン・コマンド〟シリーズの外伝とも読めるが、ミステリーとはひと味異なる成長小説に新境地を拓《ひら》いてみせた。筆者のようなミステリー読みからすると、著者にはたとえば『ファイナル・アプローチ』や『着陸拒否』『ブラックアウト』等の航空パニックもので知られるジョン・J・ナンスを継ぐような作家になって貰《もら》いたいのだが、最近国内の航空便で事故が多発しているとなると、そうもいってはいられない。今後も様々な作風で、日本の航空業界に愛の鞭《むち》を打っていただこう。

(二〇〇五年十一月、コラムニスト)

この作品は二〇〇二年五月原書房より刊行された。
文庫化に際し、全面的な改稿を行なった。

内田幹樹著　機長からアナウンス

旅客機パイロットって、いつでもかっこいいの？　離着陸の不安から世間話のネタ、給料まで、元機長が本音で語るエピソード集。

内田幹樹著　機長からアナウンス　第2便

エンジン停止、あわや胴体着陸、こわい落雷……アクシデントのウラ側を大公開。あのベストセラー・エッセイの続編が登場です！

山崎豊子著　沈まぬ太陽　(一)アフリカ篇・上　(二)アフリカ篇・下

人命をあずかる航空会社に巣食う非情。その不条理に、勇気と良心をもって闘いを挑んだ男の運命。人間の真実を問う壮大なドラマ。

山崎豊子著　沈まぬ太陽　(三)御巣鷹山篇

ついに「その日」は訪れた——。520名の生命を奪った航空史上最大の墜落事故。遺族係となった恩地は想像を絶する悲劇に直面する。

山崎豊子著　沈まぬ太陽　(四)会長室篇・上　(五)会長室篇・下

恩地は再び立ち上がった。果して企業を蝕む闇の構図を暴くことはできるのか。勇気とは、良心とは何か。すべての日本人に問う完結篇。

サン＝テグジュペリ　堀口大學訳　夜間飛行

絶えざる死の危険に満ちた夜間の郵便飛行。全力を賭して業務遂行に努力する人々を通じて、生命の尊厳と勇敢な行動を描いた異色作。

新潮文庫最新刊

宮部みゆき著
模倣犯（四・五）
未曾有の劇場型犯罪、いよいよ哀しく切ないラストへ――。冷酷な犯罪劇を仕掛けた首謀者の全貌が遂に明かされる。全五巻堂々完結。

筒井康隆著
ヨッパ谷への降下
―自選ファンタジー傑作集―
乳白色に張りめぐらされたヨッパグモの巣を降下する表題作の他、夢幻の異空間へ読者を誘う天才・筒井の魔術的傑作短編12編。

玉岡かおる著
天涯の船（上・下）
身代りの少女ミサオは、後の造船王・光次郎と船上で出会い、数奇な運命の扉が開く。日欧の近代史を駆け抜けた空前絶後の恋愛小説。

藤本ひとみ著
聖女ジャンヌと娼婦ジャンヌ
時代の波に翻弄されながらも、自分の道を切り拓こうと力を尽す、二人のジャンヌがいた――敬虔な聖処女としたたかな娼婦の物語。

玄侑宗久著
アブラクサスの祭
精神を病みロックに没入する僧が、ライブの音と光の爆発のなかで感じた恍惚と安らぎ、心のひそやかな成長を描く芥川賞受賞第一作。

司馬遼太郎著
司馬遼太郎が考えたこと 14
―エッセイ 1987.5〜1990.10―
'89年1月、昭和天皇崩御。『韃靼疾風録』を刊行、「小説は終わり」と宣言したころの、遺言のように書き綴ったエッセイ70篇。

操《そう》縦《じゅう》不《ふ》能《のう》

新潮文庫　う－15－3

平成十八年二月一日発行

著者　内《うち》田《だ》幹《もと》樹《き》

発行者　佐藤隆信

発行所　株式会社新潮社

郵便番号　一六二－八七一一
東京都新宿区矢来町七一
電話　編集部(〇三)三二六六－五四四〇
読者係(〇三)三二六六－五一一一
http://www.shinchosha.co.jp

価格はカバーに表示してあります。

乱丁・落丁本は、ご面倒ですが小社読者係宛ご送付ください。送料小社負担にてお取替えいたします。

印刷・株式会社三秀舎　製本・株式会社植木製本所

© Motoki Uchida 2002 Printed in Japan

ISBN4-10-116043-0 C0193